THE Warrior
Gale of Wind

광풍의 전사

태백산 퓨전 판타지 소설
FUSION FANTASTIC STORY

광풍의 전사 4

태백산 퓨전 판타지 소설

초판 1쇄 찍은 날 § 2007년 12월 24일
초판 1쇄 펴낸 날 § 2008년 1월 4일

지은이 § 태백산
펴낸이 § 서경석

편집장 § 문혜영
편집책임 § 심재영
편집 § 유경화

펴낸곳 § 도서출판 청어람
등록번호 § 제1081-1-89호
등록일자 § 1999. 5. 31
어람번호 § 제1-0931호

주소 § 경기도 부천시 원미구 심곡1동 350-1 남성B/D 3F (우) 420-011
전화 § 032-656-4452 팩스 § 032-656-4453
http://www.chungeoram.com
E-mail § eoram99@chollian.net

ⓒ 태백산, 2007

ISBN 978-89-251-1098-1 04810
ISBN 978-89-251-0945-9 (세트)

광풍의 전사 4
[설풍(雪風)]
태백산 퓨전 판타지 소설
FUSION FANTASTIC STORY

도서출판
청어람

THE Warrior Gale of Wind

Contents

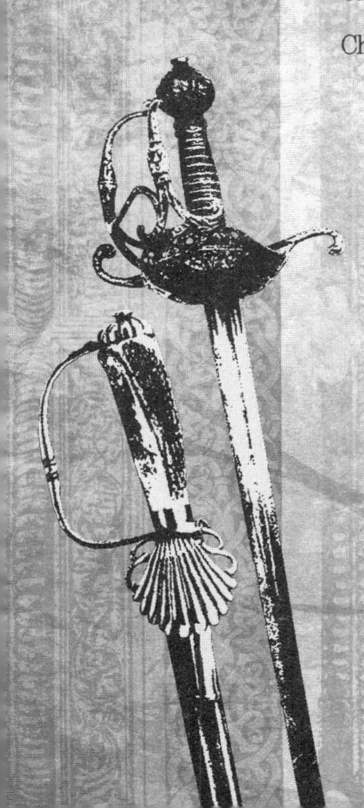

CHAPTER
01

키메라

THE Warrior
Gale of Wind

　아이스 왕국은 말이 왕국이지 부족연합체이다. 3개의 강력한 부족인 캄노스 부족과 세이지 부족, 파빌사그 부족이 이 땅을 지배한다. 대외에는 왕국으로 되어 있지만 각자 독립적인 영토를 가지고 있고 외세의 침략이 있을 때만 연합의회를 열어 총사령을 결정해 함께 대응하는 것이 아이스 왕국의 오랜 역사였다.

　그중 캄노스 부족은 동부에 있는 부족으로 부족민들의 대부분이 기마 민족이다. 이들은 아주 오랜 옛날 타판파스 초원에서 이주한 사람들의 후손이기 때문이었다.

　비록 세 개의 부족 중 세력이 가장 작은 부족이지만 이들의 뛰어난 용맹성은 타 부족이 모두 인정할 만큼 기마술에 뛰어나고 어릴 때부터 전사로 키워지는 종족이다.

세이지 부족은 장인의 부족이라고 하는데 그것은 이들이 주로 광산업과 수공업, 그리고 드워프들이 가장 많기 때문이다.

아이스 왕국의 세 개 부족 중 파빌사그 부족은 가장 인구가 많고 역량이 큰 부족이다. 반농, 반유목 민족으로 구성되어 있는 파빌사그 부족은 노예로 가지고 있는 드워프 또한 엄청나게 많았다.

역사로 따지고 보면 사실 아이스 왕국은 드워프들의 대지였다. 1만 년 전, 신마전쟁 당시에 드워프들은 드래곤의 횡포에 참을 수가 없어 마왕에게 붙었고 그것이 이들 드워프들의 운명을 그만 나락으로 떨어뜨렸다. 주신의 분노로 마왕들과 드래곤들이 봉인된 후 드워프들은 모두 인간의 노예로 전락해 버렸다. 아이스 왕국에서 드워프들은 무엇이나 잘 만드는 몬스터, 그 이상도 이하도 아니었다. 인간의 노예가 되어 물건을 만드는 값싼 노동력으로 전락한 것이다.

인구 600만의 아이스 왕국의 실제 인구는 어이가 없다. 드워프가 400만, 파빌사그 부족이 100만, 세이지 부족이 60만, 캄노스 부족이 40만으로 인간의 인구는 드워프보다 적다.

그러나 아이스 왕국의 실제 통치자는 인간이었고 인구의 80%에 달하는 드워프들은 노예로 전락되어 있었다.

황혼이 붉게 물드는 백색의 도시 테오코름 시에 한 대의 검은 풍을 친 마차가 전속력으로 달려간다. 테오코름 시는 아이스 왕국의 가장 큰 도시로 다른 왕국에 비하면 수도나 같다.

다만 이곳에는 왕궁이 없고 대신 거리의 중앙에 세 개 부족이 회의를 하는 거대한 백색의 건물이 있는데 왕국의 사람들은 이곳을 왕국 원로원이라고 한다.

이 브족 원로원은 긴급한 일이 제기되거나 외세의 위협이 있을 때는 회의를 열고 세 부족장들이 결론을 내린다. 말하자면 의결 기구였다.

드워프들이 많은 나라답게 아이스 왕국의 수도인 테오코름 시는 모두 백색의 화강암을 깎아 집을 세워 도시가 하얀 백색으로 빛나고 있었다.

이 테오코름 시는 세 개 부족의 삼각 지점에 있고 각 부족들의 스뇌들이 거주하고 있는 별장들이 있다.

한참 달려가던 마차는 시내 끝에 있는 거대한 성에 멈춰 섰다.

"마차를 세워라."

성문 앞에 보초를 서던 파수병들이 마차로 다가와 눈을 부라렸다.

"어디서 오는 마차냐?"

파수장의 물음에 마차의 창문만 열리고 섬섬옥수가 나오

더니 하나의 패를 내밀었다.

그것을 본 파수장은 그만 열불이 올라 소리를 지르려다 일단 패를 받았다.

감히 어떤 놈이 아이스 왕국에서 이름을 떨치는 데몬 전사단에 와서 이렇게 거만한지 본때를 보여줄 속심이다.

"이건 뭐, 응?!"

패를 받고 우선 한마디 호통을 치려던 파수장의 눈이 휘둥그레졌다.

그건 해골이 그려진 붉은 패였다. 파수장의 몸이 꼿꼿해졌다.

"어, 어서 통과하십시오."

드르릉.

성문이 열리는 소리가 나고 마차가 전속력으로 달려들어 가자 파수장은 이마에 솟은 땀방울을 훔쳤다. 그러고 보니 온몸이 땀으로 흠씬 젖어 있었다.

"하마터면 오늘 목이 달아날 뻔했군! 후~"

파수장이 땀을 흘리는 것을 본 파수들이 머리를 갸웃거렸다.

"파수장님, 대체 누굽니까?"

"레드패의 소유자다."

"에엣?"

눈이 동그래진 부하들이 눈보라를 날리며 안으로 들어가

는 마차를 바라보았다.

레드패는 데몬 전사단의 최고위직이나 비밀 임무를 수행하는 가장 중요한 전사들에게만 주어지는 최고의 패였다. 데몬 전사단에서 그들은 전사단장을 제외한 모든 이의 위에 설 수 있는 권한을 가진 자들이었다.

"어서 내리십시오, 아가씨."

마차가 멈춰 선 것은 거대한 분수대를 지나 후원 쪽에 있는 한 채의 장원이었다.

데몬 전사단은 그 규모가 가히 일국의 성을 능가한다. 이미 수백 년 동안 이곳 아이스 왕국에서 세력을 키웠고 가장 강력한 무력을 가지고 있는 곳이다.

마차의 문 앞에 회색의 갑주를 걸친 전사가 허리를 굽히고 말하자 문이 열리며 검은 로브를 머리까지 뒤집어쓴 한 명이 내려섰다.

"그이는 왜 나오지 않았죠?"

로브를 입은 사람의 입에서 감미로운 목소리가 흘러나왔다. 아마도 여자인 모양이었다.

"제1부단장님께서는 지금 중요한 분을 만나고 계십니다. 그래서 제가 모시라는 분부입니다."

회색의 전사가 허리를 굽히고 하는 말에 여인은 코웃음을 쳤다.

"홍! 나보다 더 중요한 사람이 있단 말인가요?"

"그건 아닙니다. 다만 사업상 중요 인물이니 아가씨께서
이해하여 주십시오."

정중히 말을 하는 회색갑주는 허리를 굽히고 최대한 공손
하게 말했다.

그제야 여인은 마음이 풀렸는지 발걸음을 옮겼다. 허리를
편 사내는 급히 길을 안내하였지만 얼굴 위에는 순간적으로
엷은 웃음이 스쳐 지났다. 그것은 명백한 비웃음이었다.

하지만 여인은 그것을 볼 수가 없었다.

"이 방입니다. 잠시만 기다려 주시면 제1부단장님께서 오
실 것입니다."

방 안은 아늑하고도 화려했다. 방에 들어서서야 여인은 로
브를 벗었다. 그러자 여인의 자태가 회색갑주의 눈에 한가득
들어왔다.

기다란 자색 머리에 늘씬한 키, 둥그렇게 부풀어 오른 가슴
과 잘록한 허리, 볼륨 있는 둔부와 쭉 뻗어 내린 두 다리는 미
인의 전형을 다 갖추었다. 돌아선 여인은 20대 초반의 얼굴로
요염한 아름다움을 가지고 있었다.

다만 약간 치켜 올라간 눈에 욕심과 잔인함이 잔잔하게 비
치고 있었다.

"그이에게 일이 끝나면 바로 이곳으로 오시라고 전하세
요."

"알겠습니다."

여인의 몸매를 훑어보던 전사가 고개를 숙이고는 밖으로
나갔다.

데몬 전사단의 후원 가장 깊숙한 곳에는 원로원이 있다. 전
사들이 수림이 우거진 원로원의 곳곳에서 눈을 부릅뜨고 모
든 출입을 통제하고 있었다.
원로원의 회의실에는 전사단장을 비롯한 원로들이 부동의
자세로 허리를 굽히고 있었다.
"당장 일을 성사시키라는 마스터의 명이다. 지금 상황은
어떤가?"
눈앞의 상단에 앉아 있는 자는 검은 탑에서 나온 세이드였
다. 그의 뒤에는 다섯 명의 회색 머리칼의 사내가 미동도 하
지 않고 시립해 있었다.
세이드가 데리고 온 특급의 발키리 전사들이었다. 그들은
마치 생명체가 아닌 것처럼 무표정한 기색이었다.
"현재 세이지 부족과 캄노스 부족을 연합시켜 파빌사그 부
족과 전쟁을 유발시키려 준비하고 있습니다. 그리고……."
전사단장 샤를이 마나 메시지로 내용을 전달하자 잔뜩 얼
굴을 찡그리고 있던 그의 얼굴이 서서히 펴졌다. 그는 아주
만족한 얼굴로 단장과 원로들을 둘러보았다.
"이번 일에 당신들의 목숨이 달려 있다는 것을 명심하라.
계획이 성공하도록 모든 힘을 다해 그들을 밀어주도록. 그리

고 단장."

"옛, 감찰관님."

전사단장 샤를이 차렷을 하자 세이드가 입을 열었다.

"지금 이곳에 있는 1급 발키리들은 몇 명인가?"

"예, 모두 70명입니다. 그리고 나머지는 2급들입니다."

샤를의 대답에 세이드는 만족했다. 1급 발키리들이라면 최소한 최상급의 전사 수준이다. 그동안 인간과 오거의 육체를 개조해 만들어낸 발키리들은 이전의 광전사들과는 비교가 안 되었다. 인간의 피와 오거의 육체, 거기다가 마왕 신체 강화 마법진에서 개조된 이들은 철저히 주인의 명에 복종하는 무서운 살인 병기이다.

예전의 광전사들은 한마디로 피만 보면 미쳐 날뛰는 버서커에 불과했지만 지금의 개조된 광전사들은 정신을 가지고 있고 무서운 신체 능력과 강력한 검술까지 소유하고 있다.

헤럴드라는 놈이 아무리 강해도 그들을 동원한다면 얼마든지 죽일 수 있다고 생각했다. 인간의 체력에는 한계가 있다. 아무리 그랜드 마스터라고 해도 인간임은 분명한 것이다.

"소드 마스터는?"

"원로원에 있는 소드 마스터는 모두 열 명입니다."

이곳 원로원에 있는 소드 마스터는 중급의 전사들이다. 그러나 사실 그들은 절반짜리 소드 마스터들이다. 이들은 약물로 육체를 개조했고 그 바람에 창칼이 몸에 들어가지 않는다.

말하자면 육체가 키메라화됐기 때문이었다. 원래 전사들은 강함을 위해서라면 무슨 짓이든 하는 족속들이다. 그것을 이용해서 단장은 원로들을 설득했고 그들은 기꺼이 육체 개조에 동참한 자들이었다.

"좋아, 그들 중 5명과 1급의 발키리 40명을 함께 보내서 이곳으로 오고 있는 헤럴드를 척살한다. 알았는가?"

"명 받들겠습니다."

세이드는 이를 부드득 갈았다. 놈 때문에 그동안 쌓아왔던 모든 신임을 잃었다. 어떻게 하서든 놈을 죽이고 이곳 아이스 왕국을 장악해야 했다. 아이스 왕국에 있는 드워프들을 이용해 검은 탑의 자금을 조달하는 일은 대업을 위해 매우 중요한 것이다.

세이드는 아이스 왕국을 장악하고 헤럴드를 죽여야 하는 두 가지 일을 동시에 진행하여야 했다. 그리고 반드시 그 일을 이룰 것이다.

"놈, 이곳이 네놈의 무덤이 될 것이다."

세이드의 눈에서 핏발이 뿜어져 나왔다.

데몬 전사단이 소란스러워지기 시작하였다. 고요한 설원의 왕국에 광풍의 바람이 다가오고 있었다.

"오래 기다렸소?"

“아이, 왜 이렇게 늦었어요? 얼마나 기다렸는데…….”

데몬 전사단 제1부단장인 알프레드가 방에 들어서자 요염한 미소를 지으며 다가온 미녀가 품에 안겨들었다. 웬만한 남자들은 그대로 녹여 버릴 것 같은 아름다운 미소다.

이 여자가 세이지 부족장의 둘째 딸인 티나이다. 세이지 부족장은 아들이 없고 딸만 둘이 있는데 두 명 모두 아름다움으로 그 이름을 떨친다.

티나 르 세이지. 그녀의 아름다움은 뭇 남자들의 간을 녹일 정도이지만 탐욕이 많은 여자로 세이지 부족장의 둘째 부인의 딸이다. 첫째 딸인 아모리나는 아름다움과 강함으로 아이스 왕국에 이름을 떨치는 전사이고 부족의 후계자이다.

티나는 그것이 항상 불만이었다. 여자로서 언니보다 미모도, 지혜도 떨어지지 않는다고 항상 생각하고 있었는데 후계자의 자리에서 밀려났다.

그때부터 티나는 주변에서 자신을 도울 사람을 찾기 시작했고 그가 바로 데몬 전사단장의 아들이며 제1부단장인 알프레드였다.

‘내 목적을 이룬 후에는 모두 죽인다. 언니도, 이 미련한 알프레드도.’

그녀가 섬섬옥수로 알프레드를 살며시 그러안았다.

그녀의 부드러운 몸에서 향긋한 냄새가 밀려와 코끝을 맴돌면서 폐부 깊숙이 들어온다.

하초에 힘이 잔뜩 들어간 알프레드는 티나의 몸을 힘껏 끌어안았다.

"모두 나와 당신을 위해서야. 그러니 조금만 기다려 줘."

"호호, 난 당신을 믿어요."

티나가 간지러운 웃음을 흘리며 알프레드의 품으로 파고들었다. 더는 참을 수 없어 티나를 번쩍 안아 든 알프레드가 침상으로 걸어갔다.

티나의 옷이 하나하나 벗겨져 내리고 상아 같은 몸매가 시야에 안겨오자 알프레드는 허겁지겁 그녀의 품에 엎어졌다. 알프레드의 목을 힘껏 그러안고 두 다리를 벌려준 그녀의 입에서 뜨거운 열기와 숨이 넘어갈 것 같은 비음이 쏟아져 나왔다.

"아흑, 알프레드. 아학, 사랑해요. 흐윽."

"나, 나도 사랑해. 어흐."

알프레드가 정신없이 그녀의 깊은 늪으로 빠져 들어가 허우적일 때 두 다리를 버둥거리며 비음을 지르는 티나의 눈만은 차갑게 빛나고 있었다.

그것은 열락에 겨운 여인의 눈이 아니었다. 마치 암거미가 교미를 하며 어느 순간에 수컷을 잡아먹을 것인지 기회를 가늠하는 바로 그런 눈빛이었다.

하나 티나의 뜨겁고 깊고 깊은 늪에 들어간 알프레드는 잔등에 땀을 흘리며 오직 그 늪에 정신없이 빠져 들어갈 뿐이었다. 온 방이 여인의 뜨거운 신음과 비릿한 냄새로 가득 찼다.

"3일 후에 아모리나가 그라이스 호수에 사냥을 나가요. 그때 일을 치르는 것이 좋을 거예요."

근 두 시간 동안 쾌락의 즐거움을 나눈 두 연인이 다정히 앉아 이야기를 하고 있었다.

알프레드의 가슴에 머리를 기댄 티나가 하는 말에 멍하니 누워 있던 그가 머리를 들었다.

"그럼 그때 죽이라는 말이야?"

"예. 샤르몽은 부상만 입히고 아모리나 언니는 능욕을 해서 죽여야 해요, 가장 잔인한 방법으로. 제 말 알겠어요?"

자신의 언니를 죽이라는 말을 티나는 아무렇지도 않게 말하고 있었다.

그런 그녀를 바라보던 알프레드가 고개를 저었다.

"아니, 그래도 당신 언닌데 그렇게 죽인다는 것은 너무 잔인하지 않소?"

알프레드의 얼떠름한 말에 티나의 손이 그의 하체로 쑥 들어왔다. 티나의 부드러운 손에 남성을 잡히자 알프레드는 부르르 몸을 떨었다.

눈이 멍해지는 알프레드를 보며 티나가 요염하게 웃었다.

"이 모든 것이 당신과 나를 위한 일이에요. 훗날 우리가 결혼하고 부족을 차지하려면 언니가 살아 있으면 안 돼요. 알았죠?"

“아, 알았소.”

알프레드가 멍하게 풀린 눈동자로 다시 그녀를 그러안았다.

“아이, 또요?”

티나가 코맹맹이 소리로 몸을 비틀며 알프레드의 품에 안겨들었다. 방 안에 또다시 열풍이 몰아치기 시작하였다. 알프레드의 몸을 리드하는 그녀의 눈은 열락에 겨운 모습이 아니라 차갑고도 잔인한 눈이었다.

‘흥! 내 목적을 이루기 위해서는 무슨 짓이든 할 것이야.’

얼마 후 로브로 얼굴을 가린 티나가 마차를 타고 떠나갔다. 티나의 품에서 헤헤거리며 육욕에 빠져 있던 알프레드가 옷을 입고 일어났다. 조금 멍청한 모습으로 보이던 알프레드는 사람이 완전히 달라져 있었다. 냉혹하고 무표정한 그의 모습이 방금 전, 여자의 품에 안겨 헤헤거리던 그 알프레드라고는 믿기가 힘들었다.

“거기 있나, 토머스?”

“예, 부단장님.”

갑자기 방 안의 한쪽 벽에서 솟아나듯 검은 그림자가 나타났다. 참으로 무서운 은신술이다.

“들었지?”

“옛, 그라이스 호수로 출병을 하겠습니다.”

그림자의 말에 알프레드가 머리를 흔들었다.

“아니다. 나도 함께 가겠다. 준비하도록.”

“알겠습니다.”

대답을 한 그림자가 소리없이 사라져 버렸다. 창밖을 내다
보는 알프레드의 눈에 비릿한 웃음이 걸려 있었다. 그의 깊은
눈 속에서 잔인함과 욕망이 숨김없이 쏟아져 나오고 있었다.

“흐흐. 네년들은 모두 내 손안에 있다. 이번엔 언니를 맛봐
야 할 것 같군. 크크크.”

알프레드는 교활하고 잔인하였고 목적을 위해서는 수단과
방법을 가리지 않는 야망이 있는 자였다. 그의 그물에 걸려
있는 티나가 오히려 불쌍한 여자였다.

*   *   *

아이스 왕국으로 오는 황금길은 이제 거의 끝나가고 있었다.

“형님, 저 협곡만 벗어나면 아이스 왕국의 경계가 나타납
니다.”

길게 뻗은 황금길의 협곡으로 여러 마리의 말이 나타났다.
헤럴드와 일리나, 바흐만과 이자벨, 그의 기사 두 명과 가디
언 용병단의 핸더슨과 그 일행, 그리고 상단을 호위하는 성기
사단이었다.

휄카셀 성에 있던 드워프들과 비밀 금고에 있던 자금은 이
미 쥬신 영지로 이동된 상태였다.

샤칸의 연락을 받은 영지의 마도사 랑케가 마법진으로 모두 데려갔다. 이미 7서클 마스터가 된 랑케에게 드워프들과 비밀 금고를 옮기는 것은 일도 아니었다.

헤럴드는 저 멀리 아이스 왕국의 하늘을 쳐다보았다.

"언제고 한번은 가보려고 했어, 아이스 왕국을. 그런데 동생 때문에 가게 되는군."

"제가 아이스 왕국을 구경시켜 드릴게요. 아이스 왕국은 설원과 얼음이 덮인 나라지만 볼만한 경치가 많아요."

이자벨이 선뜻 나서서 아이스 왕국에 대한 자랑을 늘어놓았다. 그녀의 얼굴에는 나서 자란 모국, 아이스 왕국에 대한 자부심이 어려 있었다. 일리나가 그런 이자벨을 쳐다보았다.

"호. 그럼 동생만 믿을게."

"언니, 저만 믿으라니까요."

일리나의 말에 이자벨이 어깨를 으쓱거렸다. 고향이 가까워오니 그녀는 지금 기분이 붕 떠 있었다. 설원으로 뒤덮인 초원과 얼음의 절벽들이 그녀에게는 그리웠다.

아스톤 제국의 동궁에 갇혀 답답해하던 그녀는 이제야 우리를 나온 새 같은 기분이었다.

"그보다 우리를 맞이하는 손님이 있는 것 같군."

헤럴드의 말에 사람들의 얼굴에 긴장감이 감돌았다. 지금까지 오면서 단 한 번도 헤럴드의 말은 틀린 적이 없었다.

"적입니까, 후작님?"

성기사단장이 검자루를 잡으며 주변을 둘러보았다. 하지만 어디에도 적은 보이지 않았다. 고요한 설원과 눈 덮인 수림만이 바람에 흔들리고 있을 뿐이다. 그러나 사람들은 헤럴드의 말을 철석같이 믿고 있었다.

"야! 어떤 놈들인지 당장 튀어나와!"

핸더슨이 냅다 소리를 질렀다. 핸더슨은 요즘처럼 기세가 등등한 적이 일찍이 없었다.

헤럴드와 함께한 지난 보름은 그의 간을 몇 배나 크게 만들어주었다.

그가 보기에 헤럴드는 무적의 사나이였다. 그러니 무서운 것이 없었다. 핸더슨의 우렁찬 고함이 숲을 뒤흔들었으나 너무도 고요하다.

"이런 시발놈들이! 당장 안 나와? 다 알고 있으니 어서 나와!"

또다시 핸더슨의 고함 소리가 울려 퍼지자 숲 속에서 커다란 웃음소리가 들려왔다.

"크하하! 참으로 간이 큰 놈들이구나! 감히 발키리 전사들에게 나오라고 하다니!"

목소리가 울려 퍼지는 순간 핸더슨은 뇌가 파열되는 것 같은 고통을 느끼며 두 손으로 머리를 움켜잡았다. 놈의 웃음소리는 사방을 울렸고 헤럴드와 일리나를 제외한 모든 사람들이 무기를 떨어뜨리며 머리를 움켜잡았다.

"갈! 소리를 멈춰라!"

헤럴드의 고함 소리와 함께 사람들은 순간적으로 고통이 멈춰지는 것을 느꼈다. 그것은 천지무에 있는 천지후였다. 천지후는 심신을 안정시키고 머리를 맑게 해주는 역할도 하지만 그 자체만으로도 사람을 죽일 수 있는 무서운 음공의 한 종류였다.

사람들이 정신을 차리자 헤럴드의 손이 숲을 향해 휘저어졌다.

콰쾅! 콰쾅!

헤럴드의 두 손에서 뻗어나간 천지권이 숲 속을 강타했고 눈보라와 부러진 나뭇가지들이 하늘 높이 비산했다.

"크으, 제법이구나. 절대 마나음을 깨뜨리고 내가 숨어 있는 곳을 정확히 알아내다니… 그렇다면 네놈이 헤럴드라는 애송이겠구나!"

폭음이 가라앉고 먼지와 눈보라가 없어지자 옷이 너덜너덜해진 한 명의 노인이 눈 위를 미끄러지듯 걸어오고 있었다. 아니, 노인은 눈 위에 발자국의 흔적도 남기지 않는 것을 보아 마나 스텝이 엄청나고 그만큼 강한 자임에 틀림이 없었다.

헤럴드의 눈이 깊숙이 침잠하 들었다. 지금 나오는 자 말고도 몇 명의 강자가 혼돈의 기에 탐색되었다.

'그런데 이건 뭐지?!'

헤럴드가 이상해하는 것은 사방 곳곳에 숨어 있는 자들이었다. 분명 기감에 느껴져 오는 것은 소드 마스터에 거의 근접한 강력한 마나의 기운이다. 그러나 은신해 있는 것을 보면 무언가 이질적이고 섬세하지 못했다. 무엇인지는 알 수 없지만 4~50명은 되는 것 같았다.

그의 눈이 창을 움켜쥐고 있는 일리나에게 돌아갔다.

"일리나, 바흐만과 이자벨을 보호해."

헤럴드의 전음에 일리나가 창을 치켜드는 것으로 말을 대신하였다. 그녀가 푸른색의 창을 비껴들고 옆으로 이동하였다.

"당신은 누구지?"

노인은 찢겨진 옷을 툭툭 털더니 헤럴드를 눈여겨보았다. 사실 그는 속으로는 경악하고 있었다. 소리를 질러 자신이 시전한 절대 마나음을 깨버리고 손짓 한 번으로 날아온 마나의 공격은 상상 이상이었다.

마치 주먹이 고무줄처럼 늘어나는 것 같더니 숲이 그만 폐허가 되고 말았다.

이제야 감찰관이 왜 이자를 그렇게 경계했는지 알 것 같았다. 그렇지만 마사이는 자신만만했다. 놈이 아무리 강하다고 해도 자기에게는 5명의 소드 마스터가 있고 40명의 발키리 전사가 있었다.

그들이라면 저자가 감찰관의 말대로 그랜드 마스터라고 해도 여기서 살아날 수는 없다.

"우린 발키리 전사들이다. 뭐 더 말해야 너는 우리를 알 수가 없을 것이고, 우리의 목적은 하나, 바로 너와 저기 황태자를 죽이는 것이지."

노인의 말이 끝나는 것과 동시에 숲의 양옆에서 붉은 갑주를 입은 자들이 숏아나듯 일어섰다. 모두 회색의 머리칼에 흑안의 눈동자를 지닌 자들이다.

그것을 보던 헤럴드는 급히 일행에게 전음을 보냈다.

"전투가 벌어지면 즉시 협곡을 빠져나가시오."

긴장해서 무기를 잡고 있던 바흐만과 성기사들, 용병들은 눈이 둥그레져 헤럴드를 쳐다보았다. 도망치라니, 천하에 적수가 없는 것 같던 헤럴드에게 나온 말이니 모두들 아연했다.

"적은 강해요. 놈들은 여기 있는 누구도 살려두지 않을 것입니다. 어서 가세요."

"시발, 한번 죽지 두 번 죽나! 난 못 가! 동료들을 버리고 갈 바에는 한 놈이라도 죽이고 죽을 거야!"

갑자기 핸더슨이 빽 고함을 지르고는 무기를 들고 앞으로 나섰다.

그러자 이자벨이 활을 겨누며 입을 열었다.

"어차피 헤럴드님이 잘못되면 우리는 다 죽어요. 차라리 싸우다 죽을 것이에요."

그녀의 말에 모든 사람들의 눈에 결연한 빛이 어렸다. 헤럴드는 한숨을 내쉬었다.

자기 혼자라면 얼마든지 싸우다가 몸을 뺄 수도 있었다. 그러나 이젠 저들을 살리기 위해서라도 최선을 다해야 했다.

그래도 기분은 나쁘지 않았다. 저들은 자신을 동료로 여기고 있는 것이다.

"들었소? 당신들이 얼마나 강한지 모르겠지만 난 오늘 내가 가진 모든 힘을 다할 것이오. 동료들을 지켜야 하니까."

헤럴드의 말에 마사이는 히죽 웃었다. 이제 이들에게 남은 것은 죽음뿐이다. 게다가 발키리 전사들은 자기가 죽인 상대의 피를 먹는 자들이다. 죽어도 온전하게 죽을 수는 없었다.

"우리는 서로 적이니 긴말할 필요가 없겠지. 쳐라!"

마사이의 명이 떨어지자 붉은 갑주들이 맹렬한 기세로 날아왔다. 그것을 본 핸더슨은 기가 막혔다. 놈들은 하나같이 강자들이었다. 모두 발이 눈에 닿는 흔적도 없었고 마치 새들이 날아드는 것 같았다.

"시발, 어디서 이런 놈들이 나타났어!"

성기사단장은 얼굴이 어두워졌다. 이들은 모두 최상급전사 수준이었다. 각자의 손에 들린 검에서 붉은 마나 블레이드가 길길이 뻗어 나왔고 그것은 아름답기까지 했다.

하나 그것은 죽음의 빛줄기였다.

"모두 뒤로 물러서요!"

원형의 방진을 형성한 일행이 천천히 뒤로 물러서고 그 앞에는 일리나가 창을 들고 예리하게 전장을 주시하고 있었다.

협곡으로 날아내리는 발키리들을 보던 헤럴드의 옆구리에서 파아란 광채가 일어났다.

파앗! 번쩍!

하늘을 찢어버릴 듯한 시퍼런 줄기가 헤럴드의 몸을 중심으로 파문을 그리며 퍼져 나갔다. 마치 동심원을 그리는 듯한 푸른 반달형의 빛은 붉은 마나 블레이드를 반으로 갈라 버리며 그대로 전진하여 키가 2.5m의 거인들인 발키리들에게 부딪쳤다.

서걱. 서걱.

눈을 시리게 하는 빛들이 지나고 나자 푸른 물감이 눈 위를 물들이는 것 같았다. 푸른 빛줄기가 닿는 곳은 모조리 잘려져 떨어졌다. 그러나 놀라운 일은 그다음에 일어났다. 팔이 잘리고 다리를 잘린 발키리 전사들의 몸에서 붉은 피가 아니라 푸른 피가 뿜어져 나와 하얀 눈을 온통 푸른빛으로 물들였다. 그리고 잘린 자리들은 보는 사이에 아물어갔다. 마치 몬스터들의 상처가 아무는 것 같았다. 아니, 오히려 그보다 속도가 더 빨랐다.

그것을 보던 성기사단장이 입을 쩍 벌렸다.

"저건 키메라다!"

"검은 탑!"

순식간에 이들의 뇌리에 떠오른 생각이었다. 이번 휄카셀 전사단과의 싸움에서 이들은 검은 탑이라는 것이 실제로 존재하며 그들이 마왕을 따르는 검은 조직이라는 것을 이미 알고 있었다.

그들이 놀라는 사이에 상처가 아문 발키리들이 맹렬한 속도로 달려들었다.

성기사들과 용병들이 이를 악물고 놈들과 검을 섞기 시작하였다. 사방에서 검과 검이 부딪치는 소리, 비명 소리가 울리기 시작하였다.

"이런 괴물들! 에라이! 썩을 놈들아!"

핸더슨과 용병들은 죽을힘을 다해 검을 휘둘렀지만 가망이 없었다. 붉은 갑주를 입은 이놈들은 검에 베어져도 순식간에 아물어 버린다. 정말 몬스터가 따로 없었다. 도저히 죽일 수가 없어 싸우는 모든 사람들이 숨을 헐떡거렸다. 마나 블레이드를 뿜어내는 상급 이상의 전사들이 아니면 이들을 죽일 자는 없었다.

"비켜요!"

다급한 외침과 함께 대기를 찢는 날카로운 소리가 귀청을 울렸다.

"수라 반월."

쏴아아.

일리나의 창에서 뻗어 나온 수십 갈래의 무지갯빛 오러 블레이드가 무서운 속도로 쇄도해 들었다. 그리고 한마디 말도 없이 무조건 달려드는 발키리들의 팔다리를 잘라냈다.

비록 죽지는 않았지만 괴물들은 팔다리가 잘리자 휘청거리며 주저앉는 놈, 비틀거리는 놈 등 공격력이 현저하게 떨어졌다. 그것을 본 일리나가 소리쳤다.

"머리를 공격해요!"

일리나의 말에 핸더슨은 냅다 달려나가 대거를 휘둘렀다.

좌악. 퍼억.

발키리의 머리가 반듯이 잘리더니 푸른 피가 쏟아져 나왔다.

털썩.

쓰러진 발키리가 팔다리를 부들부들 떨더니 잠잠해졌다. 그것을 본 핸더슨은 환성을 질렀다.

"으하하, 괴물도 약점이 있다! 머리를 쳐라!"

사람들이 원진을 형성하고 일리나의 공격을 받은 자들에게 일시에 달려들어 검과 도끼를 마구 휘둘렀다. 발키리들은 평소에는 도검이 불침하지만 일단 팔다리가 잘리면 그것을 복구하는 데 마나가 돌아간다. 바로 그것이 약점이었다. 그때 머리를 잘라내면 방어할 수가 없었다.

그것을 본 헤럴드는 한 손은 땅으로, 샤벨은 하늘로 쳐들었다. 이제 잠깐의 시간을 벌었으니 속전속결을 해야 했다.

"천지 건곤파천."

몸어서 혼돈의 기가 물밀듯이 쏟아져 나갔다. 그리고 하늘과 땅에 푸른 빛이 가득 찼다.

우르릉! 번쩍!

사방 수십 미터가 눈을 뜰 수 없는 푸른 빛에 휘감겨 돌아갔다.

콰콰콰! 콰르릉!

마치 하늘의 번개가 쏟아진 것 같았다. 하늘에서 푸른빛의 뇌전이 지상으로 내리꽂히고 모여든 마나들이 일시에 폭발을 일으켰다. 사람들은 하얀 빛과 푸른 빛이 토네이도처럼 휘감고 돌아가는 중심을 바라보며 눈을 감았다. 너무도 빛이 강렬하여 눈을 뜰 수가 없었다.

콰콰쾅! 콰콰쾅!

거대한 폭음이 울리고 난 후 사람들은 두 눈을 부릅떴다. 헤럴드가 버티고 선 앞에는 아무것도 없었다. 바위도, 나무도, 무서운 괴물인 발키리들도 모두 먼지가 되어 흩날리고 있었다.

"세상에!!"

"대체 저게 사람의 힘이란 말인가?!"

성기사들도 용병들도 너무도 엄청난 현실 앞에 할 말을 잃고 바라만 보고 있었다.

그처럼 무시무시한 괴물들이 모두 가루가 되어 없어졌다. 그들의 머리에 떠오른 생각은 단 하나였다.

전신! 역시 광풍의 전사다.

"흐하하! 개새끼들이 어디서 까불고 있어! 저분이 바로 광풍의 전사 헤럴드님이시다! 이놈들아!"

핸더슨은 입을 벌리고 통쾌하게 웃었다. 창칼이 들어가지 않는 고물들도 저분 앞에서는 한낱 먼지로 흩어지는 것이 아닌가!

그러나 지금 헤럴드는 몸이 말이 아니었다. 온몸의 기가 모두 빠져나가 서 있을 힘도 없었고 얼굴은 백지장처럼 하얗게 변해 있었다.

"커억! 쿨럭!"

헤럴드의 한쪽 무릎이 털썩 땅에 닿았다. 헤럴드가 주저앉자 이 엄청난 현실에 몸을 우들우들 떨고 있던 데몬 전사단의 원로 마사이는 정신을 차렸다.

저자도 결코 무적이 아니었다. 그는 오랜 전사답게 지금 헤럴드가 마나가 고갈되어 힘이 없다는 것을 알아차렸다. 놈을 죽일 수 있는 절호의 기회였다.

"놈은 마나가 고갈됐다. 공격하라."

주변에 서 있던 4명의 동료들이 함께 몸을 날렸다. 그들이 질풍처럼 헤럴드를 향해 쇄도했다.

"안 돼! 내가 살아 있는 한 누구도 그이를 죽일 수 없다!"

일리나는 마사이를 향해 달려나가며 창을 쳐들었다.

"아수라 멸천파."

일리나의 창에서 솟아난 무지갯빛 휘황한 오러 블레이드

가 맹렬한 속도로 달려오는 5인의 소드 마스터를 향해 날아
갔다.

"감히 계집년이!"

마사이는 검을 휘둘러 날아드는 오러 블레이드를 쳐냈다.
붉은 오러 블레이드와 충돌한 일리나의 오러 블레이드가 대
폭발을 일으켰다.

콰콰쾅! 콰쾅!

폭발의 여파로 주변의 바위들과 나무들이 산산이 부서져
나갔다.

"가자, 헤럴드님을 구해야 한다."

핸더슨이 검을 쳐들고 달려나가자 용병들이 우르르 달려갔
다. 자신들은 소드 마스터의 적수가 되지는 못한다. 아니, 분
명 죽을 것은 뻔했지만 헤럴드를 죽게 내버려 둘 수는 없었다.

"와아~"

"성기사들아, 저놈들은 주신의 적이다! 마왕의 노예들을
쳐라!"

그들이 달려들자 성기사들도 검을 들고 달려들었다.

"이런 벌레 같은 것들이! 죽어라!"

일리나가 막아선 두 명을 제외한 3명의 마스터들이 검을
휘둘렀다. 그들의 검에서 쏟아져 나온 붉은 오러 블레이드가
용병들과 성기사들을 무자비하게 베어버렸다.

서걱. 서걱.

"악! 컥!"

그들이 소드 마스터의 상대가 될 수는 없었다. 몸통이 두 동강 난 용병들과 성기사들이 대지를 붉게 물들이며 쓰러졌다. 그것을 바라보던 헤럴드가 안간힘을 쓰고 있었다.

그러나 지금 모이고 있는 미약한 마나로는 겨우 일어설 수 있을 뿐이었다.

"틀렸어. 너무 많은 기를 소비했어. 아아."

너무도 강력한 적이기에 천지건곤파천을 시전하였는데 이렇게 많은 기가 소비될 줄은 생각도 못했다.

또다시 가까운 사람들이 죽어가는 것을 바라만 보자니 헤럴드의 심장이 터지는 것 같았다.

아버지의 품에 안겨 도망치면서 다시는 자기 사람들이 죽는 것을 보지 않겠다고 맹세했었다. 그랜드 마스터에 올랐지만 아직 헤럴드의 힘은 완전한 것이 아니었다.

"좋아. 이렇게 된다면 내 죽어도 너희들을 모두 데려간다."

헤럴드에게는 천지수라무에 있는 폭멸광(爆滅擴)이 있다. 원래 일리나에게 수라무를 전수하면서 이것만은 가르쳐 주지 않았다. 그러나 헤럴드는 자신이 죽는 한이 있더라도 사람들을 구하고 싶었다. 폭멸광이 시전되면 몸이 폭발하면서 사방 100미터 안에 있는 적은 모두 멸할 수 있다. 헤럴드는 최후의 힘으로 폭멸광을 시전하여 적들에게 집중하려고 마음먹었다.

그것이 성공할지는 모르겠지만 그렇지 않으면 저들은 모두 죽는다.

헤럴드가 폭멸광을 떠올리는 순간이었다.

'헤럴드, 나에게 정신을 내주면 저들을 처리할 수 있어.'

여태껏 뇌 속에 들어와서도 잠자는 것처럼 말이 없던 드래곤 로드 파흐비츠의 목소리가 뇌 속을 울렸다.

헤럴드는 흠칫했다.

'네가 어떻게?!'

'내가 드래곤이라는 것을 잊었느냐?'

'하지만 지금 내 몸의 기는 얼마 없다.'

그러자 파흐비츠가 코웃음쳤다.

'내가 위대한 드래곤이라는 것을 잊은 모양이군. 몸이나 빌려줘.'

파흐비츠의 거만한 말이 비위에 거슬리기는 했지만 지금 그것을 가릴 새가 아니었다.

'좋아. 다른 생각을 한다면 내가 그냥 두지 않는다. 그런데 어떻게 해야 하지?'

헤럴드는 드래곤이 계약할 때의 언령을 생각하고는 몸을 내주기로 결심하였다. 언령의 계약을 위반하면 드래곤은 소멸한다는 것을 알고 있기 때문이다.

사실 파흐비츠는 이 건방진 인간을 도울 생각이 전혀 없었다. 그러나 헤럴드가 자폭을 하려고 하자 그만 기겁을 하였다. 만약 이 건방진 인간이 자폭하면 드래곤들의 1만 년 꿈은 영영 사라진다. 영겁의 봉인을 해제할 방법이 없어지는 것이다.

'방법은 간단해. 그냥 정신을 거둬들인다고 생각해. 그러면 내가 네 몸을 통제할 수 있으니까.'

그 말에 헤럴드는 눈을 감고 모든 감각 기관을 막는다고 생각했다.

그 시각에도 사람들은 결사적으로 달려들고 있었고 마스터의 검에 두 동강이 나고 있었다.

"시발! 이 개자식아! 나도 죽여라!"

핸더슨은 두 명의 부하가 두 동강이 나 쓰러지는 것을 보자 눈에 불을 켜고 달려들어 대거를 휘둘렀다. 그러나 그의 검술은 소드 마스터에게는 아이의 장난이나 같았다.

휘익. 촤악.

오러 블레이드가 번쩍이자 핸더슨의 대거가 한순간에 잘려 나갔다. 그러나 핸더슨은 멈추지 않았다. 두 주먹을 부르쥔 핸더슨이 미친 듯이 달려들었다.

"개새끼, 너 죽고 나 죽자!"

불길이 펄펄 이는 핸더슨의 눈을 바라보던 자의 입에 비릿한 음성이 흘러나왔다.

"네 용기는 가상하다만 이젠 그만 죽어라."

놈의 검이 무서운 속도로 짓쳐들었다. 핸더슨은 눈을 질끈 감았다.

'시발, 이렇게 죽다니…….'

그런데 목이 잘리는 감이 느껴지지 않는다. 이상해서 눈을 뜬 핸더슨은 너무도 기뻐 눈물이 주르륵 흘러내렸다. 자기 앞을 막아선 헤럴드의 태산 같은 등이 보인 것이다.

"헤럴드님이 일어나셨다! 개새끼들 다 죽었어!"

피비린내가 풍기던 싸움의 현장에 있던 모든 사람들의 눈이 일시에 돌아갔다. 정말 헤럴드가 손가락으로 소드 마스터를 가리키고 있었다.

그런데 소드 마스터가 마치 온몸이 묶인 것처럼 꼼짝을 못하고 있었다.

"저, 저건 마법?!"

마사이는 눈이 둥그레졌다. 소드 마스터를 마법으로 묶어 놓으려면 최소한 9서클의 마법 정도는 돼야 한다. 그 이하는 몸을 둔화시킬 수는 있지만 어림도 없다.

그런데 지금 자기의 동료가 거미줄에 걸린 것처럼 꼼짝도 못하고 있었다.

"네놈이 마법까지 하고 있구나."

마사이는 동료를 구하기 위해 맹렬한 속도로 날아들었다. 하나 그것이 자기의 생명을 끝낼 줄은 상상도 못했다.

헤럴드의 한 손이 날아드는 그를 가리켰다. 그리고 나지막

한 음성이 흘러나왔다.

"카오스 블레이드."

쏴아아. 서걱. 서걱.

"크아아!"

마사이는 온몸을 엄습하는 통증에 목이 찢어지는 듯한 비명을 질렀다. 9서클 마법, 카오스 블레이드는 혼돈의 검이다. 눈에도 보이지 않는 무서운 검은 마사이를 수백 조각으로 잘게 썰어버렸다.

후드득.

피어 전 바닥에 잘게 썰려진 고깃덩이와 뼈들이 소복이 쌓이자 주변이 한순간에 조용해졌다. 남은 4명의 소드 마스터는 공포에 질려 오줌을 지렸다. 마사이는 자기들 중에 가장 강한 전사다. 그런 그가 단지 손가락으로 가리키자 고깃덩이가 되었으니 눈이 뒤집힐 수밖에 없었다.

"으으! 도망쳐야 해, 도망을……."

무슨 소리가 나오는지도 모르고 중얼거린 세 명의 마스터가 뒤로 돌아 냅다 도망쳤다.

지금 헤럴드에게 잡혀 있는 동료는 생각도 하지 않았다.

그들의 머리에는 어떻게든 살아야 한다는 한 가지 생각밖에는 없었다.

"마왕 플레이너스의 졸개들이 감히 내 앞에서 도망칠 수 있다고 생각하는가? 리버스 그레비티."

"으악! 이, 이게 뭐야?!"

도망치던 자들이 훌떡 뒤집혀지더니 허공에 둥둥 매달렸다. 마치 누가 거꾸로 잡아 든 것 같았다. 파흐비츠가 중력 역전 마법을 시전한 것이다. 역시 드래곤의 마법은 상대할 수 없는 무서운 것이었다.

"이제 그만 죽어라. 에시드 브레스."

파흐비츠의 언령이 흘러나오자 헤럴드의 목걸이에 있는 차이데루의 지팡이에서 마나의 물결이 회오리치며 흘러나왔다.

"크아악!"

공중에 거꾸로 매달려 있던 소드 마스터들의 몸이 다리에서부터 천천히 녹아내리기 시작하였다. 그것은 정말 소름 끼치는 장면이었다. 살이 녹아내리고 뼈까지 한 줌 물이 되어 흘러내렸다.

에시드 브레스는 드래곤만이 쓸 수 있는 강한 산성의 독이다. 그것이 인간의 몸에 퍼부어졌으니 녹아 없어지는 것은 당연했다.

"그러게 왜 덤벼들어. 헹, 바보 같은 놈들."

참혹한 장면에 모두가 머리를 돌리고 있는데 핸더슨만은 기세가 올라 소리치고 있었다.

모든 사람들이 아연해서 헤럴드(파흐비츠)를 바라보고 있었다. 그랜드 마스터만으로도 놀라운 일인데 마도사라니, 대체 이게 가능한 일인가?! 하지만 현실은 현실이었다.

얼떨떨하기는 일리나도 마찬가지였다.

"헤럴드."

일리나가 달려오자 파흐비츠는 음흉한 생각이 머리를 스쳤다. 지금이야말로 일리나를 안아볼 시간인 것이다.

'당장 들어와. 아니면 넌 언령의 저주를 받게 될 거야.'

갑자기 뇌를 치는 헤럴드의 말에 파흐비츠는 입맛을 쩝 다셨다. 안타까워도 할 수 없는 일이었다. 이 건방진 인간은 한다면 하는 자인 것이다.

'알았다. 들어가면 될 거 아냐.'

파흐비츠가 다시 뇌 속으로 들어오자 헤럴드는 달려오는 일리나를 품에 안았다.

"괜찮아요?"

일리나는 헤럴드의 눈을 자세히 살폈다. 방금 전의 눈빛은 분명 헤럴드와 다른 이질적인 것이었다. 다른 사람은 느끼지 못했지만 일리나는 무엇인가 이상하다고 생각했던 것이다.

"괜찮아. 우선 사람들의 시신을 처리하고 떠나자."

그때야 일리나는 마음을 놓았다. 분명 헤럴드였다.

"헤럴드님이 마법까지 할 줄은 몰랐습니다."

다가온 성기사단장이 하는 말에 헤럴드는 말이 궁해졌다. 그렇다고 이제 와서 할 줄 모른다고 할 수도 없었다.

"그게… 조금 할 줄 압니다."

소드 마스터들을 꼼짝 못하게 하고 녹여 버리는 것이 조금 하는 것이라고?

성기사단장은 머리를 절레절레 흔들었고 핸더슨은 마치 신을 바라보듯 헤럴드를 쳐다보고 있었다. 열렬한 광신도처럼…….

이날의 격전은 헤럴드에게 큰 성과를 안겨주었다. 하나는 필요할 때 파흐비츠를 써먹을 수 있다는 것이고 다른 하나는 목걸이에 있는 마나를 대량 흡수할 수 있는 길을 찾은 것이다.

파흐비츠가 마나를 사용하면 엄청난 마나가 흘러나왔고 헤럴드는 손쉽게 그것을 정제하여 혼돈의 기로 만들 수 있게 된 것이다.

포티니아 시는 세이지 부족의 기본 성도이다. 아이스 왕국에 있는 세 개의 부족은 수도 테오코름 시에는 별장과 같은 성을 가지고 있지만 기본적인 부족의 성도를 가지고 있다.

두두두두.

포티니아 시의 중앙 대로를 따라 100여 필의 말이 눈보라를 일으키며 달려오고 있었다.

성문 위에 서서 그것을 바라보던 파수장이 파수들에게 명을 내렸다.

"어서 성문을 열어라. 아모리나 공주님이시다."

그러자 파수병들이 거대한 성문을 열기 시작하였다.

삐이걱. 삐이걱.

활차에 연결된 성문이 요란한 소리를 내며 천천히 열리고 말들이 질주해 왔다.

"공주님을 향하여 경례!"

"충!"

"충!"

파수병들이 성문의 양옆에 서서 군례를 올리자 말을 타고 달려온 은빛의 갑주를 입은 여인이 손을 들었다. 그러자 뒤따라오던 기사들이 일사불란하게 말을 멈춰 세웠다.

이들은 아모리나 공주의 친위기사들이다.

"수고들 해요. 우리가 돌아올 때까지 성을 잘 지켜주기 바래요."

"염려 마십시오, 공주님."

파수장이 힘차게 대답하자 녹색의 머리를 길게 늘어뜨린 아모리나가 밝은 웃음을 지었다.

그녀를 보는 전사들의 눈은 모두 존경심으로 가득 차 있었다. 은빛의 갑주를 입은 아모리나의 모습은 마치 미소년을 방불케 했다. 어릴 때부터 총명한 지혜와 뛰어난 검술 실력으로 부족민들의 한결같은 사랑을 받은 그녀는 세이지 부족의 다음 대 후계자이다.

아들이 없는 세이지 부족장이지만 아모리나 공주를 두고

열 아들 부럽지 않다고 말할 정도로 그녀는 모든 것에 뛰어났
다.

"그럼 수고들 하세요."

공주가 말을 하고 박차를 가하자 100여 필의 말이 질풍처
럼 내달려 성문을 벗어났다.

그것을 바라보던 파수장이 흐뭇한 얼굴로 중얼거렸다.

"캄노스 부족과 혼인을 맺으면 우리 세이지 부족을 건드릴
자는 없을 것이다."

"파수장님, 그럼 공주님께서 캄노스 부족의 후계자와 혼인
을 한다는 것이 사실입니까?"

파수병의 서운한 듯한 말에 파수장이 빙그레 웃으며 돌아
보았다. 다른 파수병들의 얼굴에도 모두 서운한 기색이 어려
있는 것을 본 파수장은 싱긋 웃었다.

"이보게들, 아모리나님은 여인이야. 시집을 가는 것은 당
연하지. 게다가 캄노스 부족의 후계자인 파르몽 르 캄노스님
께서는 용맹이 뛰어난 분일세. 우리 공주님과 딱 어울리는 짝
이 아닌가?!"

"하지만 공주님께서 시집을 가시면 우리 부족은 어떻게 되
는 것입니까?"

파수병의 말에 파수장은 웃음을 터뜨렸다.

"하하, 자네들 그것이 걱정인 모양이군. 아모리나 공주님
은 혼인을 해도 우리 부족에서 떠나지 않기로 하셨다고 알고

있네. 캄노스 부족의 파르몽님이 이곳으로 온다더군."

"그 말이 사실입니까?"

파수장이 고개를 끄덕였다.

"부족장님의 친위대에 있는 친구가 한 말이니 사실일 거야."

그러자 파수병들도 모두 머리를 끄덕였다. 사실 아이스 왕국 내에서 가장 세금이 낮고 살기 좋은 곳이 바로 이 세이지 부족이었다. 그것은 드워프들이 많아 생산물이 많이 나왔고 부족장이 선정을 베풀고 있기 때문이었다.

이제 캄노스 부족과 사돈이 된다면 파빌사그 부족도 함부로 하지는 못할 것이었다.

군사들의 얼굴에 웃음꽃이 피어났다.

"방금 떠났습니다. 그녀는 예정대로 그라이스 호수에서 파르몽을 만나 사냥을 할 것입니다."

까만색의 갑주를 입은 자가 하는 말에 티나는 입술을 악물었다.

아모리나 그녀 때문에 티나는 언제나 2등이었다. 캄노스 부족의 파르몽도 티나가 먼저 사랑한 남자였다.

사내답고 용맹한 그를 보았을 때부터 자신의 것이라고 생각하며 미래를 꿈꾸었다.

그러나 아버지인 세이지 부족장은 그의 혼인 상대로 이복 언니인 아모리나를 찍었고 오늘도 그녀는 그라이스 호수에서 사냥을 한다. 말이 사냥이지 두 사람 간의 사랑을 싹 틔워주기 위한 방법의 하나였다.

티나는 으드득 이를 갈았다. 눈을 감으면 아모리나가 파르몽의 품에 안겨 있는 모습이 선명하게 떠오른다. 두 연놈들이 서로를 애무하는 것을 생각하니 몸이 부르르 떨린다.

티나의 눈에서 질투와 원한이 뭉글뭉글 피어올랐다.

"절대로 그렇게 두지 않는다."

창문을 내다보던 티나가 홱 돌아섰다.

"준비는 어떻게 되었느냐?"

까만 갑주가 허리를 굽혔다.

"현재 데몬 전사단에서 온 1급의 전사들이 하인들로 가장해 내성의 모든 곳에 배치되어 있습니다. 그리고 파머그레넛 기사단의 부단장님은 준비를 끝마쳤습니다."

파머그레넛 기사단은 족장의 친위기사단이다. 이미 친위기사단의 부단장은 티나의 치마폭에 감겨 있는 상태였다.

"다른 일은?"

티나가 묻는 뜻을 짐작한 까만 갑주가 속삭이듯 말하였다.

"그라이스 호수에는 별동대가 직접 쳐들어갈 것입니다. 오늘 마법 수정구를 통해 연락을 받았습니다. 알프레드님은 사정이 있어 가지 못한다고 합니다."

티나는 고개를 끄덕였다. 알프레드가 가든 못 가든 그것은 상관이 없었다. 아모리나만 죽으면 일은 성사되는 것이다. 이제 자기의 세상을 위한 야망의 수레바퀴가 구르기 시작하였다.

"좋아. 작전은 새벽에 시작한다. 이제부터 세이지 부족은 새로운 역사의 문을 연다."

"알겠습니다, 족장님."

부하가 깊숙이 허리를 굽혀 인사를 하고는 밖으로 나갔다. 그것을 보는 티나의 눈에 만족한 웃음이 어렸다.

"족장이라… 호호. 그래, 이제부터 내가 족장이다."

그녀의 눈이 저쪽 아버지가 있는 족장의 성채를 바라보았다.

"아빠, 나도 이렇게 하기는 싫었어요. 그러나 아빠는 나를 그년과는 상대도 않게 보았지요. 하지만 이 티나는 그년보다 몇 수 높답니다. 아빠나 그년은 이 세이지 부족으로 만족하고 있었지만 나는 아이스 왕국을 내 손아귀에 넣을 것입니다. 그걸 위해서는 수단과 방법을 가리지 않을 것이에요. 잘 가세요. 이제부터 시작입니다."

티나의 야망은 결코 세이지 부족만이 아니었다. 일단은 부족을 장악하고 다음은 캄노스 부족이 그녀의 목표였다. 아버지와 언니를 죽이고 나면 자연히 이 부족은 그녀의 손에 들어온다.

그다음 캄노스 부족의 후계자와 혼인을 하고 나면 두 부족은 자연히 하나가 될 것이고 그다음이 파빌사그 부족이었다.

티나는 아이스 왕국을 통일한 초대 여왕이 되는 것이 꿈이었다.

"세상은 힘보다 머리를 가진 자가 지배한다는 것을 내가 보여줄 것이야. 호호호."

그녀의 웃음소리가 방 안을 울렸다.

"족장님. 버내너 와인을 가져왔습니다."

쟁반을 받쳐 든 하녀가 버내너 와인을 탁자에 놓고 나갔다. 족장 세이지는 잠들기 전에 항상 버내너 와인을 마신다.

버내너(바나나)는 남방에서 상인들이 이곳으로 들여온다. 세이지 부족은 그것으로 와인을 만들었고 그 역사가 벌써 800년이나 되어 세이지 부족의 특산물 중 하나였다.

세이지는 와인을 한 잔 마시고는 기분 좋게 잠자리에 들었다. 부족은 잘 돌아가고 있고 아모리나가 캄노스 부족의 후계자인 파르몽과 혼인을 하게 되면 서로 동맹을 맺게 된다.

그러면 저 욕심 많은 파빌사그 부족도 함부로 덤비지 못할 것이다. 사실 세이지 부족은 아이스 왕국에서 가장 부유한 부족이지만 무력은 가장 약한 축에 속했다.

그러나 두 부족이 혼인을 함으로써 그 문제는 풀리게 되었다.

기분 좋은 생각으로 잠이 들려던 세이지 족장은 갑자기 숨이 막혀오는 바람에 눈을 떴다.

"이, 이게… 밖에 누구 없느냐?"

안간힘을 쓰며 부르짖자 문이 벌컥 열리고 두 명의 친위기사가 뛰어들어 왔다.

"족장님, 무슨 일입니까?"

얼굴이 하얗게 탈색된 세이지 족장이 부들부들 떨리는 손으로 탁자를 가리켰다.

"와인에… 독이!"

두 친위기사의 눈에 당혹감이 어렸다. 독이라니.

"빨리 치료사를 불러라! 족장님께서 독에 당하셨다!"

두 기사가 소리를 지르며 뛰어나가는 순간, 친위기사단의 부단장이 방에 들어섰다.

"무슨 일이냐?"

"부단장님! 와인에 독이……. 족장님께서 독에 당하셨습니다."

침대 위에서 고통에 몸을 비트는 족장 세이지를 내려다보던 부단장 게오르그는 얼굴에 싸늘한 웃음을 머금고 검자루를 잡아갔다.

"이 비열한 파빌사그의 개들, 감히 족장님을 암살하다니."

두 기사는 그만 어안이 벙벙해졌다.

"예? 부단장님, 그, 그게 무슨 소리… 크악!"

"아악!"

촤악. 촤악.

두 기사는 미처 어떻게 된 영문인지도 모른 채 번개처럼 휘둘러지는 검에 목이 잘려 버렸다. 바닥에 뒹구는 목을 내려다본 부단장이 명을 내렸다.

"즉시 와인을 가져온 하녀를 잡아라. 그리고 이 시각부터 파머그레넛 기사단에 비상을 걸어라."

뒤에 서 있던 그의 심복 부하 두 명이 밖으로 달려나갔다.

눈앞이 흐려지는 속에서도 이 모든 것을 본 족장 세이지는 이것이 음모라는 것을 깨달았다.

"누구냐? 누가… 이 음모를 꾸몄느냐?"

부단장 게오르그의 얼굴에 비웃음이 어렸다. 그는 고통에 땀을 흘리는 세이지의 얼굴에 자기의 얼굴을 바싹 들이댔다.

"호호. 족장, 이건 모두 당신이 자초한 화요. 오늘 밤의 일은 바로 당신의 딸인 티나가 벌인 일이오. 그녀는 앞으로 세이지 부족의 족장이 될 것이오."

그 말을 들은 족장이 분노로 두 눈을 부릅떴다.

"티나가, 어찌 티나가… 하지만 아모리나가 있는 이상 너희들의 뜻대로는… 컥! 안 될 것이다."

그러자 문밖에서 여자의 목소리가 들려왔다.

"호호. 아빠, 걱정 마세요. 아모리나 언니는 그라이스 호수에서 죽을 거예요. 파빌사그 부족의 전사들에게. 그리고 나는 캄노스 부족의 파르몽과 혼인을 하게 될 것이고 두 부족을 통합할 것입니다. 그러니 저 세상에 가서 이 딸이 어떻게 세이지 부족의 영광을 떨치는지 기대하세요.”

방으로 들어온 티나의 생글거리는 얼굴을 본 세이지 족장은 숨이 턱 막혔다. 그의 눈에 회한의 눈물이 흘러내렸다.

“네가 어떻게… 네가… 아하, 부인, 당신의 말이 옳았구려. 난 독사를 키웠소. 커억!”

세이지 족장은 너무도 원통하여 피를 토하고는 그대로 쓰러졌다. 세이지 족장의 첫째 부인은 죽을 때 세이지에게 둘째 부인의 딸인 티나를 경고했었다.

그러나 족장은 대수롭지 않게 생각하였는데 그것이 오늘과 같은 비극을 초래한 것이었다.

티나의 얼굴이 독기로 새파래졌다. 그녀는 숨을 거둔 족장을 쏘아보았다.

“죽는 순간까지도 그 연놈들을 입에 담다니. 내가 그들의 흔적을 깨끗이 지워줄 테다. 두고 봐요, 아빠, 아모리나 그년이 어떤 고통을 받으며 죽어가는지. 호호호.”

광기 어린 웃음을 흘리던 티나가 돌아섰다. 그녀의 새파란 눈이 게오르그를 쏘아보았다.

“단장은 어떻게 됐어요?”

“지금 기사단장의 숙소에는 발키리 전사들이 들어갔습니다. 그리고 계획대로 성의 모든 곳에 투입된 발키리 전사들이 우리 기사의 옷을 입고 족장의 심복들을 척살하고 있습니다.”

그제야 티나의 얼굴이 환하게 펴졌다.

“단장을 척살하고 즉시 포고를 발표하세요. 놈이 아빠를 죽였다고.”

“알겠습니다, 족장님.”

게오르그가 급히 밖으로 나가자 티나는 아버지의 시신을 바라보았다. 눈을 부릅뜨고 죽은 아빠를 보니 마음 한구석에는 뭔가 두려움이 밀려왔다. 하나 그녀는 마음을 다잡았다.

‘어차피 해야 할 일이었다. 이제부터는 내 세상이 열리는 것이다.’

그녀가 부하들을 데리고 밖으로 사라졌다.

모두가 잠든 새벽, 세이지 부족의 내성에서는 검과 검이 부딪치는 소리, 사람들의 비명 소리가 밤하늘을 울렸다. 데몬 전사단에서 파견된 발키리 전사들이 족장의 심복들을 가차없이 척살하고 있었다.

“네놈들이 감히 이런 짓을 벌이다니. 누구냐? 감히 누가 나를 모함하려 하였느냐?”

파머그레넛 기사단장 미쉘의 주위에는 여러 구의 시신이 널려 있었다. 모두 그에게 덤비다가 죽은 자들이었다.

“흐흐. 단장, 이젠 그만 검을 놓는 게 어떻소. 당신이 파빌사그 부족의 사주를 받아 족장님을 암살했다는 증거는 이미 모두 확보했소.”

부단장 게오르그의 말에 미쉘의 눈에서 불똥이 튀었다.

"그 더러운 입 닥쳐라! 감히 나에게 이런 모략을 꾸미다니… 이놈들!"

미쉘의 검이 은빛을 그리며 게오르그에게 날아들었다.

촤앙. 촹.

하지만 그의 검은 옆에 서 있던 붉은 갑주를 입은 자에게 막혀 버렸다. 게오르그의 옆에 있는 자들은 모두 데몬 전사단에서 보내온 2급의 발키리 전사들이었다.

이들은 상처가 생겨도 급속히 아물고 목이 잘리지 않는 이상 오직 적에게만 돌진하는 키메라였다. 겉은 사람과 똑같이 생겼지만 사람이 아닌 것이다.

"호호, 당신이 상급의 기사이긴 하지만 이들을 이길 수는 없소. 그리고 더 이상 반항한다면 당신의 부하들은 모두 역적의 죄명을 쓰고 참살당할 것이오. 당신만 죄를 인정한다면 당신의 부하들과 가족들은 살 것이오."

게오르그의 말에 단장 미쉘은 검을 잡은 손에서 힘이 스르르 빠져나가는 것을 느꼈다.

저 붉은 갑주를 입은 놈들은 자기보다 실력이 높은 자들이다. 결코 이들의 손에서 빠져나가기는 힘들었다. 놈들의 말을 다 믿는 것은 아니지만 자신을 희생해서 부하들을 살릴 수만 있다면 차라리 그렇게 죽는 것도 나쁘지는 않을 것 같았다.

그들이 살아남는다면 언제든 이 복수는 해줄 것이다. 미쉘은 게오르그를 쏘아보았다.

"좋다. 부하들을 살려준다면 내가 죄를 뒤집어쓰지. 그전에 묻겠다. 누가 이 일을 꾸몄느냐?"

게오르그는 어깨를 폈다. 어차피 이자를 생포하려고 한 것은 명분을 만들기 위해서였다.

이자가 족장 시해죄를 뒤집어쓴다면 부족의 모든 기사들은 티나에게 충성을 맹세할 수밖에는 없었다.

"이 부족의 족장님은 티나 공주님이 될 것이오. 그 이상은 나도 말 못하오."

게오르그의 말에 미쉘은 하늘을 우러러 눈물을 흘렸다. 이제야 이번 반란의 주동자가 누구라는 것을 알아챘다. 그러나 때는 이미 늦었다. 단장은 더 이상 힘이 없었다.

"아… 세이지 족장님, 부디 못난 저를 용서하십시오."

챙그랑.

그의 검이 힘없이 바닥으로 떨어져 내렸다. 눈물이 번쩍거리는 그의 눈이 게오르그를 쏘아보았다.

"너의 말을 믿겠다. 부하들은 죽이지 마라."

"그거야 당연한 것이지 않겠소. 이제 당신의 부하들은 내 부하인데. 반역자를 묶어라."

게오르그의 명에 심복들이 우르르 달려들어 미쉘을 묶어 끌어갔다.

날이 푸름푸름 밝아오는 새벽, 세이지 부족은 세상이 바뀌었다. 많은 기사들이 참살되었고 단장과 원로들을 비롯한 충신들이 감옥으로 끌려갔다.

그들은 티나에게 회유되던가, 아니면 반역자로 처형될 것이었다.

*　　　*　　　*

그라이스 호수는 파빌사그 부족과 캄노스 부족 간의 경계 지점에 있는 거대한 호수다.

호수의 반대편에는 파빌사그 부족이 있고 동쪽에는 캄노스 부족의 영지가 있다. 길게 누워 있는 호수의 서쪽으로는 황금길과 통하는 산맥들이 줄줄이 늘어서 있다.

안개가 자욱한 그라이스 호수의 끝 자락에 있는 산줄기 밑에 여러 개의 텐트들이 줄지어 쳐 있었다. 아모리나 공주의 기사들과 캄노스 부족의 후계자인 파르몽이 데리고 온 기사들이 친 텐트들이다.

텐트들이 있는 넓은 공터에는 커다란 모닥불이 타오르고 있었고 기사들이 오늘 사냥한 짐승들을 굽고 있었다. 성대한 야유회이다.

"기사들이 모두 기뻐하고 있어요."

안개가 낀 호숫가를 걸으며 아모리나가 옆에 있는 파르몽을 애정 어린 눈빛으로 쳐다보았다. 부리부리한 눈썹과 널찍한 어깨를 가진 파르몽은 어떤 여인이라도 반할 만큼 사내다운 남자였다.

"앞으로는 이런 사냥을 자주 해야 할 것 같소, 아모리나."

파르몽의 다정한 말에 아모리나가 고개를 끄덕였다.

"저도 그렇게 생각해요. 자주 만나야 기사들이 서로 친밀해질 것이에요."

아모리나의 말에 파르몽은 정겨운 눈길로 그녀를 바라보았다. 이들은 본래는 정략혼인으로 만났다. 3년 전 처음 만났을 때부터 이들은 서로에게 끌리는 감정을 느꼈다.

부모들은 부족의 미래를 위해 동맹을 맺으려고 했지만 이 두 남녀의 생각은 달랐다.

혼인을 한다면 결국 한 몸이 된다. 게다가 3년 동안 두 사람의 사랑은 이제 누구도 막을 수 없는 지경에까지 왔다.

둘은 이미 두 부족을 합쳐 하나의 부족으로 통합할 계획까지 세워놓은 상태였다.

그건 이제 태어날 두 사람의 후예를 위해서도 바람직한 일이었다. 아모리나의 몸에는 두 사람의 사랑의 결실인 태아가 자라나고 있었다.

"바람이 차오, 아모리나. 이젠 들어갑시다."

아모리나의 어깨를 그러안은 파르몽의 말에 아모리나는 조금 더 사랑하는 님의 품에 안겨 있고 싶었다.

"조금 더 있다 들어가요."

"하지만 당신은 혼자 몸이 아니오. 우리들의 2세도 생각해야지."

파르몽이 아모리나의 배에 슬그머니 손을 올려놓자 그녀는 행복하면서도 부끄러워 파르몽의 품에 얼굴을 묻었다. 파르몽의 몸에서 사내의 억센 땀 냄새가 아모리나의 콧속으로 스며든다. 시큼한 맛이지만 그녀는 이 냄새가 좋았다. 그건 사랑하는 이의 냄새였으니까.

"아모리나, 사랑해."

귓가에 대고 말하는 파르몽의 말에 그녀는 더욱더 품속으로 파고들었다.

"저도요. 언제나 당신을 사랑해요."

두 사람의 입술이 부드럽게 맞닿았다. 정신이 아찔하도록 서로의 체취를 맡고 있는 그 시각 숙영지에서는 난리가 일어났다. 갑자기 몬스터들이 해일처럼 밀려들기 시작한 것이다.

"오크다! 트롤이다!"

"검을 잡아라!"

고기를 굽고 있던 기사들은 해일처럼 밀려오는 몬스터들을 보며 검을 들고 진을 만들기 시작했다. 안개 속으로 밀려드는 몬스터들은 엄청나게 많았지만 기사답게 누구 하나 덤비는 사람들은 없었다.

우르르르.

두 개의 원형진을 만든 기사들이 몬스터들과 격전을 벌이기 시작하였다.

촤앙. 촹. 촹.

키엑. 크르륵.

오크들과 트롤들이 맹렬한 기세로 달려들었지만 결코 기사들을 이길 순 없었다.

사방에서 기사들의 검이 번쩍이면 푸른 피가 날아올랐고 잘려진 오크와 트롤들의 목과 팔다리들이 떨어져 나갔다.

"모조리 죽여라! 캄노스 기사들의 본때를 보여라!"

"쳐라! 우리는 아모리나 공주님의 친위대들이다!"

두 개의 기사단이 경쟁을 하듯 몬스터들을 쓸어버리기 시작하였다. 그러나 몬스터들의 공격은 끊임이 없었다. 원래 몬스터들은 상대가 강하면 그대로 달아난다.

그것이 몬스터의 본능이지만 이놈의 몬스터들은 어찌 된 일인지 죽여도 죽여도 계속 밀려들었다. 파도처럼 밀려오는 몬스터들은 모두 눈들이 시뻘겋다.

"취익. 죽여라. 맛있는 인간이다."

"죽여라. 취익."

오크들이 달려들고 트롤들이 달려든다. 게다가 그들의 사이사이에는 오거들까지 보였다.

마치 몬스터 연합 대회라도 하는 것처럼 오직 인간들을 향해 살기를 띠고 밀려든다.

푸른 피가 낭자하고 기사들은 점점 기가 질려갔다.

"아무래도 이상합니다! 이 몬스터들은 정상 같지가 않습니다, 단장님!"

캄노스 기사단의 부단장이 한 마리의 트롤을 베어버리고 단장에게 소리를 질렀다. 그도 뭔가 이상하다고 생각하고 있었다.

"그래, 뭔가 이상해. 마치 광기에 휩싸인 몬스터들 같아."

단장도 이상했지만 지금으로서는 도저히 피할 길이 없었다. 천지 사방이 모두 몬스터들의 물결이다. 아모리나 공주의 기사들도 달려드는 몬스터를 처리하느라 정신이 하나도 없었다.

"기사들은 방진형으로 물러나라."

"모두 천천히 물러나라."

갑자기 두 남녀의 목소리가 혼잡한 싸움판에 울려 퍼졌다.

그러자 기사들의 환호성이 울려 퍼졌다.

"아모리나 공주님이시다!"

"파르몽 도련님이시다!"

파르몽과 아모리나가 맨 후위에 서서 부하들을 이끌고 서서히 호수 쪽으로 물러서고 있었다.

촤악. 촤악.

파르몽과 아모리나 공주의 검에 하얀색의 마나 블레이드가 이글거렸고 달려드는 몬스터들을 가차없이 베어버리고 있었다. 두 사람 모두 상급의 기사였다.

"호호호. 역시 아모리나 저 계집은 잘 빠졌군!"

숲 속에서 검은 로브를 뒤집어쓴 한 명의 남자가 입맛을 다시며 아모리나의 활약을 살피고 있었다. 그의 주변에는 안개 속에 몸을 숨기고 있는 발키리 전사들이 보였다.

바로 데몬 전사단의 1급과 2급의 발키리 전사들이었다. 알프레드는 이곳으로 직접 오려고 했지만 감찰관의 명으로 그만 오지 못하였다.

대신 그는 흑마법사에게 반드시 아모리나는 죽이지 말고 잡아오도록 명하였다.

"호호호. 저런 계집을 그 덜떨어진 놈에게 줄 수는 없지. 오랜만에 미인을 맛보게 되겠군. 클클클."

흑마법사는 늘씬한 몸을 제비처럼 날리며 몬스터들을 베어버리는 아모리나를 보며 침을 흘렸다. 이 흑마법사는 데몬 전사단 소속이 아니라 검은 탑의 감찰관 세이드의 부하였다.

아모리나를 여기서 죽여 버린다고 하여 알프레드 따위가 감히 어쩔 수 없는 인물인 것이다.

지금 달려들고 있는 몬스터들은 그의 디바인 마크에 의하여 이곳으로 몰려든 무리들이었다.

흑마법사인 그에게 이런 일은 정말 쉬웠다. 본래 몬스터들은 어둠의 마기를 본능적으로 따른다. 그것을 이용하여 몬스터들에게 환각 마법을 걸었고 이 산맥의 몬스터들이 무리로 몰려들고 있는 것이다.

"한두 시간만 기다리면 저것들은 지쳐 쓰러지겠군."

흑마법사는 치열한 혈전이 벌어지는 싸움터를 바라보며 느긋하게 기다렸다.

이곳에 데리고 온 발키리 전사들을 투입하면 간단하게 쓸어버릴 수 있지만 그는 그렇게 하지 않았다. 일단은 이들이 몬스터에게 죽었다는 흔적을 남기는 것이 임무인 것이다.

저들이 지쳤을 때 발키리 전사들을 내보내 마무리하면 끝이다. 게다가 덤으로 미녀까지 안아볼 수가 있었다.

"아모리나, 안 되겠소. 어떻게 해서든 빠져나가야 하오."

치열한 싸움을 벌이던 파르뭉이 무리로 달려드는 몬스터들을 보며 소리쳤다.

아모리나도 지금 상태로 계속 싸운다면 기사들이 지친다는 것을 느끼고 있었기에 다급하였다.

모든 기사들이 힘에 겨워 헐떡이는 것이 보였다.

하지만 지칠 대로 지친 기사들을 데리고 해일처럼 밀려드는 몬스터들을 헤치고 나갈 수도 없었다.

"하지만 나갈 길이 없어요."

"호수로, 호수로 빠져나갑시다."

파르뭉의 말에 아모리나는 호수를 돌아보았다. 정말 갈 길은 저 호수밖에 없었다.

“내가 우리 기사들을 데리고 몬스터들을 막겠소. 그동안 뗏목을 만드시오.”

“알았어요.”

아모리나는 달려드는 오크를 베어버리고 자신의 기사들에게 몸을 날렸다.

“릴리 기사단은 뒤로 물러서라! 이제부터 뗏목을 만든다!”

아모리나의 외침에 상황을 눈치 챈 기사들이 뒤로 물러나 주변에 있는 작은 나무들을 닥치는 대로 베기 시작하였다. 지금의 상태에서는 호수로 빠져나가는 것이 가장 합리적인 것이었다.

캄노스 기사단은 반달형으로 방어진을 치고 몬스터들을 베기 시작하였다.

“절대로 방어진이 뚫리면 안 된다! 뗏목을 만들 때까지 막아라!”

“알겠습니다! 도련님!”

기사들이 이를 악물고 달려드는 몬스터들을 베기 시작하였다. 그러나 힘이 진한 기사들이 점점 밀리고 있었다.

“오거다!”

갑자기 몬스터의 무리 속에서 나타난 오거가 사람의 몸통만 한 몽둥이를 휘둘렀다.

붕~ 부웅! 붕~ 퍼억!

“악!”

몽둥이에 맞은 기사의 머리가 터져 나가며 하얀 뇌수와 피가 뿌려졌다. 최초의 희생자였다.

그것을 본 파르몽은 분노하였다. 감히 몬스터 따위가 자기 기사를 죽이다니. 파르몽의 몸이 비호처럼 달려갔다. 그의 검에 마나 블레이드가 이글거렸다.

휘익. 좌악.

크어어!

한 팔이 잘린 오거가 비명을 지르고는 누런 이를 번뜩이며 달려들었다. 오거가 휘두르는 몽둥이가 위협적으로 윙윙거렸다.

"어림도 없다. 놈."

마나 스텝을 밟으며 측면으로 돌아간 파르몽의 검이 사선을 그렸다.

좌악.

번개처럼 그어진 검에 오거의 머리통이 푸른 피를 뿜으며 날아올랐다.

"더러운 놈. 컥!"

오거를 베고 돌아서던 파르몽은 옆구리를 불로 지지는 것 같은 통증을 느끼며 검을 휘둘렀다. 뒤에서 검을 찔렀던 오크가 괴상한 비명을 지르며 목이 떨어져 나갔다.

"쳐라! 모두 죽여라!"

쏟아지는 피를 막으며 소리를 치는 그의 귀에 아모리나의 외침이 들렸다.

"파르몽! 어서 와요! 뗏목이 만들어졌어요!"

그 말에 돌아보니 릴리 기사단이 대충 만든 뗏목을 호수로 밀어내고 있는 것이 보였다.

"모두 호수로 물러서라."

캄노스 기사단이 몬스터들을 버려두고 뒤로 달리기 시작하였다. 뗏목 위에는 10여 명의 릴리 기사단이 노 저을 준비를 하고 있었다.

기사들이 헐떡거리며 달리는 숨 가쁜 소리, 따라오는 몬스터들의 야생적인 고함 소리, 호숫가가 온통 악마 굴이 끓듯 하였다.

"빨리 뗏목에 오르라. 아니, 저, 저……."

기사들에게 명을 내리던 파르몽은 눈이 둥그레졌다. 파르몽뿐이 아니었다. 아모리나도 기사들도 모두 멍청한 표정이 되었다. 갑자기 호수 속에서 물기둥이 하늘 높이 솟아올랐다.

거대한 이발과 쩍 벌린 입, 단단한 껍질로 둘러싸인 번들거리는 각질, 강철 같은 기다란 꼬리가 뗏목을 향해 해머처럼 떨어져 내렸다.

"아앗, 레이크 크로커다일이다!"

"피해라!"

뗏목 위에 있던 기사들이 소리치며 몸을 날렸지만 한발 늦었다. 마치 강철의 기둥 같은 크로커다일의 꼬리가 뗏목에 그대로 들이쳤다.

콰앙! 와자작!

레이크 크로커다일은 강이나 호수에 사는 몬스터이다. 상어 같은 이빨이 촘촘히 붙은 거대한 입을 쩍 벌린 크로커다일이 기사들을 한입에 덥석 물었다.

콰지직!

"크악!"

기사의 단말마의 비명과 함께 핏물이 흩어졌다. 그것을 바라보는 기사들이 동료의 죽음에 발을 동동 굴렀지만 뾰족한 방법이 없었다. 레이크 크로커다일의 몸뚱이는 창칼도 잘 들어가지 않는 각질로 덮여 있는 데다가 물속에 있으니 공격할 방법이 없었다.

물 위에 떠서 허우적거리던 기사들이 하나둘 크로커다일의 입속으로 사라졌다.

크아앙!

10여 명의 기사들을 한입에 삼킨 크로커다일이 사발만 한 붉은 눈동자를 굴리며 주위를 둘러보더니 물속으로 사라져 버렸다.

"아아!"

아모리나의 눈에서 눈물이 샘솟듯 쏟아져 나왔다. 릴리 기사단의 기사들 10여 명이 순식간에 몬스터의 뱃속으로 사라졌건만 그녀는 무엇 하나 할 일이 없었다. 자기를 따르던 기사들이 죽었다. 그녀의 눈에서 불이 일었다.

"죽인다! 이놈의 몬스터들!"

그녀가 검을 집고 돌아서는 순간이었다. 몬스터들이 마치 자기들의 우두머리에게 길을 내주듯 좌우로 짝 갈라지는 가운데 검은 로브를 입은 자가 붉은 갑주를 착용한 자들과 함께 오는 것이 보였다.

그렇게 흉악한 이빨을 드러내고 덤벼들던 몬스터들이 마치 길든 집짐승마냥 자리를 비켜주고 있었다. 그렇다면 이들이 몬스터를 조종한 자들이라는 뜻이다.

"너는 흑마법사인가?"

파르몽이 다가오는 로브에게 증오의 눈길을 던지며 물었다. 다가오던 흑마법사가 멈춰 서더니 기사들을 둘러보았다.

"판단이 빠른 자들이군. 그래, 내가 흑마도사 다크 질레트다."

질그릇이 깨지는 듯한 거북한 말소리에 기사들은 얼굴을 찡그렸다.

"우리는 당신을 적대시한 적이 없소. 그런데 어째서 우리를 핍박하는 거요?"

파르몽의 말에 흑마도사가 클클거렸다.

"나도 너희들을 괴롭힐 생각은 없었지. 그런데 내 상관은 너희들을 죽이라고 하더군. 특히 너 아모리나는 꼭 윤간하여 죽이라는 명령을 받았다."

"뭐라고? 감히!"

파르몽이 검을 치켜들자 릴리 기사들이 분개한 얼굴로 검을 겨누었다.

그들에게 주군은 아모리나다. 자기의 주군을 모욕하는 자를 그대로 둔다면 그것은 기사가 아니다.

"개자식! 죽여 버린다!"

기사들이 돌진하려는 순간 아모리나가 앞으로 나섰다.

"당신은 나와 만난 적도 없고 원수진 일도 없어요. 그런데 어째서 그런 청부를 받았죠?"

"호호. 넌 아직 아무것도 모르고 있겠지. 하도 네 미모가 아름다우니 한 가지는 알려주지. 그래야 죽어도 한이 없을 것 아니냐. 너의 세이지 부족은 이미 티나라는 계집애가 차지했다. 너희들이 죽어야 부족의 족장이 될 것이 아니냐? 그러니 청부는 당연한 것이지."

흑마도사의 말이 흘러나오자 아모리나는 격분하여 소리를 질렀다.

"닥쳐라! 부족에는 아버님이 계시고 정예의 기사들이 있다! 티나가 아무리 야망이 크다고 해도 어림도 없는 일이다!"

그녀의 분노한 얼굴을 보던 흑마도사 다크 질레트가 차가운 얼굴로 변했다.

"믿든 안 믿든 그건 너희들의 마음이고… 이만큼 알려줬으면 너는 내 품에서 죽어도 한이 없을 거다. 자, 이젠 죽을 준비들을 해라.”

다크 질레트가 말을 끝내고 뒤로 물러서자 기사들이 검을 치켜들고 빙 둘러섰다.

파르몽은 이제 더 이상 피할 곳이 없다는 것을 알았다. 뒤에는 크로커다일이 있고 이 주변은 모두 몬스터들이 둘러싸고 있다.

게다가 저 흑마도사라는 자의 옆에 있는 50여 명의 붉은 갑주를 입은 자들의 실력은 얼마나 되는지 가늠할 수가 없었다.

더구나 자기의 기사들은 이미 모두 지칠 대로 지친 상태였다.

“얘들아, 저 계집만 포로로 잡고 나머지는 죽여라.”

파르몽이 속으로 생각을 하는 사이에 다크 질레트의 명이 떨어지고 붉은 갑주들이 달려나오기 시작하였다.

그들이 쳐든 검에서 일제히 마나 블레이드가 일렁이고 있었다.

“세상에… 모두 상급전사들이다!”

기사들은 눈이 찢어지게 부릅떴다. 50여 명의 검에 이글거리는 마나 블레이드! 이미 지쳐 있는 자기들로서는 불가항력이었다.

모두의 눈에 절망의 기운이 어렸다. 파르몽은 피가 나도록 어금니를 악물었다. 어차피 죽는다면 아모리나만은 빠져나가게 해야 했다. 그가 검을 치켜들었다.

"캄노스 기사단은 나를 따르라! 릴리 기사단은 아모리나를
보호해서 이곳을 빠져나가라! 나가자!"

파르몽이 마지막으로 아모리나를 바라보고는 붉은 갑주들
을 향해 몸을 날렸다.

"와~ 기사답게 죽자!"

그 뒤를 기사들이 몸을 날려 뛰어들었다.

콰콩! 콩! 콩!

마나 블레이드가 부딪치는 폭음, 검과 검이 부딪치는 날카
로운 소리, 살을 가르고 뼈를 자르는 소리가 혈전장에 메아리
치기 시작했다.

아모리나는 자기의 릴리 기사들을 둘러보았다. 이곳에서
빠져나갈 길은 없었다.

"그동안 고마웠어요. 어차피 죽을 몸, 저는 이곳에서 싸우
다 죽을 겁니다."

아모리나의 말에 기사들이 검을 치켜들었다.

"우리는 이미 목숨을 공주님께 드린 기사들입니다. 주군을
위해 죽는 것은 우리들의 영광입니다."

아모리나의 눈에 눈물이 흘러내렸다. 지금은 하나라도 더
죽이고 죽어야 했다. 그래야 핏값이라도 할 것이 아닌가.

"좋아요. 모두 함께 가요. 릴리 기사들은 나를 따르라!"

"충!"

"충!"

기사들이 고함을 지르고 혈전 속에 뛰어들었다. 피가 튀고 목이 달아난다. 몬스터의 비명과 기사들의 비명 소리, 그리고 발키리 전사들의 무자비한 검이 기사들을 차례로 쓸어 눕히고 있었다.

"아아! 이놈들……."

아모리나는 상급의 기사였지만 겨우 3명의 발키리 전사들을 베고는 등에 검을 맞았다.

이놈들은 팔과 다리가 잘려도 무조건 달려들어 상대의 목을 날리고야 쓰러진다.

수많은 기사들이 무지막지한 공격에 쓰러지고 있었다. 발키리 전사들에게 잡힌 아모리나는 몸부림을 쳤지만 빠져나갈 길이 없었다.

"크하하! 잘했다. 이리로 데려와라."

다크 질레트의 명에 발키리들이 그녀를 끌고 갔다.

"아모리나, 안 돼! 이놈들……!"

챵! 챵! 차앙!

아모리나가 놈들에게 잡히는 것을 본 파르몽이 결사적으로 뚫고 들어갔지만 앞을 막아서는 발키리들을 어떻게 할 수가 없었다. 그들은 파르몽과 비슷한 수준의 상급전사들이었다.

차악. 차악.

"크윽!"

등과 옆구리, 가슴에 각각 일검씩을 맞은 파르몽은 하늘땅
이 빙글 돌아가는 것을 느꼈다.

그의 흐릿한 눈에 끌려가며 자기를 애타게 부르는 아모리
나의 모습이 뿌옇게 보였다.

"미안해, 아모리나. 내가 힘이 없어서……."

쓰러지는 파르몽의 눈에 처참하게 죽어가는 기사들이 보
였다. 그들은 결사적으로 싸웠지만 상대는 너무도 강했다.

＊　　　　＊　　　　＊

"저 앞을 돌아서면 그라이스 호수예요. 그 호수를 지나면
캄노스 부족의 영토가 얼마 멀지 않아요."

이자벨이 고향이 가까워져서인지 온통 웃음꽃을 피우고
방실거리며 일리나에게 설명을 하고 있었다. 헤럴드 일행은
드디어 황금길을 벗어나 아이스 왕국의 영토에 들어선 것이
다.

"히야, 역시 아이스 왕국은 설원 천지로구먼!"

말을 타고 가던 핸더슨이 히죽거리며 하얀색으로 단장한
설원을 보며 감탄하고 있었다.

마지막 혈전 이후 일행은 도두 가까워져 마치 형제들처럼
느끼고 있었다.

수많은 싸움이 신분의 고하를 떠나 우정을 만든 것이다.

“헤럴드, 앞에서 싸우는 것 같지 않아요?”

일리나가 헤럴드를 보며 급히 물었다. 헤럴드는 고개를 끄덕였다. 이미 느끼고 있었지만 말을 하지 않고 있었던 것이다.

“어느 쪽이에요?”

이자벨의 말에 일리나가 대답하였다.

“호수의 동쪽 같아.”

일리나의 말에 이자벨의 눈이 동그래졌다. 호수의 동쪽이라면 캄노스 영토 쪽이다. 그러나 그곳은 사방 40㎞ 안에 인적이 없는 곳이다.

“그곳은 캄노스 부족의 영토예요. 하지만 거긴 사람들이 없는 곳인데?!”

이자벨의 말에 헤럴드가 몸을 숫구쳐 올렸다.

“내가 먼저 가보겠소.”

헤럴드가 달려가자 일리나도 말 위에서 날아올랐다.

“동생, 먼저 가볼게.”

말이 끝나자마자 두 사람의 신형이 하얀 설원 위에 두 개의 점이 되어 질풍처럼 달려갔다.

“아니, 주군. 나도 같이 갑시다.”

핸더슨이 말을 미친 듯이 때려 몰았다. 저번 싸움이 끝난 후 핸더슨은 헤럴드의 제의로 블랙울프 전사단의 전사가 되었다. 비록 실력은 약했지만 그의 꺾이지 않는 투지가 마음에 들어 핸더슨을 받아들였던 것이다.

그와 함께 도미니크도 블랙울프 전사가 됐지만 그는 덤비지 않았다. 그저 묵묵히 말을 채찍질할 뿐이었다. 자기들이 아무리 발버둥 쳐도 초인인 주군을 따라갈 수는 없다는 것을 알기 때문이었다.

"허허, 아무리 봐도 저들은 사람이 아니야!"

성기사단장이 이미 보이지도 않는 헤럴드와 일리나를 두고 하는 소리였다.

그 말에 바흐만이 만족한 웃음을 지었다.

"당연한 것이지요. 형님은 그랜드 마스터가 아닙니까?"

바흐간의 말에 그의 두 기사는 서로를 쳐다보며 의미있게 고개를 끄덕였다.

지금까지 오면서 보여준 헤럴드의 무위는 사람의 것이 아니었다. 만약 그가 결심만 한다견 자기의 주군이 아스톤 제국을 되찾는 것은 그리 힘들지 않을 것이라는 생각마저 들었다.

"우리도 빨리 갑시다. 그래야 한손 거들지."

설원 위로 뽀얀 눈보라를 일으키며 말들이 질풍처럼 달려갔다.

*　　　　*　　　　*

흑마도사 다크 질레트는 마음이 흡족하였다. 이 여자는 이제껏 그가 취해온 여자들과는 질적으로 달랐다. 미모도 미모지만 검술 또한 상급의 기사 수준이다. 세뇌하여 발키리 전사로 만든다면 자기의 영원한 부하가 되고 밤에는 시녀가 될 것이 아닌가.

저절로 입 안에 침이 고였다.

"수치를 주지 말고 나를 죽여라!"

팔다리를 잡혀 꼼짝 못하게 된 아모리나가 증오에 찬 눈으로 놈을 쏘아보며 외쳤다.

그것을 보는 다크 질레트는 귀엽기만 하였다. 아무리 반항을 해봐야 이젠 자기 것이 된 것이다. 생각만 해도 마음이 흐뭇하였다.

"호호, 그것참 정말 귀엽구나. 그러나 넌 모든 것을 잊어버리고 나를 섬기게 될 것이다."

다크 질레트의 말에 아모리나는 흠칫했다. 저놈은 흑마도사였다. 그렇다면 사람을 세뇌하여 노예로 만들 수도 있다는 것을 깜빡 잊고 있었다.

'안 돼. 어떻게든 자결해야 해.'

그러나 아모리나의 생각을 이미 알고 있는 듯 다크 질레트는 마법을 시전해 그녀의 의지를 말살했다.

"바인딩."

그러자 바닥에서 구불구불한 넝쿨들이 순식간에 자라나듯 솟아나더니 아모리나의 팔다리를 결박했다. 게다가 온몸까지 바인드 마법에 속박되어 꼼짝도 할 수 없었다.

불타는 듯한 눈으로 쏘아보는 그녀를 보던 다크 질레트가 다가오며 입을 열었다.

"걱정 마라. 너는 이제 나를 열렬히 사랑하게 될 것이고 내가 없으면 죽고 못 살게 될 것이다. 크크크."

침을 질질 흘리며 다가오던 다크 질레트의 귀에 한마디 말이 들려왔다.

"흥! 과연 그렇게 될까?"

"당연하지. 흑마도사인 나 다크 질레트가 하는 일인데. 응? 누구냐?"

아모티나가 하는 말인 줄 알고 흥얼거리며 말하던 다크 질레트는 화들짝 놀랐다.

이건 뒤에서 들려오는 말소리였다. 휙 돌아선 다크 질레트의 눈에 공중을 날아 들어오는 늘씬한 미녀의 모습이 보였다. 그리고 자기의 부하들 쪽으로 달려가는 한 명의 사내가 보였다.

순간, 다크 질레트의 머릿속어 번개처럼 스치는 생각이 떠올랐다. 공중을 마법사처럼 걸어다니는 남자, 그건 광풍의 전사라는 헤럴드였다.

그렇다면 창을 들고 달려오는 이 여자는 스피어 마스터라는 바로 그 여자였다.

"너, 너는 스피어 마스터?!"

“내가 바로 스피어 마스터 일리나다. 더러운 색마 같은
놈.”

말이 끝나는 순간 그녀의 창에서 칠색의 빛이 뿜어져 나왔
다. 그건 한 폭의 아름다운 무지개 같은 그림이었다. 하나 다
크 마스터는 저것이 얼마나 무서운 빛인지 너무도 잘 알고 있
었다.

“빌어먹을! 그레이트 실드!”

그러나 이미 늦었다. 거대한 핑크 색깔을 띤 화염의 창이
빗살처럼 날아들어 오며 실드를 깨버렸다.

콰콰쾅!

“크악!”

다크 질레트는 기겁하였다. 자신은 6서클의 마도사다. 그
런데 저 여자는 단 한 번 창을 내질러 실드를 깨버리는 것이
아닌가! 다크 질레트는 허겁지겁 메모라이즈해 둔 마법을 난
사했다.

“기가 라이데인. 썬더 크로스.”

쩌저정. 번쩍.

수만 볼트의 고압 번개와 전기가 주변을 휩쓸며 일리나를
향해 날아갔다. 그러나 일리나는 피하지 않고 직선으로 공격
해 들어왔다.

“수라 반월, 멸천파.”

우르릉. 촤촤촤촤.

대기를 찢어버리며 검은 반월들이 마법을 뚫고 맹렬한 기세로 날아들었다. 게다가 뒤를 이어 핑크빛의 거대한 창날 수십 개가 숨 쉴 틈도 주지 않고 날아들었다.

"도, 도망쳐야 해."

다크 질레트는 저 여자가 자기로서는 상대할 수 없는 강자라는 것을 느꼈다. 더 이상 어물거리다가는 어육이 될 수도 있었다. 사방에서 찬란한 빛을 뿜는 창들이 빗살처럼 날아든다.

"어둠의 마나여, 내 너의 의지로 말하노니. 이곳에서 나를 옮겨라. 텔레… 크악!"

이런 정황이 생길 줄은 꿈에도 몰랐던 다크 질레트는 미처 텔레포트 주문을 채 완성하지도 못하고 비명을 질렀다.

스윽. 서걱.

묘한 음향이 울리고 자신의 눈에 신발이 빠른 속도로 안겨왔다.

"내 신발이 왜 이렇게 크게 보이지?"

그는 이상하다고 생각하면서 의식이 암흑 속에 들어가는 것을 느꼈다.

반월의 오러 블레이드가 그의 몸을 삼등분했고 잘려진 머리가 신발에 부딪치고는 데구르르 굴러가 버렸다. 다크 질레트가 죽어버리자 아모리나의 몸을 속박했던 넝쿨이 저절로 없어져 버렸다. 그녀는 감탄과 경외심으로 자기 앞에 내려서는 엄청나게 큰 여인을 바라보며 고개를 숙였다.

"세이지 부족의 아모리나라고 합니다. 도와주셔서 감사합니다."

"다친 데는 없나요? 이젠 마음을 놓으세요."

그녀의 말에 아모리나는 화들짝 놀라며 황급히 입을 열었다.

"저기, 저 사람들을 좀 구해주셔요. 응?"

일리나에게 말을 하며 기사들이 포위된 쪽으로 눈을 돌리던 아모리나는 입을 딱 벌렸다. 그녀의 눈이 찢어질 것처럼 부릅떠졌다.

하늘에서 찬란한 빛들이 쏟아지고 있었다. 수십 수백 줄기의 파아란 빛들이 땅 위로 쏟아진다.

그리고 그곳에서는 상상할 수 없는 광경이 벌어지고 있었다.

본능적으로 위험을 감지한 발키리들이 붉은 마나 블레이드를 뿜어내 검을 쳐냈지만 부질없는 짓이었다. 혼돈의 기가 집중된 오러 블레이드를 겨우 상급전사의 마나 블레이드로 막을 수는 없었다.

버언쩍! 콰콰쾅! 콰쾅!

대지가 뒤집어지고 발키리들의 몸이 갑주와 함께 갈가리 찢겨 하늘 높이 비산했다.

"캑! 큭!"

갖가지 비명이 난무하고 뼈와 살점이 우박처럼 쏟아져 내렸다. 마치 천신처럼 허공에 두 발을 딛고 선 헤럴드의 샤벨이 한 바퀴 원을 그렸다.

"천지멸혼참."

콰콰콰콰!

수없이 쏟아져 내리는 오러 블레이드의 칼날은 인정사정이 없었다. 오크, 트롤, 오거들이 빛이 지나가는 곳마다 무자비하게 잘려 나갔다. 순식간에 푸른 피가 대지를 적시고 몬스터들의 잘린 팔다리가 산을 이루었다.

"취억! 도망쳐라!"

우당탕. 우르르.

살아남은 몬스터들이 정신없이 산으로 줄달음쳤다. 이미 다크 질레트가 죽어 디바인 마크가 깨어졌으니 몬스터들은 혼비백산했던 것이다. 헤럴드는 도망치는 몬스터들은 구태여 죽이지 않았다. 알고 보면 저들도 흑마도사에게 이용당한 희생물인 것이다.

겨우 살아난 기사들이 멍해져서 헤럴드를 바라보고 있었다. 그들은 이것이 꿈인지 생시인지도 분간할 수가 없었다.

"저, 저분은 누구시죠?"

아모리나는 입술을 바르르 떨며 일리나에게 물었다. 저건 인간의 힘이 아니었다. 전설에서 말하는 천신의 힘이 아닐까?! 그런 아모리나를 본 일리나가 자랑스럽게 입을 열었다.

“저분은 광풍의 전사입니다.”

아모리나의 눈이 더없이 커졌다.

“광풍의 전사!”

조용한 주변에 아모리나의 말이 울려 퍼지자 기사들이 한 쪽 무릎을 꿇었다.

“감사합니다, 광풍의 전사시여!”

기사들의 눈에는 무한한 존경심이 어려 있었다. 그들도 광풍의 전사가 누구인 줄은 알고 있었다. 타판파스 초원의 맹수로 소문난 헤럴드 후작, 그런데 그 광풍의 전사가 이렇게 강한 사람인 줄은 몰랐다.

오늘 본 광풍의 전사는 인간이 아니었다. 단 한 번의 칼질로 상급의 전사 50여 명을 갈가리 찢어버렸다. 어디 그뿐인가? 몬스터들에게 쏟아지던 그 무서운 빛은 생각만 해도 온몸에 전율이 일었다. 저 사람은 자기들로서는 상상하지도 못할 초인이었다.

“주군, 광풍의 전사님께서 우리를 구해주셨습니다. 정신을 차리십시오. 주군. 으흐흑.”

캄노스 기사단의 단장이 온몸이 피투성이가 된 파르몽을 껴안고 통곡을 하고 있었다.

가슴과 등, 옆구리에 검을 맞은 파르몽은 살 가망이 없었다.

“아앗, 파르몽! 파르몽, 정신 차려요!”

그때야 달려간 아모리나가 파르몽을 안고 눈물을 흘렸다. 하나 파르몽은 겨우 마지막 숨을 몰아쉬고 있었다.

"이 사람이 캄노스 부족의 후계자인 파르몽이오?"

헤럴드의 말에 기사단장이 눈물을 뚝뚝 흘렸다.

"예, 광풍의 전사님. 우리들은 주군도 지키지 못했습니다. 으흑."

"으으흑."

그러자 기사들이 무릎을 꿇고 앉아 주먹이 터져라 땅바닥을 쳐댔다. 헤럴드는 마지막 숨을 몰아쉬는 파르몽을 내려다보았다.

두두두두!

그때 뒤에서 말발굽 소리가 들려왔다. 긴장한 기사들이 검을 잡았다.

"걱정 마시오. 내 일행이오."

그제야 안심한 기사들이 검에서 손을 떼었다.

"아니, 주군! 이렇게 몽땅 죽이면 어떡합니까? 아이고!"

땀투성이가 되어 달려온 핸더슨이 죽어 넘어진 자들을 보고는 투덜거렸다. 이번 길에 주군에게서 전수받은 아수라혈천검법을 시험해 보려고 했는데 살아남은 놈들은 하나도 없다.

핸더슨과 도미니크가 전수받은 아수라혈천검법은 블랙울프 전사들의 검법이었다.

“쯧쯧, 자네도 참, 아직은 무리야.”

도미니크가 혀를 차는 소리에 핸더슨은 불만이 잔뜩 어린 얼굴로 그를 바라보았다.

그러나 더 이상 말을 할 수가 없었다. 말에서 내린 이자벨이 쓰러질 듯 달려들었기 때문이다.

“아니, 오빠! 이게 어찌 된 일이에요? 오빠!”

그녀는 죽어가는 오빠를 보고 마구 흔들었다. 그러나 파르몽은 회생 불가능했다.

“헤럴드님, 우리 오빠를 살려주세요! 헤럴드님!”

다짜고짜 일어선 이자벨이 헤럴드 앞에 무릎을 꿇었다. 그러자 아모리나와 기사들도 모두 무릎을 꿇었다.

“저희들의 목숨을 내놓으라면 내놓겠습니다. 주군을 살려주십시오.”

헤럴드는 난감하였다. 자기가 무슨 신이라고 죽어가는 사람을 살린단 말인가?

난감해하는 헤럴드의 머릿속에 파흐비츠의 말이 들려왔다.

‘헤럴드, 내 부탁 한 가지만 들어주면 저자를 살릴 수 있다.’

헤럴드는 정신이 번쩍 들었다. 드래곤 로드라면 정말 살릴 수 있을지도 몰랐다. 하지만 부탁이라는 것이 왠지 섬뜩했다.

‘그 부탁이라는 것이 무엇이야?’

‘그건 후에 말하겠다.’

헤럴드가 침묵을 지키고 있자 아모리나가 입을 열었다.

“헤럴드 후작님, 어떤 것이든 요구만 하시면 모두 드리겠습니다. 저이를 살려주세요!”

“살려주십시오.”

모두 머리를 조아리자 헤럴드는 한숨을 내쉬었다. 이자벨의 오빠인데 그냥 모른 척할 수도 없었다.

‘좋아. 들어주겠으니 살려라.’

‘호호, 진작 그럴 것이지. 어서 들어와라.’

헤럴드의 영혼이 안으로 들어오자 몸을 차지한 파흐비츠는 두 손을 하늘로 쳐들었다.

“대자연 속에 있는 생명의 마나여, 내 그대 주인의 의지로 말한다. 이곳에 와서 꺼져 가는 생명을 살려라. 미라클.”

파앗. 번쩍. 휘이윙.

갑자기 바람이 분다. 그리고 뽀오얀 빛들이 하늘에서 빙빙 돌며 내려오더니 파흐비츠의 손짓에 따라 파르몽의 전신으로 흘러들었다. 모두들 이 희한한 일을 멍하니 지켜보고 있었다. 하늘에서 내려오는 우윳빛 색깔들이 파동 치며 파르몽의 몸에 흘러들더니 쩍 벌어졌던 상처들이 순식간에 아물고 새살들이 돋아났다. 그리고 핏기 하나 없이 하얗게 질려 있던 파르몽의 얼굴에 불그레한 혈색이 감돌기 시작하였다.

“후～ 이젠 됐소.”

파흐비츠는 헤럴드의 흉내를 내며 손을 내렸다. 너무도 기적 같은 일을 보고 있던 기사들은 말도 못하고 쳐다만 보고 있었다. 대체 이게 사람이 한 일이란 말인가? 아니, 저분이 과연 사람이 맞단 말인가?!

'빨리 들어와.'

'알았다. 젠장.'

파흐비츠가 들어오자 다시 몸을 차지한 헤럴드가 사람들을 둘러보았다.

"이제 그대들의 주군은 살았으니 일어들 나시오."

그러나 그들은 일어날 생각도 못하고 머리를 땅에 박았다.

"감사합니다, 후작님."

"반드시 이 은혜를 갚겠습니다."

아모리나는 눈물 범벅이 된 눈으로 맹세를 다졌다. 모든 기사들이 경악과 감탄, 존경의 눈으로 자신의 주군을 우러러보는 것이 핸더슨에게는 그렇게 자랑스러울 수가 없었다.

'흐흐, 바로 저분이 나 핸더슨의 주군이시다.'

훗날 인간의 생명을 마음대로 살린다는 광풍의 전사의 그라이스 호수 전설이 탄생하는 역사적인 순간이었다.

CHAPTER
02

야망의 여인

THE Warrior
Gale of Wind

그라이스 호숫가의 남쪽은 파빌사그 부족의 영토이고 거대한 환락의 도시가 있다.

황금길을 통해 이곳으로 들어오는 대륙의 상인들은 이곳에 들러 여독을 풀고 수도인 터 오코름 시에 간다.

사람이 많이 모여들면 그만큼 이득도 많이 생기는 것은 고금의 진리다.

파빌사그 부족의 상업 도시 바이그라드는 돈이 떨어지는 황금의 도시였다. 파빌사그의 족장은 이곳에 다른 부족은 얼씬도 못하게 한다. 그러나 용병들과 전사들, 그리고 각종 정보 상인들과 도둑 길드, 어쎄신 길드가 가장 많다.

환락과 쾌락의 도시 바이그라드. 그라이스 호숫가에서 치열한 혈전이 벌어지던 그 시각, 이 도시의 노예 경매장은 오늘도 사람들로 바글바글했다.

둥그런 원형의 무대에는 차례로 노예들이 나와 서고 상인들과 귀족들, 전사들과 용병들의 열기가 노예 매매장을 뜨겁게 달구고 있었다.

"자, 다음은 저 남부의 화이트 왕국에서 온 공작가의 딸 아네트입니다. 아네트는 6개월 전만도 가장 높은 귀족가의 영애였지만 공작이 반역죄를 짓는 바람에 노예로 전락하였습니다. 신사숙녀 여러분, 그녀는 보시면 아시겠지만 엘프처럼 아름다운 미모를 지녔고 높은 교육을 받은 최상류층 아가씨입니다. 아네트를 사가시는 분은 뜨거운 밤을 충족시키는 데 부족함이 없을 것입니다. 에, 그리고 강조하고 싶은 것은 그녀는 올해 18세로 숫처녀라는 것을 보증합니다. 우리 노예 시장은 신용을 철저히 지킨다는 것은 여러분이 잘 알 것입니다. 그럼 아네트 양의 경매를 시작하겠습니다. 금액은 300골드부터입니다. 여러분의 뜨거운 관심을 기대하겠습니다."

경매장의 중개 상인이 말을 끝내자 무대 뒤쪽의 문이 열리더니 한 아가씨가 두 명의 건장한 남자들에게 밀려 나오고 있었다.

그녀가 나타나자 호기심으로 보고 있던 사람들의 입에서 휘파람 소리가 울려 나왔다.

휘익. 우우우.

"히야, 대단하다!"

"굉장하군! 엘프 못지않다!"

경매장이 순식간에 뜨거운 열기로 고조되었다. 정말 무대에 나선 아가씨는 사회자의 말처럼 엄청난 미인이었다. 발그레한 얼굴에 겁을 먹은 것 같은 큰 눈은 지켜주고 싶을 만큼 보호 본능을 일으켰고 잘록한 허리와 미끈한 두 다리는 마치 신전의 성스러운 기둥 같았다.

사슴처럼 하얀 목을 잔뜩 움츠린 아가씨의 눈에 어린 물기는 남자들의 본능을 더욱 자극하였다.

"자, 첫 금액이 나왔습니다. 450골드! 아 또 나왔습니다. 600골드! 예, 저쪽에 계신 분께서 1000골드를 제시하였습니다!"

아네트의 몸값은 하늘 높은 줄 모르고 치솟기 시작하였다. 탐욕에 눈들이 먼 귀족들과 상인들, 심지어는 암흑가의 보스로 보이는 자들까지 입에 거품을 물고 금액을 부르고 있었다.

그러나 몸값이 2만 골드가 넘어가자 몇 명으로 제한되어 가기 시작하였다. 모든 사람들이 아쉽다는 눈으로 마지막까지 경매에 참가한 자들을 바라보며 부러워하고 있었다.

"젠장, 저렇게 아름다운 여자를 차지할 수 없다니."

한 상인이 투덜거리자 옆에 앉아 있던 귀족이 머리를 흔들었다.

“지금 경쟁하는 저들은 데몬 전사단의 부단장인 알프레드, 저기 앉아 있는 뚱뚱한 남자는 파빌사그 부족의 후계자인 그린우드요. 그리고 아, 저기 지금 가격을 올리고 있는 젊은 자는 캄노스 부족의 후계자인 파르몽이오. 그러니 누가 덤비겠소?”

귀족의 말에 상인은 고개를 끄덕였다. 아이스 왕국의 3대 부족 중에 두 곳의 후계자와 이 왕국의 강력한 전사단인 데몬 전사단이 경쟁을 하니 모두 물러설 만도 하였다.

경매라고 하지만 이곳에도 힘의 서열이 있는 것이다.

“자, 파르몽님께서 2만 5천 골드를 부르셨습니다. 아, 데몬 전사단의 알프레드님께서 3만 골드, 이런, 파빌사그 부족의 그린우드님께서 4만 골드를 부르셨습니다.”

사람들은 모두 입을 딱 벌리고 세 사람의 치열한 싸움을 보고 있었다.

본래 여자 노예 한 명의 가격은 200골드가 최고다. 그것도 최고의 미인이고 숫처녀였을 때 한한 일이다. 그런데 지금 이곳에서 벌어지는 매매가는 상상을 초월하고 있었다.

아마 한 여자 노예의 가격으로는 대륙이 생긴 이래 제일 높은 값일 것이다.

너무도 어마어마한 가격에 사람들은 입을 헤벌리고 말을 못하고 있었다.

“그럼 일단 지금까지의 가격을 제시해 주십시오.”

중개 상인의 말이 끝나자 아름다운 아가씨가 금 쟁반을 받쳐 들고 4만 골드를 부른 파빌사그 부족의 그린우드에게로 다가갔다. 흡족한 얼굴의 그린우드의 옆에 시립하고 있던 집사가 수표를 꺼내 금 쟁반 위에 놓는 것이 보인다.

“와~”

사람들의 탄성이 울려 퍼졌다. 이곳 경매장에서는 금액이 너무 높아지면 중간에 실제로 지불할 돈이 있는지 확인한다. 그것이 바로 지금의 절차였다. 만약 다른 사람이 더 경쟁을 하려면 4만 골드보다 높은 가격을 실물로 보여주어야 한다.

금 쟁반을 들어 사람들에게 보여준 아가씨가 이번에는 데몬 전사단의 알프레드에게 다가갔다.

“난 기권이오. 이럴 줄 알았으면 돈을 더 가져와야 했을 텐데… 젠장.”

데몬 전사단의 제1부단장인 알프레드가 두 손을 치켜들고 어깨를 으쓱하였다. 가지고 있는 현금이 더는 없다는 뜻이다. 아무리 지불할 능력이 많아도 이곳에 돈이 없으면 경매는 끝난다. 그것이 이 경매장의 규칙이었다.

아가씨가 허리를 굽혀 인사를 하고는 캄노스 부족의 후계자인 파르몽에게 갔다.

다가온 아가씨를 노려보던 파르몽이 자리를 차고 일어났다.

“난 캄노스 부족의 후계자인 파르몽이다. 잠시만 기다려

라. 돈은 얼마든지 가져올 것이다."

파르몽은 얼마나 분노하였는지 얼굴이 빨갛게 변해 있었
다. 그러나 중개 상인은 머리를 저었다. 정중히 허리를 굽힌
중개 상인이 입을 열었다.

"파르몽님, 이곳의 규정은 잘 아시리라 믿습니다. 아쉬워
도 다음번 경매에 참가하시기 바랍니다. 이번 경매는 그린우
드님에게 승리가 돌아갔습니다. 하여 아네트 양은 그린우드
님께 낙찰이 되었……."

"닥쳐라! 네놈이 감히 캄노스 부족의 후계자인 이 파르몽
을 능멸하는 것이냐?"

분노한 파르몽이 검집에 손을 대고 당장이라도 검을 뽑을
것 같았다. 그것을 보는 사람들은 웅성거리기 시작했다. 아무
리 캄노스 부족의 후계자라고 하여도 이곳은 공정한 거래를
통하며 노예를 사고파는 경매장이다. 그런데 저자는 힘으로
해결하려 하고 있었다.

"저런, 캄노스 부족의 후계자가 여자 때문에 미쳤군. 쯧
쯧."

"그러게 말일세. 아무리 3대 부족이라고 해도 그렇지. 허
어."

사람들의 수군거리는 소리가 파르몽과 그의 기사들의 귀
에까지 여과없이 들려왔다.

얼굴이 새파랗게 변한 파르몽이 검을 뽑아 들었다.

“누구냐? 감히 어떤 놈이 씨부렁거리느냐?”

파르몽이 검을 뽑아 들자 기사들도 하얀빛이 번들거리는 검을 뽑아 들었다.

기겁한 사람들이 입을 다물었고 경매장은 싸늘한 한기가 가득 찼다.

“저저… 파르몽님, 여기는 경매장입니다. 그리고 여기에는 엄연한 규정이 있습니다. 그러니 다음에……”

“이놈, 아직 경매는 끝나지 않았다. 입을 닥치고 경매를 시작하라. 그렇지 않으면 네놈을 비롯한 중개 상인들은 내 검의 맛을 봐야 할 것이다.”

파르몽의 서슬 퍼런 호령에 중개 상인은 얼굴이 하얗게 질려 허둥거리며 구원의 눈길을 보내고 있었다. 그러나 아무도 나서지 못하고 있었다. 감히 왕국의 실제 통치자들인 3개의 부족에 맞설 간 큰 사람들은 존재하지 않는 것이다.

그때 걸걸한 말소리가 들려왔다.

“이보게, 파르몽. 이미 저 여자는 내 것이 되었네. 그만 하게.”

사람들의 눈길이 일제히 방금 말을 한 파빌사그 부족의 그린우드에게 쏠렸다. 가장 강대한 두 부족의 후계자들이다. 일의 귀추가 주목될 수밖에 없었다.

“아직 경매는 끝나지 않았다. 난 돈이 부족해서 당신에게 졌다는 것을 수긍할 수 없다.”

파르몽의 말에 그린우드의 옆에 있던 기사가 앞으로 나섰다.

"당신은 지금 나의 주군을 모욕했소. 주군의 기사로서 나는 당신에게 결투를 신청하오."

기사의 말에 파르몽은 분노로 푸들푸들 떨었다.

"네놈이 감히!"

그러나 파르몽은 더 이상 말할 수가 없었다. 험악한 말이 나오기 전에 기사의 장갑이 면상으로 날아왔기 때문이었다. 파르몽의 옆에 있던 기사가 날쌔게 날아오는 장갑을 걷어채어 다행히도 파르몽은 얼굴에 맞는 수치는 면할 수 있었다.

"좋다. 결투를 받아들이지. 하나 그냥 결투를 할 수는 없다. 그러니 이 결투에서 지는 자는 여자를 내주어야 한다."

파르몽의 말에 장내는 소란스러워졌다. 캄노스 부족의 후계자인 파르몽은 점잖기로 소문이 난 자이다. 그런데 오늘 보니 그 모든 것이 말짱 헛소리였다.

"그럼 그렇지. 소문난 잔치에 먹을 게 없지."

"정말 그렇구먼. 어디서 저런 망나니가 후계자라니… 캄노스 부족의 앞날도 훤하구먼."

경매장에 모인 사람들의 눈에 경멸의 표정이 노골적으로 비쳐지고 있었다.

그것을 한쪽에 서서 보고 있는 알프레드의 얼굴에 순간적으로 미소가 지나갔다. 일이 계획대로 돼가고 있는 것이다.

이번 일을 통해 캄노스 부족의 도발이 세상에 알려질 것이고 덤으로 돈까지 벌었다.

"정 결투를 하겠다면 심판은 데몬 전사단의 제1부단장님께서 입회하여 주십시오."

경매장에서 벌어진 일이니 당연히 심판은 경매장에서 해야 한다. 그러나 그들로서는 두 브족의 심판을 맡았다가 차례지는 후환을 두려워할 수밖에 없었다.

"좋소. 우리 데몬 전사단이 심판을 맡겠소. 결투의 공정한 심판을 맡을 것을 여기 모인 모든 분들 앞에 전사단의 명예를 걸고 약속합니다."

알프레드가 사람들에게 말을 하자 모두들 고개를 끄덕였다. 강대한 전사단이라면 중립에 서서 심판을 할 수 있는 것이다. 졸지에 경매장은 결투장으로 변하였다.

무대 위의 모든 것이 치워지그 결투를 할 수 있게 준비가 되었다. 노예 경매장은 무대가 결투를 하고도 남을 만큼 크다.

"결투 방식은 어떻게 하겠소? 내 생각에는 각자 대귀족들이니 대전사를 내세우는 것이 좋을 것 같소만."

심판으로 나선 알프레드의 말에 그린우드가 입을 열었다.

"난 그 말에 찬성하오."

그러자 파르몽도 고개를 끄덕였다.

"나도 찬성이오."

대전사 결투로 성립이 되자 사람들은 입맛을 다셨다. 두 후
계자 간의 결투를 보고 싶었던 것이 그들의 심정이었던 것이
다.

알프레드가 양쪽을 둘러보았다.

"그럼 대전사들을 내보내시오."

그의 말에 양쪽에서 두 명의 기사가 무대 위로 올라섰다.

"결투는 어느 한쪽이 패배를 선언하면 끝납니다. 그러니
두 기사님들께서는 손속에 사정을 두시기 바랍니다."

알프레드가 말하는 순간이었다. 파르몽이 앞으로 나서서
소리 질렀다.

"아니요! 이 결투는 생사결이오!"

파르몽의 말에 장내가 경악으로 소란스러워졌다.

생사결. 그것은 어느 한쪽이 죽을 때까지다. 사람들은 한
심하다는 눈으로 파르몽을 바라보았다. 여자 때문에 자기의
부하가 죽을지도 모르는데 생사결을 선포하다니, 저런 자를
주군으로 모시고 있는 기사가 불쌍해졌다.

"좋소. 그렇다면 결투는 생사결로 합니다. 시작하시오."

말이 끝나자 두 명의 기사가 검을 들고 앞으로 나섰다.

"그린우드님의 기사 맥코이요."

"파르몽님의 기사 피터요."

서로 인사를 한 두 기사가 거리를 벌렸다. 그리고는 검을
뽑아 들었다.

스르룽.

숨소리 하나 없는 경매장에 새파란 검이 뽑히는 소리가 귓가를 울렸다. 이제 저들 중 한 명은 피를 뿌리고 죽게 될 것이다. 서로를 노리며 돌아가던 두 명의 기사가 동시에 앞으로 내달았다.

"얏! 아앗!"

챵. 챵. 좌앙.

마나 스텝을 밟으며 서로를 향해 검을 휘두르는 기사들은 예사로운 솜씨들이 아니었다. 검과 검이, 몸과 몸이 번개처럼 엇갈리고 마주치는 검에서 불꽃이 튀었다.

"흠, 저들은 상급 정도의 기사로구먼."

한 사람이 말하자 다들 인정한다는 듯 고개를 끄덕였다. 저 정도의 바람 같은 움직임을 보이자면 최소 상급 수준이 되어야 하는 것이다. 그 말은 저들이 마나를 능숙하게 다루는 자들이라는 뜻이다.

치열한 결전을 벌이던 두 기사가 숨을 몰아쉬며 물러섰다. 사람들은 본능적으로 숨을 죽였다. 이제 마지막 승부를 결하려는 것을 느낀 것이다.

생과 사는 순간에 갈린다. 과연 누가 죽고 살 것인지는 한 번의 검술에 달린 것이다.

"얏!"

파르몽의 기사가 고함을 지르며 한 발짝 내짚자 그가 쳐든 검에서 하얀색의 마나 블레이드가 솟아나 검을 감쌌다. 이글거리는 마나 블레이드를 본 사람들이 탄성을 질렀다.

"마나 블레이드다!"

"역시 상급의 기사다!"

그러나 사람들은 상대편을 보고는 환호성을 올렸다.

"파빌사그 기사도 상급이다!"

그린우드의 기사가 쳐든 검에서도 하얀 마나 블레이드가 이글거리고 있었다. 서로를 노려보던 파르몽의 기사가 입가에 쓴웃음을 지었다. 사실 그의 실력은 상급이 아니라 최상급의 기사다. 마나 블레이드가 아니라 오러 블레이드를 뽑아낼 수 있지만 방심을 유도하기 위해 상급으로 가장하고 있는 것이었다.

그가 한 발을 내짚으며 중얼거렸다.

"넌 죽었다. 그게 내 임무니까."

말이 끝나는 순간, 기사는 맹렬하게 돌진했다. 지금까지와는 상대가 되지 않는 쾌속한 움직임이었다. 번개처럼 상대의 측면에 도달한 파르몽의 기사가 이글거리는 검을 내려치려는 순간이었다.

"어엇, 이, 이게……."

그의 몸이 순간적으로 굳어졌다.

정말 찰나의 순간이었지만 일격필살의 순간에는 돌이킬 수 없는 무서운 일이었다. 너무도 빨리 움직이는 상대를 놓쳤던 그린우드의 기사가 그것을 놓칠 리 없었다. 하얀 마나 블레이드가 이글거리는 맥코이의 검이 사선으로 공간을 갈랐다.

좌악.

"컥!"

파르몽의 기사 피터의 한 팔이 잘려 바닥에 떨어져 내렸고 그대로 치고 올라간 검이 목을 절반쯤 베어버렸다. 비틀거리며 한 발자국을 내짚은 피터가 경매장의 관중석을 쏘아보았다. 그곳에는 검은 로브를 머리까지 뒤집어쓴 자가 하얀 이를 드러내고 있었다.

피터가 검을 내려치려는 순간 로브의 입에서 조용한 마법의 주문이 읊어진 것을 장내의 사람들은 누구도 눈치 채지 못하고 있었다.

"크, 이런 술수를… 속았구나."

털썩.

피터는 그대로 쓰러져 버렸다. 다른 사람은 듣지 못했지만 결투 상대자인 맥코이는 그의 말을 들었다. 그의 눈에 순간적으로 의아한 기색이 어렸다.

"그린우드님의 기사 맥코이의 승리요."

그 순간 알프레드의 선언이 들렸고 사람들의 환성이 울려 퍼졌다.

"와~ 그린우드님의 기사가 이겼다!"

맥코이는 뭔가 석연치 않았지만 검을 치켜들었다. 어쨌든 상대는 죽었고 자기는 산 것이다. 그러나 그는 이 결투에 어떤 무서운 음모가 숨어 있는지 아직은 모르고 있었다.

"그린우드, 이 원한은 결코 잊지 않겠다. 가자."

자리를 차고 일어난 파르몽이 기사들을 데리고 경매장을 벗어났다. 사람들은 패배하여 밖으로 사라지는 캄노스 부족의 후계자 파르몽과 기사들을 속 시원한 눈으로 바라보고 있었다.

그러나 그들은 이 사건이 아이스 왕국에 어떤 파국을 몰고 올지 아직은 모르고 있었다.

참으로 어이없는 일이었다. 바로 그 시각에 그라이스 호수에서 겨우 회복된 파르몽은 헤럴드 일행과 함께 캄노스 부족에 들어서고 있는 순간이었다. 지금 이곳에 있는 파르몽은 정체를 알 수 없는 자였다.

누구도 모르는 무서운 음모가 진행되고 있었다.

*   *   *

세이지 부족의 성에 있는 대전에서는 원로들이 모여 회의를 진행하고 있었다. 그러나 대전은 무겁고 침통한 분위기였다. 원로들은 어두운 표정으로 한마디 말도 없이 빈자리들을 바라보고 있었다. 지금 비어 있는 자리들은 이번 반역에 가담

한 원로들의 것이었다.

하룻밤 새에 부족장 세이지가 독살되었고 기사단장을 비롯한 원로들이 반역의 혐의를 입고 감옥에 수감되어 있었다.

"티나 공주님께서 드십니다."

갑자기 친위기사의 외침이 들리고 가벼운 옷차림을 한 티나가 안으로 들어섰다.

그녀는 거침없이 족장의 자리인 상석으로 가더니 주위를 둘러보았다.

원로들이 불편한 기색으로 자리에서 일어났다.

"모두 앉으세요."

원로들이 자리에 앉자 티나는 그들을 하나하나 바라보았다. 이들은 세이지 부족의 원로들로 모두 40여 명이다. 그중 10명의 원로가 감옥에 투옥돼 지금은 30명이 남아 있었다.

"긴급 회의를 소집한 것은 지금 부족의 비상사태 때문입니다. 아시다시피 어젯밤에 용서할 수 없는 반역이 일어났습니다. 하여 그에 연루된 사람들은 감옥에 수감되어 있습니다. 부족의 어른들이신 원로 여러분들께서는 의견을 말해주시기 바랍니다."

티나의 말에 모두들 무겁게 침묵을 지키고 있었다. 그러나 그 침묵은 그리 오래가지 않았다.

"지금은 족장님의 장례를 우선 치러야 하오. 그리고 세이지 부족의 후계자는 엄연히 아모리나님이십니다. 그러니 그

분이 돌아오신 다음 반역과 관련된 문제를 토의해야 된다고
생각하오.”

세이지 부족에서 두 번째로 강한 무력을 가진 원로 케리의
말에 좌중의 원로들이 고개를 끄덕였다. 그것을 보는 티나의
속이 부글부글 끓어 번졌다.

‘찢어 죽일 늙다리들. 네놈들도 얼마 남지 않았다.’

그녀는 속으로는 이를 갈았지만 겉으로는 태연한 표정이
었다.

“물론 알고 있습니다. 그러나 지금은 비상사태입니다. 일
단은 혐의가 있는 자들을 잡아넣어야 합니다. 그 이후 문제는
언니가 돌아온 다음 처리하면 될 것입니다.”

티나의 말에 원로들은 더 이상 할 말이 없었다. 족장이 죽
었고 후계자마저 그라이스 호수에 가서 아직 돌아오지 않았
다. 계승 서열로 보면 두 번째인 티나가 일을 처리하는 것을
막을 명분이 없었다.

“하지만 하나 묻고 싶소이다.”

케리 원로의 말에 티나는 정중한 태도로 그를 쳐다보았다.

“말씀하세요, 케리 원로님.”

속으로는 영감을 당장 죽이고 싶지만 저 영감은 세이지 부
족의 3분의 1이나 되는 기사와 군사들을 가지고 있었다. 그리
고 대쪽 같은 성미로 따르는 자들이 많았다.

만일 저 영감이 반기를 들면 족장의 자리에 오르는 것이 복

잡해질 수 있었다. 뭐, 정 안 되면 암살해 치워야겠지만 아직은 아니었다.

"지금 체포되어 있는 사람들은 평소에 족장님께서 가장 믿던 사람들이오. 난 그들이 반역을 도모했다는 것이 믿어지지 않습니다. 해서 본인은 그들을 만나봐야 하겠습니다."

케리의 말에 티나는 이를 악물었다. 지금 그들을 만나면 모든 일이 틀어진다.

어떻게 해서든 저 영감을 막아야 했다.

"당연히 만나야죠. 하지만 아직은 안 됩니다. 아직 우리들 속에 느가 반역자인지 또 진범인지 모두 가려내지 못한 상태입니다. 그런 상태에서 면회를 허락할 수는 없습니다."

"뭐라고? 그럼 아가씨는 나를 믿지 못한다는 말이오?"

케리 원로의 말에 기사단 부단장인 게오르그가 분개하여 소리쳤다.

"말을 삼가시오! 공주님에게 아가씨가 대체 뭔 소리요?"

그러자 케리 원로의 짙은 눈썹이 꿈틀하고 치켜졌다.

"나에게 공주님은 아모리나 한 분뿐이다. 세이지 부족의 율법에 후계자만이 공주의 칭호를 가지게 되어 있다. 그것도 모른단 말이냐? 그리고 너 이놈, 네가 걸음마를 떼기 시작했을 때 나는 세이지 족장님과 함께 부족을 지키는 수많은 싸움을 한 기사다. 감히 너 따위가 원로인 나에게 가르치려 드느냐?"

케리의 분노에 찬 살기가 게오르그에게 집중되자 그는 부르르 몸을 떨었다. 겨우 중급의 기사인 그가 최상급의 기사이며 나이 70이 되도록 전장터에서 지낸 백전노장인 케리의 살기를 이겨낼 수는 없었다. 게오르그는 심장이 얼어드는 것 같은 무서운 살기에 온몸에서 소름이 돋아났다.

"크윽! 으으!"

게오르그는 쏘아지는 살기에 입으로 피가 흘러나왔다. 하얗게 탈색된 그의 얼굴을 보던 티나가 소리를 질렀다.

"그만 하세요! 케리 원로님! 저도 언니가 후계자라는 것을 인정합니다! 다만 지금은 제가 임시로 지휘를 할 뿐입니다."

티나의 말을 듣고 나서야 케리는 살기를 거둬들였다.

"커억!"

게오르그는 다리를 후들후들 떨며 뒤로 물러섰다. 다 늙은 영감이라고 하찮게 보았건만 저자는 아직도 날카로운 이빨을 가진 무서운 호랑이였다. 티나도 속으로는 깜짝 놀랐다.

아버지를 죽였다고 일이 해결된 것은 아니었다. 아직도 아버지를 따르는 자들은 너무도 많았다. 저들이 살아 있는 한 부족의 족장 자리는 어려웠다. 그녀의 눈에 독사의 기운이 어렸다.

'모두 죽일 거야. 한 놈도 남김없이……'

속으로 결심을 굳게 다진 티나가 엄한 기색으로 게오르그를 쏘아보았다.

"당장 원로님께 사과하세요, 부단장."

"죄, 죄송합니다. 제가 그만."

"됐다. 마음에도 없는 사과는 받고 싶지 않다."

게오르그의 말을 단번에 잘라 버린 케리가 마음속으로 한숨을 내쉬었다. 그는 족장의 죽음에 깊은 의혹을 품고 있었다. 게다가 공교롭게도 아모리나 공주가 없을 때 일이 터졌다.

그의 깊이 침잠한 눈이 티나를 바라보고 있었다.

그때였다. 대전의 문이 벌컥 열리고 통신을 담당하고 있는 마법사가 튀어 들어왔다.

"무슨 일이세요? 여기는 함부로 들어올 수 없는 곳이라는 것을 모르시나요?"

티나의 차가운 말에 마법사가 황급히 허리를 굽혔다.

"죄, 죄송합니다. 너무도 시급한 문제라 그만."

마법사가 몸 둘 바를 몰라 하자 티나가 부드럽게 물었다.

"급한 문제라는 것이 뭔가요?"

"저, 저기, 아모리나 공주님께서 행방불명이 됐다고 합니다."

"뭣이?"

마법사의 말이 끝나기도 전에 케리 원로가 자리를 차고 일어났다. 어찌나 소리가 큰지 귀청이 떨어질 것 같았다.

"예, 바, 방금 캄노스 부족에서 마법 통신이 왔습니다. 몬스터와의 싸움이 벌어졌는데 수많은 기사들이 죽고 캄노스 부족의 파르몽 도련님도 부상을 입고 간신히 살아났다고 합니다. 그런데 아모리나 공주님은 그만 행불이 되었답니다.”

“닥쳐라! 그럴 수가 없다! 파르몽님은 살았는데 우리 공주님만 잘못되었을 리가 없다!”

케리의 호통에 티나가 입을 열었다. 그녀는 지금 기쁨으로 가슴이 터질 것 같았지만 겉으로는 다급한 표정이다.

‘호호. 알프레드가 일을 잘 처리했어.’

“자세히 말해보세요.”

마법사의 말을 들은 원로들은 침통한 표정이 되었고 케리 원로는 털썩 의자에 주저앉았다.

그라이스 호수에서 오크와 트롤, 오거의 대무리와 싸움이 붙었는데 전투 도중에 그만 헤어졌다는 것이다. 그것도 전멸의 위기에 처했는데 다행히도 도움을 받아 파르몽은 살아났지만 부상이 엄중해 치료를 받고 있다고 한다.

‘도움을 받았다고, 대체 누구에게?’

티나는 의아스러웠다. 그녀는 데몬 전사단에 무서운 살인 병기들이 있다는 것을 안다.

그것을 물리치고 도와줬다면 새로운 변수가 나타났다는 것을 의미했다. 그것도 강력한 적수가…….

“누구의 도움을 받았다고 했지요?”

티나의 물음에 마법사가 대답하였다.

“아, 그건 타판파스 왕국 중소전사연합의 마스터인 월터라
고 합니다.”

마법사의 말에 사람들의 눈이 둥그레졌다.

“소드 마스터 월터!”

비록 나라는 다르지만 아이스 왕국과 타판파스 왕국은 이
웃 왕국이다. 이곳에서도 중소전사연합의 마스터인 월터에
대해서는 소문으로 알고 있었다.

타판파스의 양대 소드 마스터인 월터, 그리고 쥬신 영지의
후작 헤럴드가 또 다른 소드 마스터라는 것을 이미 알고 있었
다.

“그가 드워프들을 구매하려고 이곳으로 오다가 파르몽님
과 기사들을 구했다고 합니다.”

마법사의 말에 모두들 고개를 끄덕였다. 소드 마스터라면
몬스터가 아무리 많아도 문제없이 구출했을 것이다. 티나의
눈이 번들거렸다. 잘만 하면 이번 기회를 이용하여 화를 복으
로 만들 수도 있었다.

‘소드 마스터 월터라. 호호. 마침 잘됐어!’

티나가 아는 정보에 의하면 월터는 중년으로 이제까지 산
에서 수련만 하다가 나온 사람이다. 게다가 그는 아직 독신이
었다. 만일 그를 자신의 치마폭에 휘감으면 가장 든든한 방패
를 얻을 수 있었다.

‘좋았어. 그를 내 것으로 만든다.’

그만 잡으면 부족의 원로들은 얼마든지 휘어잡을 수 있었다. 그리고 데몬 전사단의 알프레드를 티나는 절대로 믿지 않고 있었다.

지금도 이곳 세이지 부족의 비처에는 데몬 전사단에서 파견된 1급의 전사들이 와 있다.

목적은 티나의 부족 장악을 돕기 위한 것이고 도움을 받고 있지만, 만약 알프레드가 마음을 바꾼다면 언제 자신의 뒤통수를 칠지 알 수가 없다. 더구나 티나는 누구도 믿지 않는 여자였다.

그러나 월터는 달랐다. 아직 여자라는 것을 모르는 그를 잡기만 한다면 소드 마스터라는 강력한 전사가 세이지 부족에 있게 되고 타판파스 왕국에 있는 중소전사연합이 뒤를 받치게 될 것이었다. 이건 둘도 없는 절호의 기회였다.

"부단장, 즉시 그 월터라는 사람이 어디에 있는지 확인하세요. 그리고 케리 원로님은 그라이스 호수 일대를 수색해 주세요. 지금은 한시라도 빨리 언니의 생사를 알아내야 하고 부족이 흔들리는 것을 막아야 합니다. 만약 이럴 때 외부에서 침입이라도 하면 부족은 위태롭게 됩니다."

"알겠소."

케리는 티나가 서두르는 것을 보고는 지금까지의 의심이 어느 정도 누그러졌다.

케리의 표정을 보는 티나는 속으로 코웃음을 치고 있었다.

가장 위험한 케리를 그라이스 호숫가로 보내 데몬 전사단으로 하여금 처리하게 하고 그동안 부족 안에 있는 반대파들을 모조리 숙청하면 부족의 주인은 자신이 되는 것이었다.

'케리, 너는 그라이스 호숫가에서 죽게 될 것이다.'

그녀의 생각을 모르는 케리는 아모리나 공주에 대한 근심으로 황급히 떠날 준비를 하였다.

날이 푸름푸름 밝아오는 이른 새벽 포티니아 시의 새벽을 깨우며 기마들이 달리는 소리가 거리를 울렸다. 사람들은 불안한 얼굴로 창밖을 바라보았다. 최근 이틀간 세이지 부족의 주도인 포티니아 시는 공포와 불안한 분위기가 조성되어 있었다.

족장의 의문의 죽음과 반역을 빌미로 많은 사람들이 체포되었기 때문이다.

두두두두.

새벽의 차가운 공기에 하얀 입김을 날리며 200여 기마들이 성문을 통과해 나가고 있었다. 그들의 앞에는 세이지 부족의 깃발이 펄럭이고 하얀 수염을 날리는 케리 원로가 말을 달려가고 있었다. 케리 원로에게 충성을 바치는 원로원의 기사들이었다. 그들은 그라이스 호수 일대를 수색하러 떠나가는 것이었다.

창문으로 그것을 내다본 작은 산짐승 가게의 주인이 안으로 들어갔다.

그가 들어간 곳은 지하의 밀실이었다.

"예, 방금 떠났습니다. 병력은 200여 기의 기마병들입니다. 목적지는 그라이스 호수입니다. 알겠습니다."

마법 수정구를 내려놓은 가게 주인이 말없이 밖으로 나왔다.

*　　　*　　　*

캄노스 부족의 주도인 차크오로 성의 한 방에 여러 명의 사람들이 모여 앉아 있었다.

헤럴드와 바흐만, 이자벨과 일리나, 그리고 파르몽과 아모리나, 캄노스 부족의 족장인 테드였다. 테드 르 캄노스는 수염이 기다란 70세의 용맹한 전사였다. 부리부리한 그의 눈이 마법 수정구를 놓고 돌아서는 아모리나를 바라보았다.

"제 정보원의 보고에 의하면 케리 원로가 그라이스 호수 쪽으로 가고 있다 합니다."

아모리나의 말에 파르몽이 싱긋 웃었다.

"역시 형님의 생각이 맞은 것 같습니다."

파르몽은 정신을 차리고는 헤럴드를 형님으로 삼았다. 헤럴드는 적극 부인하였지만 어쩔 수가 없었다. 그래서 동생으로 삼은 것인데 그 바람에 복잡한 일에 뛰어들게 된 것이었다.

"그건 내 생각이 아니라 일리나의 생각일세."

"형수님의 생각이 형님의 생각 아니겠습니까?"

옆에 있던 바흐만의 말에 헤럴드는 입맛을 다셨다. 그라이스 호수에서 무엇인가 이상한 것을 느낀 일리나는 아모리나 공주를 행불된 것으로, 파르몽은 부상을 당해 움직이지 못하는 것으로 만들었다.

만약 티나가 이번 일을 꾸민 것이라면 반드시 아모리나 공주의 생사를 확인하려고 할 것이 분명했다. 게다가 이번 일은 절대로 그녀 혼자 꾸밀 수 있는 일이 아니었다.

몬스터의 대거 침입과 흑마법사의 출현, 광전사의 발전형인 발키리 전사들의 공격은 누군가 뒤에서 그녀를 받쳐 주고 있다는 것을 짐작하게 했던 것이다. 헤럴드는 검은 탑이 이미 아이스 왕국에 뿌리를 내리고 있다 판단했고 일리나는 계획을 세웠다.

벌써 곳곳에서 검은 탑과 충돌한 이상 앞으로 헤럴드가 해야 할 일에 검은 탑은 적으로 나타날 것이 분명했다. 그렇다면 하나라도 그 가지를 쳐 없애야 한다는 것이 일리나의 생각이었다. 더구나 아이스 왕국은 쥬신 영지의 뒤에 있는 나라였다.

후방이 안전하지 못하면 항상 뒤통수가 가려운 법이다. 이번 기회에 이 땅에 뿌리를 내린 검은 탑의 뿌리를 들어내려는 것이 일리나의 생각이었다.

“뭐 그 통에 형님은 미녀와 연애를 즐기게 되지 않았습니까? 흐흐.”

바흐만이 황태자답지 않게 음흉하게 웃다가 이자벨의 눈총에 황급히 입을 다물었다.

“그럼 아가는 사람들을 데리고 세이지 성에 잠입하게. 그동안 우리는 이곳에서 만반의 준비를 하고 있을 테니…….”

캄노스 부족장 테드가 아모리나에게 하는 말에 그녀는 허리를 굽혔다. 이미 테드는 아모리나를 완전하게 자신의 며느리로 인정하고 있었다.

“알겠습니다, 아버님.”

날이 훤히 밝아오는 새벽 중소전사연합의 상단으로 위장한 헤럴드 일행과 함께 아모리나는 세이지 부족으로 떠났다. 이제 부족에서 벌어진 아버지의 죽음에 대한 음모를 밝혀야 했다.

*　　　*　　　*

눈 덮인 하얀 벌판으로 육두마차를 호위한 한 떼의 기마들이 달려가고 있었다. 마차를 호위하는 기사들은 모두 30여 명이었고 마차의 지붕 위에는 파빌사그 부족의 깃발이 휘날리고 있었다. 밖은 살을 저미는 듯 추웠지만 마차 안은 따뜻했다. 마법으로 열을 뿜는 난로가 설치되어 있기 때문이었다.

마차 안에서 고개를 다소곳이 숙이고 있는 아네트를 보고 있는 그린우드는 기쁨을 금치 못하고 있었다. 그린우드는 부인이 둘이나 있었고 첩은 여섯이나 되었다.

그러나 그녀들을 아네트와 비교하면 달과 반딧불의 차이였다. 옛날에는 엘프들이 아름다움의 상징이라고 했지만 아네트의 미모는 정말로 아름다웠다. 결코 엘프보다 못하지 않았다.

자신도 모르게 달아오른 그린우드가 아네트의 팔을 끌어당겼다.

"그린우드님, 저는 한 달 전만 해도 공작가의 영애였습니다. 비록 제가 지금은 노예가 되었지만, 그렇다고 그린우드님을 거부하려고 하지는 않습니다. 다만 이곳은 마차이고 밖에는 기사들이 있습니다. 이런 곳에서 저를 취하신다면 그린우드님께서는 부하들에게 우습게 보일 것입니다. 성에 도착하셔도 저는 그린우드님의 여자이니 늦지는 않습니다."

아네트가 하는 말에 그린우드는 흠칫 손을 멈췄다. 역시 교육을 받고 자란 공작가의 영애여서 생각하는 것이 달랐다.

그린우드는 흐뭇하기 그지없었다. 이번 수도행에 이처럼 아름다운 보물을 얻게 될 줄은 꿈에도 몰랐다.

"호호. 그렇구나, 아네트. 난 너를 노예로 두지 않겠다. 나에게는 두 명의 부인이 있으니 너는 세 번째 부인으로 삼겠다. 어떠냐?"

그린우드의 말에 아네트가 머리를 숙였다.

"감사합니다, 그린우드님. 이 은혜를 잊지 않겠습니다."

"그래. 허허."

그린우드는 너무 좋아 입이 귀밑까지 돌아갔다. 밖에서 단조로운 말발굽 소리가 들린다.

그때였다. 갑자기 무엇인가 이상한 소리가 들렸다.

슈슈슈슉.

"컥! 크악!"

"적이다! 기사들은 마차를 호위하라!"

밖에서 기사단장 맥코이의 다급한 소리가 들리고 말들이 투레질하는 소리가 울렸다.

두두두두.

갑자기 말발굽 소리가 울린다. 그리고 호령 소리가 마차 안에까지 들려왔다.

"쳐라! 여자만 살리고 나머지는 모조리 죽여라!"

그 말에 그린우드는 흠칫 놀랐다. 이건 캄노스 부족의 파르몽의 목소리였다.

그린우드는 창을 열고 밖을 내다보았다. 100여 필의 기마가 사방을 포위하고 맹렬한 속도로 달려들고 있었다.

"더러운 놈! 결투에서 졌으면 그만이지 비겁하게 기습을 해?"

그린우드는 검을 꺼내 들고 밖으로 몸을 날렸다. 밖에 나와 보니 이미 여러 명의 자기 기사들이 피를 흘리며 쓰러져 있었다. 게다가 맥코이는 화살을 맞았는지 눈 속에 피를 흘리며 처박혀 있었다.

"이놈들! 모두 죽인다!"

자기가 제일 믿던 기사가 맥코이다. 그런데 심복이 죽은 것을 본 그린우드의 눈에서 불이 일었다. 그가 말에 박차를 가해 맨 뒤에서 기사들을 내몰고 있는 파르몽을 향해 돌진했다.

그린우드는 최상급의 기사였다. 저런 비열한 놈을 먼저 죽이면 상대의 기사들은 기가 죽기 마련이었다.

"너 이놈 파르몽! 귀족이라는 놈이 수치도 모르느냐?"

달려드는 그린우드를 본 파르몽이 입가에 비웃음을 띠웠다.

"네놈이 내가 찍어놓은 계집을 가지고 무사히 갈 줄 알았더냐? 오늘 여기가 네놈의 죽을 자리다."

그린우드는 화가 머리끝까지 치밀어 올랐다. 더럽고 비열한 저놈을 단칼에 베어버려야 속이 시원할 것 같았다. 그가 자신의 마나를 모조리 끌어올렸다.

그의 검끝에서 오러 블레이드가 여러 가닥으로 솟아올랐다. 그것은 소드 마스터에는 이르지 못했지만 강력한 오러로 뭉쳐진 검사(劍絲)였다.

"오너라, 오크 같은 놈. 네놈을 단칼에 두 동강 내주마."

그린우드가 오러 블레이드를 뿜으며 돌진하자 살아남은

기사들이 기세가 올라 적들과 검을 주고받았다. 기사들이 맞붙어 치열한 검격이 일고 불꽃이 일어났다.

촤앙. 챙챙.

그런데 이게 웬일? 적들은 몸에 검을 맞아도 베어지지 않았다. 그들은 그대로 밀고 들어와 기사들의 몸에 검을 쑤셔 박았다.

"악! 크억!"

당황하여 손발이 어지러워진 기사들이 단말마의 비명을 지르며 하얀 눈판을 피로 물들였다.

두두두두.

맹렬한 기세로 돌진해 들어간 그린우드의 눈에 파르몽의 이죽거리는 얼굴이 확대되어 안겨온다. 말등자에서 몸을 일으켜 세운 그린우드는 그대로 검을 내려쳤다.

'놈, 넌 끝났다.'

서걱.

그런데 이게 무슨 일인지 가슴에서 지독한 통증이 느껴진다. 그린우드는 눈앞에서 히죽거리며 웃고 있는 파르몽을 보고는 자기 가슴을 내려다보았다. 놈의 검이 자기 가슴에 깊숙이 박혀 있었다. 그리고 손에 들린 검은 매끈하게 잘려 나갔다.

"이, 이게, 어떻게……."

그린우드가 눈을 둥그렇게 뜨고 있는데 파르몽이 검을 잡아 뽑았다.

그린우드의 가슴에서 피가 분수처럼 뿜어져 나왔다.

"크윽. 너는 누구냐? 파르몽은 이렇게 강하지 못하다."

"크크크. 어리석은 오거 같은 놈. 내가 아직도 파르몽으로 보이느냐? 너를 시작으로 파빌사그 부족은 멸망하게 될 것이다."

파르몽이 든 검에서 1미터가량의 붉은 오러 블레이드가 쭉 뻗어 나왔다. 그건 소드 마스터만이 할 수 있는 진짜 오러 블레이드였다.

촤악.

"이건 음모……."

붉은 오러 블레이드가 반원을 그리자 멍하니 중얼거리던 그린우드의 머리가 툭 떨어져 눈판을 굴러갔다. 벌판에는 이미 한 명도 살아남은 기사가 없었다. 사방에 잘려진 목과 팔다리들이 붉은 피를 뿌리며 푸들푸들 떨고 있었다.

"좋다. 모두 돌아간다. 계집을 말에 태워라."

"옛, 파르몽님."

마차에서 아네트를 끌어내어 말에 태운 파르몽과 기사들이 눈보라를 뽀얗게 일으키며 벌판으로 사라져 갔다.

그들이 사라지자 눈 속에 파묻혀 있던 기사의 시신이 꿈틀거렸다.

"크윽. 파르몽 이놈. 네놈들을 갈가리 찢어 죽일 테다."

비칠거리며 일어난 그는 처음에 화살을 맞고 쓰러졌던 그린우드의 기사 맥코이였다.

맥코이는 가까스로 주위를 서성거리는 말에 올라타고는 전속으로 달려가기 시작하였다.

그가 사라지자 눈 속에서 한 명의 남자가 불쑥 일어섰다. 그의 손에는 마법 수정구가 들려 있었다.

"알프레드님, 계획대로 화살에 맞았던 기사 놈이 말을 타고 달려갔습니다."

마법 보고를 받은 파르몽의 모습을 하고 있던 알프레드가 옆의 말을 타고 달리는 아네트를 돌아보았다.

"블랙 클라우드님, 예정대로 화살에 맞은 놈이 부족으로 달려갔다고 합니다."

그러자 말을 타고 달리던 아네트가 차가운 눈으로 알프레드를 쏘아보았다.

"내 명호를 함부로 부르지 말라고 했지?"

아네트의 입에서 냉기가 풀풀 날리는 목소리가 흘러나오자 알프레드는 황급히 고개를 숙였다. 이 여자는 자기의 비위에 거슬리면 그가 누구든 가차없이 손을 쓰는 무정한 마녀였다.

그녀의 미모를 보고 어슬렁거렸던 검은 탑의 수많은 사람들이 지금은 모두 죽어 시체가 되어 사람들은 그녀의 옆에도 가기를 두려워한다. 그녀의 진짜 이름이 뭔지, 실력이 어느 정도인지는 누구도 모른다. 다만 블랙 클라우드가 최소한 소드 마스터 상급의 수준은 아닐까 하는 것이 몇 사람만이 알고 있는 비밀이었다.

"죄, 죄송합니다. 다시는."

알프레드가 고개를 조아리자 아네트의 입에서 예의 차가운 말이 흘러나왔다.

"다시 네 입에서 내 명호가 나오면 그땐 죽는다."

"예. 며, 명심하겠습니다."

알프레드는 온몸을 부르르 떨었다. 너무도 아름다운 여자라 깜빡 실수하여 목숨을 잃을 뻔한 것이다.

블랙 클라우드. 검은 탑의 무서운 어쎄신인 이 여자의 명호였다. 아직 세상은 모르고 있지만 블랙 클라우드는 검은 탑의 조직원들 속에서는 전설적인 어쎄신이었다.

맡은 상대는 어김없이 죽이는 죽음의 구름 블랙 클라우드. 그것이 바로 이 아름다운 여자인 것이다. 생긴 것은 엘프 이상으로 매력적이고 아름다운 이 여자는 무서운 독을 가진 한 송이 독장미였다.

이번 작전은 파빌사그 부족과 캄노스 부족의 전쟁을 일으키기 위한 데몬 전사단의 모략이었다.

알프레드는 정교하게 만든 얼굴의 가죽을 잡아 벗었다. 파르몽의 얼굴을 정교한 솜씨로 만든 이 가죽은 드워프들이 만든 것으로 다 좋은데 답답한 것이 결함이었다.

후우~

차가운 공기를 한껏 들이마신 알프레드는 말을 달려갔다. 이제 두 부족 간의 전쟁은 불가피하게 일어날 것이다. 속으로 웃음집이 흔들거렸다. 검은 탑이 기획하고 데몬 전사단이 추진하는 아이스 왕국을 장악하기 위한 피의 축제가 시작된 것이다.

서로 죽고 죽이는 피의 전쟁이 벌어지면 검은 탑은 그들을 더욱 부추기고 마지막에는 이 왕국을 손쉽게 장악하게 될 것이었다.

슈마라이 산에서 눈보라를 동반한 매서운 바람이 거대한 괴물처럼 온 들판을 광란 속으로 몰아넣고 있었다. 여름내 자랐던 마른 풀잎들과 나뭇가지들, 하얗게 쌓여 있던 눈들이 맹수 같은 힘 앞에 날려가는 지푸라기들처럼 휘말려 올라가며 비명을 질렀다.

휘이잉. 휘잉.

대자연은 자신의 억눌렸던 힘을 자랑이라도 하는 듯 무연한 초원을 뽀얀 눈보라와 광풍으로 뒤덮어 버렸고 꽁꽁 얼어붙은 산천초목들이 부르르 떨며 아우성을 치고 있었다.

해마다 이맘때쯤이면 불어오는 슈마라이 산의 칼바람이 모든 것을 집어삼키고 있었다.

아이스 왕국 사람들은 이 계절이면 모두 성안에서 나오지 않는다. 저 무서운 칼바람 속에 들어서면 사람이든 짐승이든 순식간에 얼음덩이로 만들어 버리기 때문이다.

몬스터들조차 피하는 그 칼바람 속에서 희미한 진동이 느껴지고 있었다.

그것은 말들이 달리는 말발굽 소리였다.

하나 이 광란의 바람 속에 말을 몰고 올 사람은 없다. 하지만 희미한 진동음이 점차 커지고 그것은 뚜렷한 말발굽 소리로 들려오기 시작하였다.

두두두두.

뽀얀 눈보라의 폭풍 속으로 한 무리의 기마들이 달려오고 있었다. 마치 검은색 물결이 흘러오는 것 같았다. 하얀 입김을 날리는 말들과 사람들이 일직선으로 달려온다.

하나같이 검은 가죽 갑옷을 입은 전사들의 몸에서 날카로운 예기가 뿜어져 나온다.

바로 쥬신 영지의 블랙울프 전사들이다. 어젯밤, 헤럴드의 명으로 마법진을 통해 캄노스 부족에 도착한 이들은 지금 타판파스 중소연합의 전사로 가장하고 있었다.

하나의 머리에 두 개의 몸통이 달린 괴상한 블랙 드래곤이 포효하는 깃발이 펄펄 휘날리고 있는 대열의 앞에는 월터로 분장한 헤럴드와 쥬신 영지의 수비대장 지프리드가 달리고 있었다. 중소전사연합의 깃발을 만들 때 샤칸은 쥬신 영지나 전사연합이나 모두 헤럴드의 부하들이라는 의미에서 이런 괴상한 블랙 드래곤을 깃발에 그려 넣게 한 것이다.

지프리드는 지금 너무 좋아서 가슴이 벌렁거리고 있었다. 그동안 영지에서 죽어라고 수련만 하던 그를 주군께서 불러 주신 것이다.

지프리는 이제 소드 마스터 중급에 오른 블랙울프 전사다. 주군이 내려준 드래곤하트로 만든 영단 때문이었다. 지난 세월 주군이 전수한 천지만상심법을 죽어라 수련했고 이제는 무적의 전사로 자라났다.

현재 쥬신 영지의 블랙울프 전사들은 아수라혈천검법을 익혀 절반 이상이 최상급의 전사로 자라났고 나머지는 상급의 전사들이었다.

눈보라가 세차게 휘몰아치고 있지만 전사들의 얼굴은 희열로 번뜩이고 있었다.

드디어 그동안 수련한 자신들의 솜씨를 보일 수 있게 된 것이다.

그들의 뒤에는 마법으로 얼굴 모습을 바꾼 일리나와 아모리나가 똑같은 검은 가죽 갑옷과 붉은 망토를 걸치고 달리고 있었다.

"역시 주군께서는 다방면적이야!"

그들의 뒤에서 말을 타고 달리는 랑케는 히죽 웃었다. 8서클 마법의 중급에 이른 랑케는 이제 당당한 대마도사였다. 그것은 모두 저 앞에서 달리는 주군의 덕택이었다.

“그나저나 샤칸님과 레나님이 알면 대소동이 일어나겠는데…….”

랑케가 이곳으로 떠나올 때 레나는 마법 수정구를 통해 어떤 여자도 주군의 옆에 붙어 서지 못하게 하라고 단단히 당부했다.

그러나 랑케가 이곳에 와보니 이미 일리나라는 미모의 여인이 주군의 옆에 있었다.

게다가 그녀는 무시무시한 스피어 마스터였다. 창으로는 이 대륙에서 그 누구도 저 주모님을 대적할 자는 없을 것이다.

랑케는 흐뭇한 얼굴로 붉은 망토를 펄펄 날리며 달리고 있는 일리나를 바라보았다.

뭐가 어찌 됐든 저런 분이 주모가 되었다는 것은 기쁜 일이었다. 솔직히 샤칸님과 레나님에게는 미안한 일이지만 주군에게 어울리는 여인이 바로 일리나였다.

‘주군께서 생각이 있으시겠지. 흐흐.’

그래도 한동안은 레나님에게 시달림을 받으실 것이다. 그렇게 강한 분인 주군이 레나님과 샤칸님에게는 꼼짝도 못하신다. 그것이 랑케에게는 불가사의한 일이었다.

“그나저나 이렇게 젊은 사람으로 모습을 바꾼 것도 괜찮군!”

지금 랑케의 모습은 30대 초반의 청년으로 바뀌어 있었다.

쥬신 영지의 대마도사인 그를 알아볼 사람이 있을까 봐 모습을 바꾸어 버렸는데 기분은 좋았다.

저 앞에 보이는 거대한 성이 점점 눈앞으로 다가왔다. 목적지인 세이지 영지의 주도인 포티니아 시였다.

"어이구, 춥다. 이거야 원."

포티니아 시의 성문 위에 있는 망루에서 몰아치는 눈보라에 몸을 잔뜩 움츠린 파수병이 손을 호호 불며 빨리 교대 시간이 오기를 기다리며 연신 파수막 쪽을 바라보았다.

오늘은 여느 날보다 추위가 더 심했다. 이런 날에는 그저 도수가 높은 와인을 한잔 마시고 몸을 풀고픈 생각이 굴뚝같은데 파수병이니 어쩔 수가 없다.

자신이 이런 데서 추위에 떨고 있는 덕분에 가족들이 편안하게 집에서 살 수 있는 것이다.

"시간이 다 되어오는 것 같은데… 엉?"

교대 시간을 생각하며 눈보라가 뽀얗게 몰아치는 벌판을 힐끗 쳐다보던 파수병의 눈이 둥그레졌다. 휘몰아치는 눈보라 속으로 100여 기의 기마 행렬이 맹렬하게 달려오고 있는 것이 보였다. 그들의 머리 위에 펄럭이는 깃발도 선명하게 보인다.

두두두두.

질서 정연하게 달려오는 기마병들은 하나같이 새카만 가죽 갑옷을 입었고 완전무장을 한 상태였다.

“빨리 종을…….”

허겁지겁 달려간 파수병이 비상종을 타종하기 시작하였다. 그렇지 않아도 족장님이 암살을 당하여 영지에 비상이 내려진 상태다.

뎅! 뎅! 뎅!

종소리가 울려 퍼지자 군사들이 성벽 위로 달려 올라오는 것이 보였다. 하나같이 긴장한 표정이 역력했다.

“무슨 일이냐?”

파수병에게 달려온 파수장이 소리쳤다.

“저것을 보십시오.”

파수병의 손길을 따라가 보니 벌판의 눈보라 속으로 까만 행렬이 달려오는 것이 보였다.

그들의 머리 위에 휘날리는 깃발을 바라본 파수장은 고개를 갸웃했다. 아이스 왕국에 저런 문장의 깃발은 어디에도 없다.

“전원 전투 준비를 하고 대기하라.”

“옛!”

척척척.

궁수들이 롱 보우들에 화살을 물리고 달려오는 기마병들을 조준하고 있었다.

“워워워.”

달려오던 말들이 성문 앞에 이르자 투레질을 하며 멈춰

섰다. 말과 사람들의 입에서 하얀 김이 대기로 뿜어져 나간
다.

"그대들은 누군가?"

성루에 선 파수장의 말에 지프리드가 앞으로 나섰다.

"우리는 타판파스에 있는 중소전사연합의 전사들이오. 드
워프를 구입하기 위해 아이스 왕국의 수도로 가는 길이니 문
을 열어주시오."

"중소전사연합?"

파수장이 머리를 갸웃하는데 옆에 있던 파수병이 흠칫 놀
랐다. 그는 요새 타판파스에서 들어온 상인들에게 중소전사
연합에 대한 이야기를 들었던 것이다.

"파수장님, 타판파스의 중소전사연합의 마스터는 소드 마
스터라고 합니다. 아마도 그들인 모양입니다."

"그래, 그나저나 대단하군. 전사들이 하나같이 정예들이
야!"

감탄한 얼굴로 고개를 끄덕인 파수장이 마법 증폭기로 소
리를 질렀다.

"잠시 기다리시오. 성에 연락을 하여 승인을 받아야 안으
로 들어올 수 있소."

예전에는 이러지 않았지만 지금은 부족의 비상상태다. 타
판파스에서 아이스 왕국의 수도로 가려면 반드시 이곳을 통
과해야 한다.

그래서 그냥 통과시켰지만 지금은 승인을 받아야 했다.

"알겠소. 좀 빨리 해주시오. 먼 길을 달려왔더니 몸이 얼었소."

지프리드가 소리치며 위를 올려다보니 긴장했던 군사들의 표정이 풀리는 것이 보였다. 그들이 보기에 이들은 적이 아닌 것이다.

그것을 보던 헤럴드가 슬며시 미소를 짓고는 아모리나 공주를 돌아보았다.

"군사들의 동원 상태가 괜찮군요."

그 말에 아모리나는 환한 웃음을 지었다. 헤럴드에게 이런 칭찬을 듣는 것이 기뻤다. 타판파스 동부의 맹수로 이름을 떨치는 헤럴드의 전사들이 도착했을 때 사실 아모리나는 많이 놀랐다. 자기 기사의 말에 의하면 저들 전사들은 하나같이 중, 상급이라는 것이었다.

정말 무서운 무력이었다. 일반 전사들이 저 정도이니 지프리드라는 사람과 마법사는 도저히 그 실력을 알 수가 없었다. 그런 실력자들의 수장인 헤럴드의 칭찬이 그녀에게는 영광이었다.

"모두 아버님이 훈련을 잘 시킨 덕입니다."

말을 하는 그녀의 눈에 뽀얀 습막이 어렸다. 복수의 불길을 가슴에 묻고 한달음에 여기까지 달려왔건만 이미 돌아가신 아버지 생각에 가슴이 미어지는 것 같았다. 게다가 맘 놓고 자신을 드러낼 수도 없는 지금 처지가 한스럽기만 했다.

'티나, 정말로 네가 그런 짓을 했다면 결단코 용서치 않으리라.'

그녀가 마음속으로 결심을 다지고 있는데 헤럴드의 말이 들려왔다.

"조금만 참으세요, 공주님. 진실은 밝혀지게 될 것입니다."

그러자 옆에 있던 일리나가 그녀의 손을 꼭 잡아주었다.

"동생, 조금만 기다려. 죄를 진 자는 벌을 받게 될 테니까."

"알아요, 언니."

두 여인이 서로를 보며 웃음을 지었다. 그런데 두 여인의 얼굴이 가관이다. 아모리나는 까무잡잡한 주근깨투성이고 일리나는 마치 다크 엘프처럼 검스레한 얼굴이다.

모두 사람들의 이목을 숨기기 위해 랑케가 마법으로 만든 작품이었다.

그런 서로의 모습을 쳐다본 여인들이 웃음을 터뜨렸다.

"호호호. 깔깔깔."

두 여인의 웃음소리가 바람을 타고 허공에 울려 퍼졌다.

"뭐라고 했느냐? 중소전사연합이라고?!"

데몬 전사단에서 파견 나온 지부장과 부족의 반대 세력들을 숙청할 방안을 토의하고 있던 티나는 게오르그의 보고에 자리를 차고 일어났다.

그렇지 않아도 부족의 방해물들을 제거하는 일이 끝나면 그를 찾으려고 했는데 제 발로 걸어 들어온 것이다. 이건 하늘이 준 기회였다.

"예, 방금 성문에서 연락이 왔습니다. 모두 100여 명으로 중소전사연합의 마스터 월터와 부관, 그리고 두 명의 시비라고 합니다. 아이스 왕국의 수도에서 드워프들을 구입하려고 가는 길이라고 목적을 밝혔답니다."

게오르그의 말에 티나의 두 눈이 먹이를 노리는 여우의 눈처럼 빛을 뿜었다. 품 안으로 들어온 먹이를 놓친다면 티나가 아니다. 그녀가 입을 열었다.

"그들을 성안으로 맞아들이고 귀빈관에 들게 하세요. 앞으로 그들을 써먹을 수도 있어요."

"알겠습니다, 족장님."

티나의 말에 게오르그가 돌아서려는데 데몬 전사단의 지부장의 말이 들려왔다.

"가만, 티나님. 우선 그들을 이용하려면 실력을 테스트해 보는 것도 나쁘지 않을 것입니다.그들의 수장이 소드 마스터라고 하지만 항간에 떠도는 말을 다 믿을 수는 없지요. 안 그렇습니까?"

티나는 건방지게 웃으며 말을 하는 지부장의 얼굴을 쏘아 보았다. 그녀의 눈에서 순간적으로 파란 불이 일었다가 스러졌다.

'그래, 이자들은 내가 그를 포섭하는 것을 별로 좋아하지 않을 것이다. 하나 내 야망을 위해서는 반드시 그 남자를 끌어들여야 한다.'

티나의 머리에 번개처럼 떠오른 생각이었다. 그리고 수준을 알아보는 것도 별로 나쁘지는 않았다. 이자를 이용하면 손 안 대고 코 푸는 방법이 아닌가? 티나의 눈에 희미한 미소가 어렸다.

"좋아요. 그럼 구아디즈님을 믿겠어요. 그리고 게오르그, 성문에 연락을 해서 그들을 들여보내게 해요."

"알겠습니다."

게오르그가 허리를 굽혀 인사를 하고 나가자 데몬 전사단의 지부장 구아디즈는 속으로 흉물스러운 웃음을 지었다.

'감히 우리 손에서 벗어나 보시겠다. 그러나 네년은 마지막까지 이용을 당하고 죽어야 하는 운명이다. 월터인지 뭔지 하는 놈은 우리가 죽여줄 테니까. 크크크.'

구아디즈는 월터가 소드 마스터라고 해도 자신이 있었다. 자신이 데리고 있는 발키리 전사들은 1급이 12명, 상급이 30명, 나머지는 모두 중급의 전사들이다.

게다가 신체를 개조하여 창칼이 들어가지 않는 키메라들이었다. 1급의 발키리 전사들은 최상급의 검술 실력과 도검이 불침하는 신체를 지닌 자들이다. 아무리 소드 마스터라고 해도 그들을 이길 수는 없었다. 그리고 구아디즈는 월터라는 놈이 소드 마스터라는 것을 믿지 않았다. 자신이 소드 마스터에 오르는 시간이 무려 20년이 걸렸다.

그것도 검은 탑에서는 주는 영약을 먹고 몸을 개조한 후에야 말이다.

그런데 이제 40대 초반에 이른 자가 소드 마스터에 올랐다는 것이 믿어지지가 않았다.

티나가 다른 데 마음을 품지 못하게 해야 하는 것이 그가 검은 탑의 감찰관인 세이드에게 받은 임무였다. 그렇다면 아예 그 월터라는 자를 죽여 티나가 두 마음을 품지 못하게 해야 했다.

수많은 나라에서 상인들이 드워프제 상품을 사려고 아이스 왕국으로 찾아온다.

그에 따라 자연히 수많은 화류계가 형성되고 가는 곳마다 검은 조직들이 대륙의 각지에서 사온 여자들이 손님들을 위해 웃음을 판다.

그러기에 이 나라의 화류계는 그 어떤 나라보다 많은 곳이다.

포티니아 시의 특급 요정인 '꿈의 밤'은 오늘 한꺼번에 100여 명의 손님을 맞아 활기가 넘치고 있었다.

"어서 오십시오. 저희 꿈의 밤은 고객들에게 최고의 서비스와 양질의 아가씨들을 공급하고 있습니다. 결코 후회하지 않을 것입니다."

꿈의 밤 주인인 코드니는 입이 함박만 해져 직접 손님들을 맞아들였다.

"흥, 내가 많은 나라들을 돌아보았지만 말 많은 곳에서 제대로 하는 것은 못 보았어."

핸더슨이 잔뜩 못마땅한 얼굴로 투덜거리고 있었다. 그것을 본 도미니크가 빙그레 웃었다.

캄노스 부족에서 블랙울프 전사들이 온 날 핸더슨은 무참하게 깨진 것이다.

모두 날카로운 예기를 뿜는 그들을 보고 핸더슨은 당장 싸움을 걸었다. 그로서는 헤럴드에게 혈천검법을 전수받고는 간이 드래곤만큼이나 커져 있었다.

그러나 핸더슨은 몇 수 겨루지도 못하고 땅바닥을 뒹굴어야 했다.

이제 혈천검법을 전수받은 지 겨우 한 달 남짓한 그가 몇 년 동안 무시무시한 수련을 한 블랙울프 전사들을 상대한다는 것은 어불성설이었다.

게다가 자기가 상대한 것이 지금 온 사람들 중에 가장 약한 전사라는 것을 알고는 기가 푹 꺾였다. 그 후부터 핸더슨은 불만이 잔뜩 쌓여 있는 것이다.

물론 요즘은 밤잠도 아껴가며 심법을 익히고 검을 휘두른다.

그의 말에 의하면 자신은 주군에게 직접 검법을 전수받았으니 절대로 지면 안 된다는 것이다. 그 바람에 검법이 비약적으로 늘고는 있으나 아직은 블랙울프 전사들에게 상대가 되지 못했다.

"손님, 걱정 마십시오. 우리 꿈의 밤에는 최고의 여자들만 있습니다. 그러니 만족하실 것입니다."

주인이 머리를 숙이고 조아리자 핸더슨은 어깨를 으쓱 살렸다.

"좋아. 그럼 어디 두고 보자고."

"이를 말씀입니까. 헤헤."

꿈의 밤 요정은 모두 3층으로 되어 있다. 지금 블랙울프 전사들은 2층과 3층을 모두 차지하고 있었다. 이곳에 온 다음 헤럴드는 전사들에게 오늘 밤은 마음껏 쉬라고 배려를 한 것이었다.

넓은 홀처럼 생긴 2층에 전사들이 테이블을 차지하고 앉자 곧 음식들이 날라져 오고 아가씨들이 밀려 나왔다.

"호호. 안녕하세요, 오빠들."

"아유, 하나같이 멋진 오빠들이네."

요정의 아가씨들이 들어오며 참새들처럼 지저귀고 온 요정이 향내로 넘쳐 났다. 그동안 수련만 해온 블랙울프 전사들은 모두 입을 벌리고 헤벌쭉거리고 있었다.

"흐흐. 넌 내 옆에 앉아라. 그리고 너는 이 형님 옆에 앉아

한잔 부어라.”

핸더슨은 옆으로 다가온 여자 중에 한 명을 골라 자기 옆에 앉히고는 다른 아가씨를 도미니크 옆에 앉혔다. 그러나 전사들은 창문 옆에 앉아 있는 헤럴드를 의식해 많이 긴장한 표정들이다.

헤럴드와 일리나, 아모리나, 랑케, 지프리드는 여자를 부르지 않고 조용히 잔을 비우고 있었다.

“전사들이 긴장하고 있어요.”

일리나의 전음에 헤럴드는 주위를 둘러보았다. 그러고 보니 이렇게 부하들과 함께 앉는 것이 아니었다. 입맛을 다신 헤럴드는 슬쩍 전체 전사들에게 전음을 보냈다.

그건 전음이 아니라 천지무 속에 있는 천지심어(天地心語)였다.

“모두 마음 놓고 즐기기 바란다. 만일 오늘 술에 취하지 않고 여자를 취하지 않는 자는 제일 혹독한 벌을 내릴 것이다. 내 눈치를 보지 말고 마음껏 놀아라.”

헤럴드의 천지심어에 흠칫했던 전사들의 얼굴이 환해졌다. 자신들을 배려해 주는 주군의 마음에 감복한 것이다.

“자, 마셔라. 오늘은 마음껏 마시고 즐기는 거다.”

이번 출정의 제1부단장인 보르만이 자리에서 벌떡 일어나 잔을 들고 소리치자 전사들이 환성을 질렀다.

“와아~ 마셔라.”

“하하하. 호호호.”

온 요정이 흥청거리고 여인들의 간드러진 웃음소리와 전사들의 걸쭉한 입담 소리가 울려 퍼졌다. 그것을 보던 헤럴드는 잔을 들었다.

“자! 우리도 마셔야지, 시비님들.”

헤럴드의 말에 시비로 가장하고 있는 일리나와 아모리나가 방긋 웃었다.

“그래요. 마셔요, 주인님.”

“자, 이번 상행의 성공을 위하여!”

“위하여!”

지프리드와 랑케가 잔을 높이 들고 외쳤다. 사실 헤럴드가 질펀한 파티를 벌이고 있는 것은 목적이 있어서였다. 바로 티나였다. 그녀가 야심을 가지고 일을 추진했다면 소드 마스터인 헤럴드를 이용하려고 생각할 것이 분명했다.

“너 몇 살이냐?”

핸더슨이 옆에 앉은 아가씨를 껴안고 묻는 말에 도미니크는 피식 웃었다. 이런 곳에서 일하는 아가씨가 제대로 나이를 말할 리가 없었기 때문이다.

그러나 저 핸더슨은 언제나 요정에 들어가면 아가씨의 나이를 묻는다. 그것을 잘 알고 있는 도미니크이기에 웃음이 나올 수밖에 없었다.

“아이, 오빠. 숙녀의 나이를 묻는 건 실례지만 오빠가 마음에 드니 알려줄게요. 열아홉 살."

"뭐, 에라 이년아, 스물아홉 살이 맞겠다."

핸더슨의 말에 아가씨가 비음 섞인 웃음을 지으며 작은 주먹으로 핸더슨의 널찍한 가슴을 콕콕 두드렸다.

"오빠, 저같이 한창 피어나는 꽃봉오리에게 그런 말을 하면 어떻게 해요."

"흐흐. 그래, 열아홉이면 어떻고 스물아홉이면 어떠냐? 오늘 밤 이 오빠를 잘 모시면 섭섭하지 않을 게다."

그러자 아가씨가 온몸을 배배 꼬며 핸더슨에게 와인을 부었다.

"역시 오빠는 호쾌해 보였어. 걱정 마세요. 평생 잊지 않게 해줄게요. 호호."

"그래, 어디 보자."

걸쭉한 음담패설을 주고받던 핸더슨의 몸이 갑자기 긴장했다. 아수라혈천심법을 익히면서부터 몸이 살기에는 저절로 반응하는 것이었다. 그의 눈이 확 돌아갔다.

붉은 갑주를 입은 10여 명의 전사가 그의 식탁으로 다가오고 있었다. 핸더슨이 앉아 있는 곳이 2층의 맨 가장자리였다.

"하, 이거 대단하군. 이봐, 자리를 내주지 않겠나? 이곳은 우리가 앉는 고정 좌석이거든."

핸더슨의 옆에 다가온 자가 우뚝 멈춰 서더니 거들먹거리며 하는 말이었다. 핸더슨의 입귀가 옆으로 돌아갔다.

그렇지 않아도 블랙울프 전사들에게 패하고 화를 풀지 못해 안달하던 그다.

"너희들의 고정석? 이봐, 난 오늘 돈 주고 이 자리를 샀거든? 그러니 딴 곳이나 가봐."

핸더슨의 말에 10여 명의 전사가 웃음을 터뜨렸다.

"크크크. 하하하. 이보게들, 우리보고 다른 곳으로 가보라는군."

"이것들이 정신이 없네. 이봐, 우린 아이스 왕국의 데몬 전사단이야. 알겠나?"

데몬 전사들이 은근히 협박조로 말했지만 핸더슨에게는 웃기지도 않았다.

그보다 더한 명성을 떨치던 휄카셀 전사단과의 싸움에 참가하였던 핸더슨이다.

예기만으로도 살갗을 따끔거리게 하던 블랙울프 전사들에게도 도전하였던 핸더슨에게 중급의 데몬 전사들은 아무것도 아니었다.

"데몬 전사단? 그게 뭐 하는 곳인데?"

핸더슨의 말에 데몬 전사들의 얼굴이 험악하게 변해갔다. 이들은 데몬 전사단의 지부장 구아디즈가 보낸 자들이었다. 적당하게 시비를 붙이고 싸움이 벌어지면 데몬 전사단이 출동하여 짓뭉개 버리려는 속심이었다. 그러니 두려울 게 없었다.

"네놈이 감히 우리 데몬 전사단을 모욕하였으니 검을 뽑아라! 단칼에 목을 베어주마!"

핸더슨이 자리에서 천천히 일어섰다.

"이거 오크 하품할 소릴 하고 있네. 야 이 자식아, 모욕은 네가 하였지 내가 했냐? 그리고 보아하니 싸움을 걸려고 온 것 같은데 솔직해라, 병신아."

핸더슨의 직설적인 말에 데몬 전사의 얼굴이 흠칫하였다. 자신들의 본심을 찌르는 말에 자기도 모르게 표정으로 나타난 것이다. 그것을 느낀 그는 무조건 검을 휘둘렀다.

"죽어라!"

휘익, 차창, 촹.

떨어지는 검을 두 개의 대거를 뽑아 막은 핸더슨은 얼굴에 희열이 넘쳐 났다. 이놈은 블랙울프 전사에 비하면 아무것도 아니었다. 오른손에 든 대거로 데몬 전사의 검을 막은 핸더슨의 몸이 안으로 파고들었다. 아수라혈천보법이다.

비록 아직 초보여서 서툴기는 했지만 그것만으로도 충분했다. 어느새 핸더슨의 왼손에 쥐어진 대거가 데몬 전사의 목에 닿아 있었다.

데몬 전사의 얼굴이 하얗게 변했다. 자신은 그래도 중급의 전사다. 그런데 놈이 어떻게 피하는지 볼 새도 없이 몸 안을 내주었고 목에 대거가 닿아 있었다. 조금만 힘을 주면 목이 달아날 판이었다.

"아그야, 그 정도 가지고는 어림도 없으니 조용히 꺼져라. 알겠니?"

대거를 거둔 핸더슨이 돌아서려는 순간이었다. 맨 뒤에 서 있던 데몬 전사가 순간적으로 몸을 날리며 검을 휘둘렀다. 무섭게 빠른 동작이었다.

그리고 한기를 머금은 롱 소드가 번쩍 공간을 갈랐다.

촤악.

"크악!"

데몬 전사는 팔이 잘려 나가는 극심한 통증에 요정이 떠나가도록 비명을 질렀다. 핸더슨이 위험에 처한 순간에 지프리드가 번개처럼 튀어나가며 발검과 동시에 데몬 전사의 팔을 잘라 버린 것이다.

"꺄악! 아앗!"

데몬 전사의 떨어진 팔이 피를 뿌리며 펄떡펄떡 뛰자 아가씨들이 비명을 질렀다.

촤앙, 촤앙.

나머지 데몬 전사들이 검을 뽑아 들었다. 이들은 지금 극심한 공포에 사로잡혀 있었다.

그들은 언제 어떻게 지프리드가 눈앞에 나타났는지 보지도 못하였던 것이다. 순간적으로 선홍색의 빛이 번쩍이는 순간, 조장의 팔이 잘렸고 그때야 검자루를 잡았던 것이다.

자칫하다간 이곳에서 목이 달아날 수도 있었다. 신체 개조를 하지 않은 일반 전사들인 이들은 사실 소모품에 불과했다.

"너희들이 데몬 전사들이라면 전사답게 굴어라. 오늘의 일을 복수하고 싶다면 내일 광장에서 만나자. 그러니 당장 꺼져라."

지프리드의 말에 데몬 전사들은 후들후들 떨리는 다리로 가까스로 물러섰다. 그들로서는 소드 마스터인 지프리드의 살기를 견디기 힘들었다.

"아, 알겠소. 그러나 오늘의 일은 반드시 후회하게 될 것이오."

그들은 겨우 한마디를 던지고는 문을 열고 쏜살처럼 달아났다. 그들이 사라진 문으로 차가운 한겨울의 바람이 몰려들어 긴장했던 요정 안의 공기를 식혀주었다.

"자, 마시자구."

"그래. 아가씨, 잔을 채워야지."

블랙울프 전사들은 마치 아무 일도 없었다는 듯이 아가씨들을 재촉하며 잔을 내밀었다.

그들에게 저런 것들은 아무것도 아니다. 아니, 세상 모두가 덤벼들어도 두려워하지 않는 강철의 전사들이 바로 이들 블랙울프 전사들이었다.

요정 안이 언제 피가 뿌려졌나 싶게 흥성거렸다.

“내일은 한판하게 됐군요.”

아모리나의 말에 헤럴드는 말없이 웃음만 지었다. 분명 저들은 데몬 전사단이라고 했다. 그렇다면 데몬 전사단이 검은 탑과 연계가 있거나 그들의 하부 조직일 수도 있었다.

‘데몬 전사단이라.’

헤럴드는 만약 데몬 전사단이 검은 탑의 조직이라면 철저히 부숴 버릴 심산이었다. 후방을 안전하게 하지 않는다면 앞으로 니힐리스 제국과의 결전에서 반드시 걸림돌이 될 것이었다.

‘너희들이 검은 탑이 아니기를 바란다. 그렇지 않다면 너희들은 모두 죽음에 처하게 될 테니까.’

후일담이지만 그날 ‘꿈의 밤’ 요정은 전사들의 웃음소리와 회포를 푸는 여인들의 교성 소리로 근처가 진동하여 사람들이 잠들지 못했다고 한다.

“너희들의 눈으로 미처 감지하지도 못했다, 그 말인가?”

“예, 번쩍하는 순간 조장님의 팔이 잘려져 떨어지고 말았습니다.”

데몬 전사단 세이지 지부장인 구아디즈의 물음에 무릎을 꿇고 앉은 전사들의 대답이었다.

“그가 월터라는 자던가?”

“예, 저희들이 보기에는 그런 것 같았습니다. 그는 창가에 있는 자리에 별도로 앉아 있었습니다."

전사의 말에 고개를 끄덕인 구아디즈가 입을 열었다.

"그만 돌아가라."

"옛, 지부장님."

전사들이 나가자 앉아 있던 티나가 구아디즈를 쳐다보았다.

"어때요, 그가 정말 소드 마스터 같은가요?"

방에는 티나와 게오르그가 함께 있었다. 이곳은 데몬 전사단 지부장의 방이었다. 전사들을 보내 시비를 걸게 한 후 기다리고 있었던 것이다.

"그런 것 같소. 내 생각에는 최소한 소드 마스터 초급은 되는 것 같구먼."

그러자 티나의 얼굴에 알 듯 말 듯 희미한 미소가 어렸다. 그것을 본 구아디즈의 눈썹이 꿈틀했다. 이년은 지금 기뻐하는 것이다.

'걸레 같은 년. 하나 네년은 뜻을 이루지 못할 것이다.'

"그러나 놈은 죽을 것이오."

구아디즈의 말에 티나의 눈이 동그래졌다.

"죽다니… 그게 무슨 소리죠? 그의 수준을 알아보려는 것이 아니었나요?"

"맞소. 하나 우린 전사들이오. 데몬 전사의 팔을 잘랐으니 이젠 그들과의 결투만 남았을 뿐이오. 내일 광장에서 데몬 전

사단에 도전하는 자들은 어떻게 되는지 똑똑히 보여줄 것이
오.”

구아디즈의 말에 티나의 얼굴이 하얗게 되었다. 이것만은
막아야 했다.

그래야 자신은 마지막 생명의 보호 상대로 그를 포섭할 것
이 아닌가?

“안 돼요. 나는 그를 포섭할 생각이에요.”

티나의 말에 구아디즈는 비릿한 웃음을 지었다.

“티나님, 나는 데몬 전사단의 지부장이오. 우리 전사단의
명예는 무엇보다 중요하오. 만일 놈들을 그냥 둔다면 수많은
중소 전사단들이 들고일어날 것이오. 그리고 당신이 내 앞길
을 막는다면 알프레드님도 결코 좋아하지 않을 것이오.”

구아디즈의 말에 티나는 이를 악물었다. 구아디즈의 속심
을 명확히 알게 된 것이다. 이자는 월터의 수준을 알아보려고
한 것이 아니라 그를 죽이기 위해 일부러 사람을 보내 시비를
건 것이다. 알프레드 역시 자기가 월터를 포섭하는 것을 원하
지 않았다.

티나는 분했지만 방법이 없었다.

“할 수 없군요. 게오르그, 우리 그만 돌아가요.”

“잘 가시오. 마중은 하지 않겠소.”

표표히 걸어나가는 티나를 보며 구아디즈는 한마디 던지
고는 징그러운 웃음을 지었다.

“크크크. 내일 네년은 절망을 느낄 것이다. 그놈은 절대 살아나지 못할 테니까. 흐흐.”

구아디즈는 창밖을 통해 걸어가는 티나의 뒷모습을 바라보았다.

그의 실눈이 티나의 탐스러운 엉덩이에서 떨어질 줄 몰랐다. 당장 덮쳐 발기발기 옷을 찢고 그 안에 있는 저 계집의 탐스러운 육체를 마음껏 짓이기고 싶은 검은 욕망이 꿈틀거렸다.

하나 지금은 참아야 할 때였다.

작전이 모두 끝나고 아이스 왕국을 장악하는 날, 저년은 자신의 밑에 깔려 몸부림치게 될 것이었다. 알프레드는 다 써먹은 계집은 언제나 부하들에게 던져 주고 그것을 보며 쾌락을 느끼는 변태스러운 자였다.

“그때가 되면 너는 내가 마음껏 즐겨주마. 클클클.”

구아디즈의 얼굴에 악마 같은 음심이 구름처럼 피어올랐다.

“게오르그, 꿈의 밤으로 가요.”

말을 타고 성으로 돌아가던 티나는 급히 말 머리를 꿈의 밤 요정으로 돌렸다.

“지금 말입니까?”

게오르그의 말에 티나가 고개를 끄덕였다. 그녀의 눈은 어떤 결심으로 꽉 차 있었다.

"그가 죽게 내버려 둘 수는 없어요. 그자는 앞으로 나에게 비장의 카드가 될 수도 있으니까……."

게오르그는 티나의 눈빛을 보고 말려도 소용이 없다는 것을 깨달았다.

그만큼 그녀의 눈에 어린 결심은 확고했던 것이다.

방금 방에 들어와 자리에 앉은 헤럴드는 문을 두드리는 소리에 고개를 들었다.

일리나는 오늘 밤 아모리나와 함께 자러 갔고 방에는 헤럴드 혼자 있었다.

"누군가?"

"주군, 손님이 찾아왔습니다."

문밖에서 지프리드의 말소리가 들렸다. 손님이라니… 헤럴드는 순간적으로 머리에 떠오르는 생각이 있었다.

"들어오라."

"옛, 주군."

방문이 열리고 들어선 지프리드의 뒤에 한 명의 여자와 남자가 보였다. 헤럴드는 순간적으로 그녀가 티나라는 것을 알아보았다. 아모리나에게 들은 인상착의가 같았던 것이다.

"전사님께서 중소전사연합의 마스터 월터님이신가요?"

"그렇소만. 그대는 누구시오?"

그러자 그녀가 지프리드를 슬쩍 쳐다보았다.

"중요한 일로 둘이서 이야기하고 싶은 것이 있어요."

그녀의 말에 헤럴드는 빙긋이 웃었다. 드디어 미끼를 물었던 것이다.

"그래요? 단장은 나가 있어라."

"알겠습니다, 주군."

지프리드가 고개를 숙여 예를 표하고는 밖으로 나갔다. 티나의 눈짓을 받은 게오르그가 잠시 멈칫거리더니 밖으로 나갔다.

"자, 뭔지 말씀하시죠. 레이디."

헤럴드의 부드러운 말에 티나는 속으로는 놀라고 있었다. 40대 초반의 평범하게 생긴 이 남자는 아무리 봐도 전사 같지가 않았다. 그래도 얼굴에 가로지른 칼자국만이 조금 날카롭게 보인다.

"다시 인사를 드리죠. 전 이 세이지 부족의 족장 딸인 티나르 세이지예요."

그녀의 말에 헤럴드가 눈을 둥그렇게 떴다. 그리고는 몹시 놀란 표정을 지었다.

"아니, 그럼 공주님! 이거 실례했습니다. 타판파스 중소전사연합 마스터인 월터라고 합니다. 그런데 무슨 일로 공주님께서?"

헤럴드의 말에 티나는 속으로 웃음을 짓고 있었다. 생각보다 이자를 포섭하는 것은 힘들 것 같지 않았다. 비록 소드 마스터이고 전사연합의 마스터이긴 하지만 태생이 비천한 자인 것이다. 이런 자는 언제나 상류층인 귀족을 동경하는 것이 인지상정이다.

티나가 농염한 미소를 지었다.

"오늘 데몬 전사단과 시비가 붙었더군요. 아, 그리고 이상하게 생각하지 마세요. 이곳은 우리 부족의 주도이고 주도에서 벌어지는 일은 모두 보고가 되지요. 저는 평소에 용맹한 전사들을 동경하는 소녀입니다. 사전에 불행을 막기 위해 이렇게 찾아왔습니다."

티나의 말에 헤럴드가 정중하게 고개를 숙여 감사를 표시했다.

"감사합니다, 공주님. 저 같은 평민을 그 정도로 염려해 주시니 몸 둘 바를 모르겠습니다."

헤럴드의 말에 티나가 바싹 다가왔다. 그녀의 몸에서 풍기는 진한 향수 내가 풍겨왔다.

"월터님, 내일 광장에서 결투를 하면 무사하지 못합니다. 물론 월터님도 소드 마스터지만 이곳 데몬 전사단의 지부장은 소드 마스터 중급입니다. 대외적으로는 최상급의 전사로 알려져 있을 뿐이지만. 게다가 그의 부하들은 상급과 최상급의 전사들이 수십 명이나 됩니다. 그러니 일단은 오늘 밤중으로 피하세요. 제가 피신처를 제공해 드리겠습니다."

티나는 절절한 감정을 담아 헤럴드에게 말했다.

"그렇게까지 저를 생각해 주시니 정말 감사합니다. 공주님, 하나 저는 전사입니다. 그들이 아무리 강하다고 해도 저는 물러설 수 없습니다. 먼저 죄를 지은 것도 그들이고 만약 결투를 한다면 물러설 수 없는 것이 검을 쥔 전사들의 명예입니다. 공주님의 호의는 잊지 않겠습니다. 만일 제가 결투에서 살아남는다면 공주님의 은혜에 꼭 보답하겠습니다."

헤럴드의 단호한 말에 티나는 속이 탔다. 이자는 정말 고집스럽고 우직했다. 그것이 더욱 그녀의 마음에 들었다. 이런 자는 한번 충성하면 끝까지 충성하는 것이다.

"정말 제 말을 못 알아듣는군요. 데몬 전사단에는 무서운 살인 병기들이 많아요. 창칼이 들어가지 않는 살인 병기들을 이길 수 있다고 생각하세요? 제 말대로 하세요. 예?"

티나가 간절히 말했지만 헤럴드는 역시 짐작이 맞았다고 생각하고 있었다. 창칼이 들어가지 않는 자들은 검은 탑에서 만든 키메라밖에는 없다.

그렇다면 데몬 전사단은 분명 검은 탑의 하부 조직이라는 뜻이다.

"감사하지만 그럴 수는 없습니다. 전 전사의 명예를 걸고 싸울 것입니다. 우리 전사단이 모두 죽는다고 해도."

헤럴드의 말에 티나는 한숨을 내쉬었다. 아까운 자를 죽게 내버려 둘 수는 없었다.

그녀는 자기의 기사단을 투입해서라도 헤럴드가 부상을 입은 다음 결투를 중지시켜야겠다고 생각하였다. 그리고 살려놓으면 이자는 목숨 값을 빚지게 되는 것이니 충성을 할 것은 두말할 것도 없다.

"좋아요. 월터님의 명예를 지켜 드리겠습니다. 그러나 부디 몸조심하세요. 전 언제나 월터님의 편이라는 것을 잊지 마세요."

"공주님의 호의, 이 월터 절대로 잊지 않겠습니다."

헤럴드가 허리를 굽혀 인사를 하자 그녀는 발길을 돌려 밖으로 나갔다. 문을 열기 전 그녀는 눈물이 그렁한 눈으로 헤럴드를 쳐다보았다.

"정말 몸조심하세요. 월터님 같은 용맹한 전사님을 만난 것은 저에게 행운입니다."

"예, 감사합니다. 공주님."

차가운 밤공기를 마시며 말을 달리는 티나는 속으로 쾌재를 부르고 있었다.

'호호호. 어리숙한 자. 넌 이제 내 손에서 못 빠져나간다.'

말을 달려가는 그녀를 창문에서 바라보는 두 쌍의 눈동자가 있었다.

바로 일리나와 아모리나였다. 그들은 마법 수신기를 통해 헤럴드와 티나의 대화를 모두 듣고 있었다.

‘요사스러운 년, 내 손에 걸리기만 해보라.’

일리나는 헤럴드에게 꼬리치는 티나의 역겨운 행동을 겨우 눌러 참고 있었다.

‘네가 정말 아버님을 해하였단 말이냐? 정말 그렇다면 너를 용서할 수 없다.’

어두운 밤거리로 말을 달려가는 티나를 보며 아모리나는 두 주먹을 으스러지게 틀어쥐고 있었다.

창칼이 들어가지 않는 괴물 같은 전사들을 아모리나는 그라이스 호숫가에서 이미 겪었다.

그런데 그 괴물들이 데몬 전사단에 있다는 것을 알고 있다는 소리는 그라이스 호숫가에서의 싸움에 티나가 무관하지 않다는 것이고 아빠의 죽음에도 관련이 있다는 뜻이었다.

아모리나의 두 눈에 분노의 불길이 이글거리고 있었다.

CHAPTER
03
야망의 벼랑 끝

THE Warrior
Gale of Wind

데몬 전사단 세이지 지부의 앞에는 말들이 정렬하여 있고 붉은 갑주를 착용한 200여 명의 전사들이 살기를 뿌리며 말 위에 앉아 있었다. 방문이 열리고 지부장 구아디즈가 완전무장을 하고 나오자 데몬 전사들이 말 위에 앉은 채 부동을 하였다.

"지부장님께 경례."

"충!"

"충!"

전사들의 준비 상태를 본 구아디즈의 얼굴에 흐뭇한 미소가 떠올랐다. 이들과 함께라면 무서울 것이 없었다. 최상급과 상급의 전사가 40여 명, 나머지는 중급의 전사들이지만 엄밀히 말하면 중급이라고 해도 일반 전사들과는 그 격이 달랐다. 이들의 신체는 키메라처럼 개조되었고 창칼이 웬만해서는 들어가지도 않는다.

마나 블레이드를 만드는 상급이나 최상급이 아니라면 이들의 몸에 흠집도 낼 수 없는 것이 바로 저들 데몬 전사들이었다.

"이제 곧 꿈의 밤 요정으로 출동하여 중소전사연합을 쓸어버린다! 잘 들어라! 우리는 데몬 전사들이다! 그런데 저 타판파스의 촌놈들이 우리 전사의 팔을 잘랐다! 오늘 땅에 떨어진 데몬 전사단의 명예를 찾고 우리의 본때를 보여준다! 알았는가?"

"충!"

"충!"

데몬 전사들의 목소리가 차가운 대기를 뚫고 울려 퍼졌고 눈에서는 살기가 뿜어져 나왔다.

흡족한 맘으로 전사들을 둘러본 구아디즈는 명을 내렸다.

"가자, 출전이다."

두두두두!

200여 명의 전사가 탄 말들이 거리를 울리며 질주하기 시작하였다.

맨 앞에서 말을 달리는 구아디즈는 비릿한 웃음을 지었다.

방금 들어온 5호의 보고에 의하면 티나 년이 광장에서 결투를 할 때 기사단을 투입하여 싸움을 중단시키려고 한다는 것이었다.

그러나 구아디즈는 광장에서 결투를 할 생각이 없었다. 물론 힘이 부족해서는 아니었다.

이들 200명이면 티나의 기사단은 단숨에 쓸어버릴 수 있지만 상부의 명령은 아직 아니었다. 그러니 참을 수밖에 없었다.

"흐흐, 네년은 월터 놈의 목이 달아난 후에야 알게 될 것이다."

구아디즈는 통쾌한 웃음을 입가에 그렸다. 년이 방방 뛰는 것을 생각하니 사타구니가 후끈하게 달아오른다. 기세가 오른 구아디즈는 달리는 말에 박차를 가했다.

"쩌! 쩌!"

두두두두!

말들이 포티니아 시의 거리를 질풍처럼 달려갔다. 그러나 구아디즈는 이 길이 영원히 돌아올 수 없는 길이라는 것을 꿈에도 생각지 못하고 있었다.

설원을 피로 물들이는 데몬 전사단과의 싸움이 바야흐로 시작되고 있었다.

밤새 꿈의 밤에서 화끈하게 회포를 푼 블랙울프 전사들은 이른 아침이 되자 누가 깨우지도 않았지만 모두 자리에서 일어났다. 지난 수년 동안 수련을 한 전사들이기에 자연히 그 시간이 되자 일어난 것이다.

"아, 이거 아직 새벽인데 무슨 소란이야?"

밤새 실컷 마시고 취해서 아가씨를 끼고 잠들었던 핸더슨은 복도를 울리는 발자국 소리에 머리를 들고는 투덜거렸다. 옆을 돌아보니 알몸의 아가씨가 곤하게 자고 있는 것이 누가 업어가도 모를 것 같았다.

하긴 핸더슨이 밤새 괴롭혔으니 아가씨도 지칠 대로 지친 모양이었다.

"어이구, 그래 가지고 어떻게 요정의 아가씨 노릇을 하는지 몰라!"

핸더슨은 혀를 찼지만 자신이 좀 심하긴 했다고 속으로 생각하였다. 그동안 싸움터를 전전하느라 여자를 품어보지 못했던 그는 어젯밤에 무려 여섯 번이나 아가씨를 안았던 것이다.

그래도 양심의 가책이 있어 여자의 몸에 이불을 덮어준 핸더슨은 밖으로 걸어나왔다.

'꿈의 밤' 요정의 정원에 나온 핸더슨은 눈을 둥그렇게 떴다.

100여 명의 블랙울프 전사들이 차가운 바닥에 가부좌를 틀고 앉아 아수라혈천심법을 운기하고 있었다. 그들의 몸에서 붉은 기운이 맴돌고 있었고 머리에서는 김이 풀풀 나고 있었다.

"핸더슨, 어서 오게. 아, 뭐 해?"

말소리에 바라보니 도미니크다. 그도 바닥에 앉아 주군에게 전수받은 아수라혈천심법을 운기하고 있는 것이 보였다. 핸더슨은 그만 충격을 받았다.

사실 저들과 검을 맞대본 그는 얼마나 강한지 알고 있었다. 그러나 저들은 그것에 만족하고 있지 않았다. 밤새 취하도록 마셨고 똑같이 여자들을 안았었지만 여명이 밝아오는 지금 모두 수련을 하고 있는 것이 아닌가?! 그들이 강했던 것에는 다 이유가 있었던 것이다.

"젠장, 이 핸더슨이 질 수야 없지. 나도 이제부터는 뒤떨어지지지 않는다."

핸더슨은 가부좌를 틀고 앉았다. 한겨울의 살을 에는 듯한 차가운 기운이 엉덩이로 찌르듯 스며들었고 척추를 타고 올라온다. 하나 핸더슨은 개의치 않고 가부좌를 틀었다.

자신은 이들과 달리 주군에게 직접 전수를 받았다. 자신을 주군의 직계라고 생각하는 핸더슨으로서는 어떻게든 저들을 앞서야 했다.

잠시 후, 핸더슨의 몸에서도 평온한 감정이 깃들기 시작하였다. 아수라혈천심법을 운공하면서 모든 것을 잊었던 것이다.

창문으로 그것을 내다보던 헤럴드는 미소를 지었다. 비록 털털거리기는 했지만 핸더슨은 끈기가 있는 사내다. 개정대법을 시행해 주면 빠르게 성장하겠지만 헤럴드는 아직 그대로 두고 보고 있었다. 무공이란 자신의 의지가 없다면 절대로 발전할 수 없기 때문이었다.

"부하들이 참 대단하군요!"

일리나와 함께 다가온 아모리나가 감탄하며 헤럴드를 쳐다보았다.

"저들은 힘이 없어서 노예가 되었던 사람들입니다. 가족이 죽고 애인이 겁탈을 당하는 것을 보면서도 아무것도 할 수 없던 사람들이기에 강해지는 데는 양보가 없지요."

헤럴드의 말에 아모리나는 물론 일리나도 놀랐다.

그녀들은 저들, 블랙울프 전사들이 얼마나 강한 전사들인지 안다. 하나같이 강력한 전사들인 저들이 노예였다면 헤럴드를 만난 이후에 저렇게 되었다는 뜻이다. 저들의 의지도 놀랍고 그렇게 강한 전사들로 키워낸 헤럴드에게 절로 경탄이 들었다.

'우리가 이 사람을 만난 것은 행운이야!'

아모리나는 속으로 결심을 다지고 있었다. 동부의 쥬신 영지와 캄노스 영지, 세이지 영지는 서로 이웃하고 있다. 원래 강력한 무력을 가지고 있는 나라가 이웃에 있다면 불안을 느낀다. 그것이 강자존의 논리가 존재하는 세상의 율법이기 때문이다.

그러나 아모리나는 오히려 마음이 안정되고 있었다. 자신의 낭군인 파르몽이 헤럴드의 동생이 되었으니 이제는 서로 동맹군이 된 것이나 마찬가지였다.

만일 누가 자신들의 부족으로 쳐들어온다면 그들은 블랙울프 전사들의 무서운 힘을 맛보게 될 것이다. 세상에 소문난 블랙울프 전사들의 힘은 빙산의 일각이었다.

저런 전사들이 쥬신 영지에는 10만이나 된다고 한다. 아모리나의 머릿속에는 10만 전사들의 말발굽 소리와 함성이 들려오는 것 같았다. 아마도 저들 앞에 마주 서는 어리석은 자들은 질그릇이 깨지듯 산산이 박살날 것이다.

그러고 보면 자신의 약혼자인 파르몽은 참으로 든든한 형님을 모신 것이다.

아모리나의 얼굴에 훈훈한 미소가 어렸다.

날이 훤히 밝아오자 블랙울프 전사들이 검을 뽑아 들고 수련을 하는 것이 보였다.

"헤럴드, 저들은 언제까지 수련을 하죠?"

일리나는 아직도 수련을 하고 있는 전사들을 보며 헤럴드에게 물었다. 이미 해가 두둥실 떠올라 오전 10시가 다 되어가고 있었던 것이다.

"이젠 끝날 때가 됐소. 우리 먼저 가서 아침이나 합시다."

"그래요."

일리나가 헤럴드의 말에 고개를 끄덕이며 발걸음을 떼는 순간이었다. 갑자기 헤럴드가 멈칫하니 서서 귀를 기울였다.

"왜 그래요, 헤럴드?"

"누가 이쪽으로 달려오고 있소, 한 200명쯤 되는구려. 살기가 느껴지는 것을 보니 데몬 전사들 같소."

헤럴드의 말에 일리나는 기감을 퍼뜨렸다. 그러자 어디선가 은은한 진동이 울려왔다.

이 정도면 적어도 2000m 정도는 된다. 일리나는 감탄한 얼굴로 헤럴드를 쳐다보았다. 하지만 그녀는 피식 웃었다. 헤럴드와 함께하면서 놀란 일이 어디 한두 번인가. 별로 새삼스럽지도 않은 일이었다.

"그럼 전사들을 준비시켜야겠군요."

일리나가 말하는 새에 정원에 있던 블랙울프 전사들이 모두 일어나 정렬하는 것이 보였다.

"내가 지프리드에게 이미 알려줬소."

두 사람의 말을 듣던 아모리나는 무슨 영문인지 몰라 눈이 동그래졌다. 데몬 전사단이라니? 어디에도 그들의 모습은 보이지 않았다.

"언니, 무슨 소리죠? 데몬 전사단이라니요?"

일리나가 대답을 할 새도 없이 말발굽 소리가 들리기 시작했다. 2층의 창에서 보니 200여 명의 붉은 갑주를 착용한 전사들이 질풍처럼 달려와 말에서 뛰어내리는 것이 보였다.

하나같이 흉흉한 살기를 뿌리는 그들의 모습은 무엇을 하려는지 말하지 않아도 알 것 같았다.

'세상에, 대체 이 사람의 능력은 어디까질까!

아모리나가 속으로 감탄하는 새에 정문으로 데몬 전사들이 달려오는 것이 보였다.

두툼한 나무로 만든 정문을 본 구아디즈의 입에서 명이 떨어졌다.

"문을 부숴라! 안에 들어가 놈들을 모조리 죽여라!"

구아디즈는 지금쯤 중소전사연합 놈들이 곯아떨어져 있을 것이라고 생각했다. 정보원의 보고에 의하면 놈들은 밤새 취하도록 마셨고 아가씨들을 끼고 방에 들어갔다고 했다.

그 정도로 마시고 여인을 취했다면 아직 일어날 수가 없을 것이다.

단숨에 들어가 모조리 죽여 없애려는 것이 구아디즈의 생각이었다.

"와~"

여섯 명의 데몬 전사가 맹렬한 속도로 달려 문에 부딪쳤다.

콰앙! 콰자작!

두터운 나무로 만들었던 대문이 몸통박치기에 당하자 순식간에 부서져 떨어져 내렸다. 온몸이 쇠처럼 단단한 키메라들은 그대로 안으로 돌진해 들어왔다.

“저들이 바로 살인 병기라는 키메라들인 모양이군.”

헤럴드가 차갑게 말하며 정원을 바라보았다. 아모리나는 헤럴드의 목소리에서 차가운 한기를 느끼고는 저도 모르게 흠칫 놀랐다. 언제나 부드럽던 사람의 기세가 삽시간에 바뀐 것이다.

“이게 어떻게 된 것이지?”

달려들어 오던 데몬 전사들이 흠칫 멈춰 섰다. 모두 잠에 곯아떨어져 있을 것이라고 생각한 중소전사연합의 놈들이 완전무장을 한 채 도열하여 있는 것이 아닌가?

구아디즈는 어이가 없었다. 대체 이놈들이 자신들이 출전하는 것을 어떻게 알았는지 이해가 되지 않았다.

‘혹시?!’

그의 머릿속에는 티나의 요염한 얼굴이 떠올랐다. 자기 지부의 주변에 첩자들을 잠복시켜 두었으면 얼마든지 가능한 일이었다. 아마도 자기들이 출전했을 때 마법 수정구를 통해 알려주었을 것이다. 구아디즈는 이를 부드득 갈았다.

“이 화냥년, 네년의 최후는 내가 반드시 장식해 주마.”

비록 저들이 깨어나 준비를 하는 바람에 기습은 물 건너갔지만 결론은 이미 나 있었다. 오늘 이곳에 있는 놈들은 하나도 살아남지 못할 것이다.

맨 앞에 서 있는 지프리드를 본 구아디즈는 저놈이 바로 그 월터일 것이라고 생각했다.

그런데 생각보다는 너무도 어리다. 놈은 분명히 중년이라고 하지 않았던가?

"네가 중소전사연합의 월터인가?"

구아디즈의 말에 지프리드의 이마에 푸른 혈관이 꿈틀거렸다. 감히 하늘 같은 주군에게 반말을 해대고 있다니, 당장 놈을 쳐 죽이고 싶었지만 헤럴드의 명이 떨어지지 않았다.

"난 제1전사단장 지프리드다. 너는 누구냐?"

지프리드의 말에 구아디즈는 얼굴이 시뻘겋게 달아올랐다. 감히 새파랗게 젊은 놈이 소드 마스터인 자기에게 너라니, 어이가 없었다.

"크크크, 고블린이 드래곤에게 덤비는 것 같구나. 하나 네 놈은 너 상대가 안 되니 너희 마스터라는 월터를 나오라고 해라. 데몬 전사단의 핏값을 받아야겠다."

"잘못은 당신들, 데몬 전사들이 먼저 하였다. 이것이 정식 결투 신청이라면 내가 받아들인다. 당신은 주군을 상대할 자격이 없다."

지프리드의 침착한 말에 울기가 뻗쳐오른 구아디즈는 검을 뽑아 들었다. 어떻게 된 놈인지 자기의 살기를 받고도 눈썹 하나 까딱하지 않는다. 소드 마스터의 살기는 견디기가 힘들다.

그런데도 태연한 지프리드를 본 구아디즈는 화가 머리끝까지 올라 미처 생각도 못했다. 비슷한 수준이 아니라면 저렇

게 태연할 수 없는데도 구아디즈는 당장에 놈의 목을 잘라 버
릴 생각에 그만 이성을 잃었던 것이다.

"개를 죽여 버리면 주인이 나오겠지. 그리고 결투라고 했
느냐? 크크크, 가소롭구나. 결투는 비슷한 상대끼리 하는 법
이다. 고블린이 드래곤과 상대가 된다고 생각하나?"

구아디즈가 이죽거리는데 옆에서 핸더슨의 걸쭉한 말이
터져 나왔다.

"별 슬라임 같은 놈을 다 봤네. 야 이 자식아, 네가 드래곤
이면 우리 주군은 신이다. 감히 네깟 놈이 주군의 상대가 된
다고 생각하느냐? 별 거지 같은 놈을 다 봤네."

구아디즈는 갑자기 옆에서 튀어나오는 상소리에 머리끝까
지 김이 솟아올랐다.

"어느 놈이냐?"

"주군의 직계부하인 나 핸더슨이시다. 왜?"

"크크크! 하하하!"

블랙울프 전사들은 핸더슨의 말에 그만 웃음을 터뜨렸다.
구아디즈의 얼굴이 삶아놓은 오크 간처럼 시뻘게졌다. 지프
리드도 싱긋이 웃었다. 자기가 미처 하지 못한 말을 핸더슨이
한 것이다.

"죽어라, 요 쥐새끼 같은 놈!"

핸더슨의 말에 더 이상 참을 수 없었던 구아디즈의 몸이 말
잔등에서 벼락처럼 솟구쳐 올랐다. 번개처럼 날아들며 내려

치는 구아디즈의 검에 붉은 오러 블레이드가 넘실거렸다.

촤앙! 챵! 챵!

순식간에 검과 검이 부딪치는 날카로운 소리가 들리고 붉은 빛들이 사방으로 튕겨 나갔다.

어느새 핸더슨의 앞을 막아선 지프리드의 검이 구아디즈의 공격을 막아낸 것이다.

반탄력으로 몇 걸음 뒤로 물러선 구아디즈의 눈이 둥그레졌다. 소드 마스터인 자기의 검을 막아내고 튕겨내기까지 했다. 그건 저자가 최소한 최상급의 전사 수준이라는 것을 의미했다.

지금 이 순간까지도 구아디즈는 지프리드가 소드 마스터라고는 꿈에도 생각지 못하고 있었다.

"감히 내 검을 막다니. 가상하구나, 하나 그 대신 네놈을 갈가리 찢어주마."

"으이그, 네 몸이나 잘 간수하셔."

지프리드의 뒤에 숨은 핸더슨이 옆으로 머리를 쪽 내밀고 비웃는 말에 구아디즈는 복장이 터질 것 같았다. 구아디즈가 무서운 눈으로 핸더슨을 노려보았다.

당장 찢어 죽이고 싶지만 남의 뒤에서 주둥이만 나불거리는 놈을 어떻게 할 수가 없었다.

"너 이놈! 갈기갈기 찢어서 몬스터들의 먹이로 던져 주마! 그때도 주둥이를 나불거리는지 내 보겠다."

그러나 핸더슨이 말에서 질 리가 없다. 험한 용병 생활에서 말발에서 진 적이 한 번도 없는 핸더슨이다.

"당신 걱정이나 하셔. 난 예쁜 아가씨를 부인으로 맞아 아들딸 낳고 백 살은 살 테니."

더 이상 말로는 안 되겠다고 생각한 구아디즈가 부하들에게 명을 내렸다.

"발키리 전사들은 중앙을, 나머지는 후방을 공격하라!"

구아디즈의 명에 12명의 발키리 전사가 천천히 앞으로 나섰다. 그들의 몸에서 뻗친 싸늘한 기운이 주위를 잠식시켜 가뜩이나 추운 주변의 공기를 더욱더 냉각시켰다.

그들의 뒤로 200명의 데몬 전사가 압박해 들어오기 시작하였다. 그러나 100명의 블랙울프 전사는 추호의 동요도 없었다.

"아수라혈천진을 펼쳐라."

"충!"

"충!"

정원을 쩌렁쩌렁 울리는 대답 소리와 함께 100여 명의 블랙울프 전사가 순식간에 10개의 톱니 같은 진을 만들었다. 아수라혈천진은 10명이 한 개 조가 되고 톱니처럼 물고 돌아가는 원형진이다. 팽팽한 긴장감이 떠돌던 정원에 아수라혈천진이 완성되자 대기 중의 마나가 소용돌이치기 시작하였다.

고오오!

마치 마법진에서 뿜는 것 같은 마나의 회오리와 함께 각각 10개의 아수라혈천진이 선홍색의 덩어리가 되어 돌아가기 시작하자 구아디즈는 흠칫 놀랐다.

다른 사람은 잘 느끼지 못하고 있지만 소드 마스터인 그로서는 저 선홍색의 진이 품고 있는 마나의 힘을 느낀 것이다.

'이게 대체 무슨 진이지? 마법진?!'

그러나 마법진이라면 응당한 마법사는 한 명도 없다. 물론 전사들이 진을 펼치지 않는 것은 아니지만 이 정도로 마나의 회오리를 일으키지는 못한다.

그런데 저 진이 품고 있는 마나의 잠재력은 결코 무시할 것이 못 되었다. 하지만 구아디즈는 자기의 전사들을 믿었다. 12명의 발키리 전사와 상급과 중급의 데몬 전사들은 모두 육체가 강철처럼 단단한 키메라나 같았다.

아무리 강력한 진이라고 해도 인간의 한계로는 그들을 막을 수 없다고 생각한 것이다.

"공격하라."

명을 내린 구아디즈는 즉시 12명의 발키리 전사를 이끌고 진의 중심부로 뛰어들려고 하였다. 하지만 그는 황급히 뒤로 물러섰다.

쩌저엉!

갑자기 푸른 빛이 그의 앞으로 번개처럼 그어지며 땅바닥이 길게 파여지고 먼지가 솟아올랐다. 푸른 빛이 지나간 자리는 기다란 밭고랑처럼 파여지고 굳은 땅이 뒤집어져 있었다.

마나의 기척을 느끼고 물러서지 않았다면 자신의 몸이 저 꼴이 되었을 것이다. 섬뜩한 감정에 척추를 타고 오한이 솟아올랐다.

흠칫 놀란 그가 바라보니 흩어지는 먼지 속으로 한 명의 중년 사내가 보였다.

무심한 표정의 눈매와 길게 그어진 칼자국. 그것은 분명 정보를 통해 들었던 중소전사연합의 마스터, 월터의 모습이었다.

"당신이 데몬 전사단의 지부장 구아디즈인가?"

아무런 감정도 없는 듯한 헤럴드의 말에 구아디즈는 히죽 웃었다.

"흐흐, 역시 개를 패려니 주인이 나서는군. 그렇다. 내가 바로 구아디즈다. 네가 소드 마스터라는 말을 들었다. 나와 일 대 일로 겨룰 자신이 있는가?"

구아디즈의 말에 지프리드가 앞으로 나섰다. 그의 눈이 활활 불타오르고 있었다. 여태껏 아수라혈천검을 수련하였지만 아직 적당한 상대를 만나보지 못한 그에게는 투지가 불타오르고 있었다.

"주군, 저자는 제게 맡겨주십시오."

헤럴드는 물끄러미 지프리드를 바라보았다. 같은 소드 마

스터 중급이니 지프리드의 실력을 높이는 상대로는 제격이
다. 그의 마음을 헤아린 헤럴드가 고개를 끄덕였다.

"좋아, 지프리드. 네가 맡아라. 단, 우리에게 덤비는 자들
은 어떻게 된다는 것을 똑똑히 보여주도록."

"감사합니다, 주군."

지프리드가 검을 들고 앞으로 나서자 구아디즈는 어이가
없었다. 이제 겨우 최상급의 전사 수준인 저자가 자기와 겨루
겠다고 나서니 하품이 나왔다. 놈이 아무리 강하다고 해도 자
신의 상대로는 아직 멀었다고 생각한 것이다.

"좋아, 네 부하를 갈가리 찢어주지."

구아디즈가 분노한 얼굴로 앞으로 나서는데 핸더슨의 이
죽거리는 말이 들려왔다.

"넌 이제 죽었다. 나 같으면 방울이 떨어지도록 도망쳤을
거다. 흐흐."

핸더슨의 말에 더욱 참을 수 없게 된 구아디즈는 벼락처럼
다가들었다.

"네놈부터 죽여주마."

그의 검에서 뿜어 나온 붉은 오러 블레이드가 빛살처럼 핸
더슨에게 날아들었다.

휘익. 콰쾅!

하지만 구아디즈의 오러 블레이드는 지프리드의 검에 막
혀 버리며 폭발을 일으켰다.

“크으, 네놈이……..”

구아디즈는 손아귀가 저릿해 오는 감을 느끼며 한 발 물러섰다. 오러 블레이드가 넘실거리는 자신의 검을 막은 것이 도저히 이해가 되지 않았다.

핸더슨의 앞을 막아선 지프리드가 검을 들어 구아디즈를 겨누었다.

“네 상대는 나다.”

구아디즈는 눈을 껌뻑거렸다. 대체 어떻게 자기의 검을 막았는지 이해가 가지 않았다. 아무리 검이 좋다고 해도 오러 블레이드를 막을 수는 없다. 그런데 놈의 검에는 흠집조차 없었다.

“어떻게 막았지?”

눈이 둥그레져 황당해하는 구아디즈를 바라보던 지프리드의 검에서 선홍색의 오러 블레이드가 불쑥 솟아올랐다. 선명한 선홍색의 오러 블레이드를 멍하니 보고 있던 구아디즈의 두 눈이 튀어나올 것만 같았다. 저놈은 소드 마스터였다. 구아디즈의 입술이 부르르 떨렸다.

세상에, 소드 마스터라니! 그럼 이자의 주군이라는 자는 대체 어느 정도의 실력이란 말인가!

구아디즈는 순간적으로 무엇인가 잘못되었다는 생각이 들었다.

“모두 공격하라!”

구아디즈의 명에 발키리 전사들이 허공으로 몸을 날렸다. 자기와 맞선 놈이 소드 마스터라면 뒤에 서 있는 저 월터라는 자는 실력이 더 강할 것이다. 발키리 전사들을 공격으로 내몰고 여차하면 도망치려던 구아디즈는 두 눈을 부릅떴다.

뒷짐을 지고 서 있던 헤럴드의 몸이 흔들린다 싶더니 어느새 발키리 전사들의 전면에 나타난 것이다. 마치 귀신같은 움직임이었다.

"너희들을 내가 상대해 주지."

말이 끝나는 것과 동시에 파아란 빛이 주변을 밝혔다.

파앗! 촤촤촤촤!

헤럴드의 도에서 뿜어져 나온 반달형의 푸른 오러 블레이드가 발키리 전사들을 휩쓸었다.

퍽퍽퍽퍽!

강철 같은 신체?! 어림도 없었다. 쏘아지듯 달려나오던 12명의 발키리 전사 중 선두에 섰던 4명의 전사의 몸이 순식간에 두 동강이 나서 바닥에 처박혔다.

그것을 본 구아디즈는 입을 딱 벌렸다. 저들 두 명이 합공하면 자신도 힘겨운 싸움이 된다.

그런데 단 한 번의 푸른빛이 번뜩이자 4명의 발키리 전사가 순식간에 잘려 나갔다.

"대, 대체 이건……!"

그가 턱을 덜덜 떠는데 핸더슨의 이죽거리는 소리가 또 들려왔다.

"내가 말했잖아, 살려면 두 방울이 떨어지도록 도망쳐야 한다고. 쯧쯧."

머리를 홱 돌린 구아디즈의 눈에 한 발 내짚는 지프리드가 보였다.

"오지 않으면 내가 가지."

말이 끝나는 것과 동시에 지프리드의 신형이 벼락처럼 날아들었다. 참으로 신속한 마나 스텝이었다. 위기를 느낀 구아디즈의 검이 번개처럼 휘둘러졌다.

콰콰쾅! 콰쾅!

두 개의 검에서 튀어나온 오러 블레이드가 충돌하며 폭발을 일으켰다.

"우웃!"

검과 검이, 오러 블레이드가 충돌하자 구아디즈는 손아귀가 찢어지는 것 같았고 어깨까지 찌르르해졌다. 이놈은 결코 자기의 아래가 아니었다. 땀을 흘리며 뒤를 돌아보니 8명의 발키리 전사가 월터에게 달려들고 있었다.

마나 블레이드가 충돌을 일으키고 주변은 접근할 수도 없게 검의 폭풍이 몰아치고 있었다.

그러나 그것이 문제가 아니었다. 자신의 데몬 전사들 200여 명이 빙빙 돌아가는 괴상한 진에 무자비하게 죽어나가고 있었다.

촤앙! 촤앙! 촤앙!

"컥! 크악!"

선홍석 마나가 이글거리는 아수라혈천진에 달려든 자들은 무처럼 팔다리가 잘려 나가고 있었다. 저게 과연 가능한 일이란 말인가?! 구아디즈는 도저히 믿을 수가 없었다.

빙빙 돌아가는 진에서 검들이 튀어나오면 데몬 전사들의 목이 하늘로 날아오르고 허리가 두 동강이 나고 있었다. 선홍색의 마나 블레이드들은 용서가 없었다.

아수라혈천진은 10명의 마나가 한곳으로 움직인다. 비록 개개인은 상급의 전사들이지만 저 진 속에서는 소드 마스터나 다름이 없었다. 10명의 마나가 빙빙 돌며 한 전사가 검을 휘두를 때마다 그 검으로 모여든다. 아무리 신체가 강화된 데몬 전사들이라고 하지만 소드 마스터의 일격과 같은 그 검을 맞으면 두 동강이 나는 것은 당연한 것이었다.

온 정원에 잘려진 팔다리가 비산하고 데몬 전사들의 비명소리가 아수라장을 이루었다.

"자, 우리도 끝장을 내야지. 주군께서 기다리고 계신다."

턱을 덜덜 떨며 멍해 있던 구아디즈는 지프리드의 음성에 정신이 번쩍 들었다.

알려야 했다. 이들은 일반 전사단이 아니었다. 지금 보니 저 월터라는 자는 발키리 전사들을 가지고 장난하듯 도를 휘두르고 있었다. 얼마든지 죽일 수 있는데도 이쪽으로 오지 못하도록 견제만 하고 있는 것이다.

"네, 네놈들은 대체 누구냐?"

눈알이 시뻘겋게 핏발이 선 구아디즈의 말에 지프리드는 차가운 음성으로 입을 열었다.

"알고 싶나? 네가 주군을 모욕한 그 순간부터 이미 운명은 결정되었다. 죽어 저승에 가면 알게 될 것이다. 아수라혈월파!"

콰콰콰콰!

지프리드의 검에서 선홍색의 빛이 번쩍이더니 8개의 붉은 혈월(血月)이 맹렬한 속도로 날아들었다. 구아디즈는 눈앞이 아찔했다. 여태껏 이런 적수를 만난 적이 없었다.

그의 검이 미친 듯이 허공을 난자했다.

촤촤촹! 촹! 촹! 촹!

"큭!"

겨우 날아드는 혈월을 막아내고 주르륵 뒤로 밀린 구아디즈의 입에서 울컥 피가 밀려나왔다. 얼마나 강한 힘인지 속에서 마나가 역류하고 있었다.

'이놈은 정말 강하다!'

구아디즈는 즉시 주변을 훑어보았다. 이곳에서의 싸움은 이미 승패가 갈리고 있었다.

10개의 선홍색 원이 폭풍처럼 부하들을 휩쓸어 버리고 있었고 발키리 전사들은 월터라는 놈에게 막혀 고전을 면치 못하고 있었다. 그러던 구아디즈의 눈이 번쩍 빛을 뿌렸다. 정원의 한쪽에 서 있는 두 여인과 두 남자를 발견한 것이다.

핸더슨과 도미니크는 아직 실력이 너무도 약해 저들 속에 끼어들 수가 없어 일리나의 옆에 있게 된 것인데 그것이 구아디즈의 눈에 띈 것이다.

게다가 그곳에서 자기에게 주둥이를 나불거리던 놈을 발견한 구아디즈는 속으로 쾌재를 불렀다.

'저곳이 약점이다.'

저들을 치고 빠져나가기로 결심한 구아디즈의 검에서 오러 블레이드가 2미터나 솟아올랐다.

"야앗!"

버언쩍!

시뻘겋게 번쩍이며 날아오는 오러 블레이드가 지프리드의 검에 막혀 폭발을 일으켰다.

콰쾅! 쾅!

휘익.

폭발의 반탄력을 이용한 구아디즈의 신형이 번개처럼 일리나를 향해 날아들었다.

검을 휘두르고 따라오려던 지프리드가 흠칫하는 것이 보였다. 급속도로 일리나의 허공으로 날아드는 구아디즈의 얼굴에 웃음이 걸렸다.

"호호, 성공이다."

이것들을 베어버리고 바로 담을 넘어 도망치면 그만이다. 그의 검에서 붉은 오러 블레이드가 화악 솟아났다.

"흐흐, 날 원망 마라."

히죽거리며 검을 휘두르려던 구아디즈는 뭔가 눈앞이 번쩍이고 머리가 깨지는 것 같은 느낌을 받았다.

"크악!"

쿠쿵!

땅바닥에 볼품없이 처박힌 구아디즈는 자기의 가슴에서 콸콸 쏟아지는 피를 보며 눈앞이 아득해졌다. 뭐가 어떻게 된 것인지 영문을 알 수가 없었다.

"이게 대체?!"

그의 눈앞으로 장신의 여인이 날아오는 것이 보였다.

"내가 우습게 보이던, 이 오크 같은 자식아!"

여인의 입에서 거친 말이 터져 나오는 것과 함께 칠색의 빛이 수평으로 날아오는 것이 보였다. 구아디즈는 그때야 깨달았다. 저 여인도 소드 마스터, 아니, 스피어 마스터였다.

여인이 휘두른 창이 보였던 것이다.

"괴물들… 커억!"

마지막 말을 뱉어낸 구아디즈의 목이 둥실 떠올랐다. 땅바닥을 굴러가는 구아디즈의 머리통을 바라보던 지프리드는 입맛을 다셨다. 하필이면 주모에게 달려갈 건 뭐란 말인가!

그 바람에 그만 몇 번 겨뤄보지도 못한 것이 못내 아쉬웠다.

"악! 컥!"

촤촤촤촤악!

구아디즈가 쓰러지는 순간 헤럴드의 몸이 스르륵 허공에 올라서더니 수십 개의 도가 뻗어 나왔다. 천지도의 연환참이다. 파란 빛들이 8명의 발키리 전사를 휩쓸고 지나가자 그들의 목이 순식간에 두둥실 떠올랐다.

더 이상 시간을 끌 필요가 없었던 것이다.

"모조리 섬멸하라."

변변한 싸움도 못해본 지프리드가 부하들에게 명을 내리며 데몬 전사들 속으로 달려들어 가 닥치는 대로 검을 휘둘렀다.

"흐흐, 우리도 한 놈 베야겠지."

이미 사분오열되어 마지막 비명을 지르는 데몬 전사들을 향해 핸더슨이 대거를 들고 달려들어 갔다. 그것을 본 도미니크도 검을 들고 달려갔다. 자신들이 아무리 약해도 저놈들을 한 명이라도 죽여야 했다.

온 정원이 데몬 전사들의 마지막 비명 소리로 메아리치고 있었다.

"공주님, 큰일 났습니다!"

갑자기 방문이 벌컥 열리더니 게오르그가 티나의 방으로

뛰어들었다. 잠옷 차림으로 화장을 하고 있던 티나의 눈에서 파란 불이 일었다.

"이게 무슨 짓인가요?"

자기의 방에 예고도 없이 뛰어들다니, 그녀는 상대를 쏘아보았다.

게오르그는 황급히 눈을 내리깔았다.

"죄, 죄송합니다. 너무 급한 일이라서 제가 그만 실수를 하였습니다."

게오르그의 모습에 티나는 더 이상 질책하지 않았다. 이 정도로 급하게 뛰어들었다면 뭔가 급한 일이 생겼다는 것을 짐작한 것이다.

"무슨 일이죠?"

"예. 방금 정보원의 보고에 의하면 꿈의 밤 요정으로 데몬 전사들이 습격해 들어갔다고 합니다."

"뭣이!"

티나는 자리를 박차고 일어섰다. 구아디즈 이놈이 자기보다 선수를 쳤던 것이다.

만일 싸움이 벌어졌다면 아무리 소드 마스터라도 데몬 전사단의 그 살인 병기들을 당할 수가 없다. 티나의 입술이 파르르 떨렸다.

"당장 기사단을 준비시켜요. 내가 직접 갈 겁니다."

"알겠습니다."

게오르그가 달려나가자 티나는 입술을 악물었다. 구아디즈 이놈은 자기가 힘을 가지는 것을 원치 않고 있었다. 그러나 장래를 위해서는 반드시 소드 마스터인 월터를 자기의 사람으로 만들어야 했다.

그녀의 야망을 실현하는 데서 월터는 그만큼 중요했다.

두두두두!

족장의 성에서 기사단이 탄 말들이 쏟아져 나와 눈보라를 일으키며 질풍처럼 달렸다. 그들의 맨 앞에는 티나가 달리고 있었다.

"쩌! 쩌! 쩌쩌!"

티나는 달리는 말에 박차를 가했다. 게오르그의 말에 의하면 데몬 전사들이 기습해 들어간 후 요정의 정원에서는 검과 검이 부딪치는 소리, 죽어가는 비명 소리가 주변을 진동했다고 한다.

중소전사단이 다 죽었다고 해도 지금 달려가면 소드 마스터인 월터만은 구할 수 있을지도 몰랐다. 아무리 발키리 전사들이 강하다고 해도 소드 마스터는 그렇게 쉽게 제압될 존재가 아니었다. 데몬 전사단 본부에서 뭐라고 해도 티나는 알프레드를 설득시킬 자신이 있었다.

'꿈의 밤' 요정에 도착한 티나는 정원에 들어서자마자 사방을 진동하는 피비린내에 코를 싸쥐었다. 그리고는 눈이 둥그레졌다.

바닥에 쓰러진 처참한 시체들은 전부 데몬 전사들이었다.

그것도 한두 구가 아닌 수백의 시신들이다. 대충 보아도 족히 200정도는 되는 것 같았다.

"설마?!"

기가 막힌 티나는 급히 시신을 정리하는 전사들에게 물었다.

"월터님은 어디 있지요?"

티나의 물음에 20여 명의 전사를 데리고 시신을 정리하던 핸더슨이 그녀를 쳐다보았다.

실력이 약해서 지부를 치러 가는 데도 끼어들지 못하고 뒷정리를 하는 그에게 이 여자는 정말 귀찮은 존재였다.

"뉘시오?"

"말조심해라! 그분은 세이지 부족의 공주님이시다!"

게오르그의 말에 핸더슨은 피식 웃었다. 이 여우 같은 여자가 무슨 짓을 벌이는지 대충은 알고 있는 그다. 그의 입에서 좋은 말이 나올 수가 없었다.

"허, 세이지 부족의 공주가 그새 바뀌었나? 그거 몰랐군."

핸더슨의 말에 게오르그가 검을 뽑아 들었다.

촤앙!

"네 이놈! 죽고 싶나? 공주님에게 불손하게 대하면 겨우 살아남은 네놈들을 몰살시킬 수도 있다."

게오르그는 이들이 살아남은 마지막 전사들이라고 생각했다. 데몬 전사들이 이렇게 많이 죽었다면 중소전사단의 운명은 들어보나마나 한 것이라고 생각한 것이다.

핸더슨은 어이가 없다는 듯 고개를 휘휘 저었다.

"겨우 살아남아? 누가, 우리가? 하하하!"

통쾌하게 웃은 핸더슨이 게오르그를 쏘아보았다.

"똑바로 봐. 여기 있는 것이 우리 전사들의 시신으로 보이나? 이건 모두 데몬 전사들이야. 세상에 우리 주군을 해할 놈들이 있을 것 같아? 헹, 웃기고 있네."

핸더슨의 말에 게오르그는 검을 잡은 손에 힘을 주었다. 당장 이 당둥이 같은 놈의 목을 베어버리려는 그의 귀에 차가운 말소리가 들려왔다.

"거기까지. 더 이상 힘을 주면 당신의 목숨은 끝장이다."

어느새 다가온 전사 하나가 게오르그에게 검을 겨누고 있었다. 티나와 게오르그는 소스라치듯 놀랐다. 전사의 검에서 여러 갈래의 오러 블레이드가 선명하게 뻗어 나오고 있었다.

저것은 분명히 소드 마스터의 밑이라는 최상급전사의 오러 블레이드였다.

그러고 보니 여러 곳에 더미로 쌓여 있는 시신들은 모두 데몬 전사들의 시체들이다.

티나는 소름이 오싹 끼쳤다. 데몬 전사들의 실력은 티나가 너무도 잘 알고 있었다. 그런 그들이 이곳에서 전멸했다? 도저히 믿어지지가 않았다.

"부단장, 검을 치워요."

게오르그가 검을 치우자 티나가 물었다.

"월터님은 어디 계시죠? 혹시 부상을 입었나요?"

"우리 주군은 데몬 전사단의 지부로 가셨수. 아마 그곳에
남아 있던 놈들은 지금쯤 모두 목이 달아났을 거유. 병신 같
은 놈들, 감히 주군에게 덤비다니. 쯧쯧."

혀를 찬 핸더슨이 시신들을 치우는 전사들에게 휘적휘적
걸어갔다.

멍하니 서서 그것을 보던 티나가 급히 소리쳤다.

"지부로 가요!"

티나의 기사들이 우르르 밀려 나갔고 곧 말들이 달려가는
소리가 들렸다.

"크크크, 이제 달려가 봐야 늦었을걸! 데몬 전사단 세이지
지부는 이제 세상에 없다."

핸더슨의 비웃는 소리가 입 밖으로 흘러나왔다.

데몬 전사단 세이지 지부의 정문을 지키고 있던 두 명의 전
사는 눈보라 속을 달려오는 기마병을 보고 흠칫 놀랐다. 검은
가죽 갑주를 입은 저들은 분명히 중소전사연합의 전사들이
다. 아침에 지부장이 저들을 소탕한다고 떠났는데 반대로 그
들이 달려오는 것을 본 파수장은 뭔가 잘못되었다는 것을 직

감했다.

"적이다! 빨리 안에 알려라!"

기겁한 파수장의 말에 한 데몬 전사가 문을 열고 안으로 달려 들어갔고 파수장의 손에서 마법 폭죽이 폭발을 일으키며 허공으로 치솟았다. 적이 쳐들어오고 있다는 긴급 신호였다.

안에서 소란한 발소리, 서로를 찾고 부르는 소리가 요란하게 울려 퍼졌다.

헤럴드는 샤벨을 뽑아 들었다. 이제는 저들이 마당에 거의 다 모였을 것이다.

"항복하는 자는 죽이지 말라. 공격하라."

헤럴드의 말이 떨어짐과 동시에 샤벨이 푸른빛을 뿌리며 휘둘러졌다.

콰코콰콰!

푸른빛의 오러 블레이드가 거대한 해머처럼 정문으로 내리꽂혔고 대지를 진동시키는 폭음이 일어났다.

콰코콰쾅! 콰쾅!

데몬 전사단 세이지 지부의 굳건한 문이 폭발하여 산산조각으로 부서졌다.

"와~ 죽여라!"

두두두두!

정문이 휑하니 뚫리자 블랙울프 전사들이 맹렬한 속도로 짓쳐들었다. 맨 앞에 선 헤럴드의 뒤를 시비로 가장한 일리나와 아모리나가 따르고 있었다.

지부의 마당에는 데몬 전사들이 검을 비껴들고 공포에 질려 서 있었다. 정예들이 모두 출전하고 지금 이곳에 남아 있는 전사들은 겨우 50여 명, 그것도 모두 초급의 전사들이었다.

그들의 뒤에 지부의 부지부장이 검을 들고 서 있었고 로브를 입은 한 남자가 지키고 있었다.

이 지부의 실질적인 부단장인 5서클의 마법사 펠트였다.

"당신들은 누구요?"

그의 말에 지프리드가 앞으로 나섰다.

"우린 타판파스의 중소전사연합이다. 우리는 비열하게 기습한 너희들의 죄를 물으러 왔다. 이것이 너희들의 지부장인 구아디즈의 목이다."

휘익, 툭, 데구르르.

지부장 구아디즈의 잘린 목이 발밑으로 굴러오자 데몬 전사들의 눈에 참을 수 없는 공포가 솟아올랐다. 지부장 구아디즈는 소드 마스터 중급이다. 그런데 그가 이렇게 죽어서 목만 돌아왔다. 그건 월터라는 자가 그만큼 강하다는 것을 말해주고 있었다.

마법사 펠트의 눈이 맨 뒤에 말을 타고 서 있는 몇 명에게로 돌아갔다. 두 명의 남자와 두 명의 여자, 저들 중에 얼굴에 칼자국이 나 있는 저 중년이 월터일 것이다.

그는 펼리는 입술을 악물고 입을 열었다.

"아무리 그렇다고 해도 당신들이 이런 짓을 하고 무사할 줄 아는가? 여기는 아이스 왕국이고 우린 데몬 전사단이다. 데몬 전사단은 아이스 왕국 제일의 전사단이다. 당신들은 절대로… 크악!"

펠트는 더 이상 말을 할 수가 없었다. 맨 뒤에서 말을 타고 있던 중년의 손에서 뭔가 번쩍하더니 한쪽 팔이 잘려 땅바닥으로 떨어져 내렸다. 그리고 온몸을 후비는 통증이 엄습해 들어 자기도 모르게 비명을 질렀다.

철컥.

마법사의 팔을 자른 헤럴드의 샤벨이 도집으로 들어가는 소리에 데몬 전사들의 목이 자라처럼 기어들어 갔다. 방금 뭐가 어떻게 된지도 모르는 사이에 마법사의 팔이 잘렸다.

'움직이면 죽는다!'

지금 그들의 뇌리에 파고드는 한결같은 생각이었다.

"거기까지, 난 타판파스 중소전사연합의 마스터인 월터라고 한다. 네 이름이 뭐냐?"

헤럴드의 살기가 집중되자 펠트는 온몸이 안으로 오그라드는 것 같았다. 마음은 절대로 그러지 말라고 하고 있지만 정신은 점점 아득해져 간다. 그의 정신력으로 그랜드마스터의 살기를 이겨낼 수는 없었다.

"지부의 마법사, 페, 펠트라고 합니다."

"좋다, 펠트. 이제부터 열을 세겠다. 항복하는 자는 살려주겠지만 반항하는 자는 죽는다. 그리고 너희 데몬 전사단이 강하다는 것을 안다. 그러나 우리도 혼자가 아니다. 세이지 부족의 현 족장인 티나님은 우리와 동맹을 맺었고 더 이상 데몬 전사단의 개입을 불허하신다. 그러니 살고 싶은 자들은 항복하라. 하나, 둘, 셋……."

헤럴드가 말을 끝내고 숫자를 부르기 시작하자 전사들의 손에서 무기들이 하나둘 바닥으로 떨어지기 시작했다.

툭, 툭, 철그렁.

세이지 부족이 합세하기로 하였다면 자신들은 모두 죽을 것이다. 아무리 약한 부족이라고 해도 세이지 부족은 아이스 왕국의 삼대부족의 하나다. 게다가 여기 남은 자들은 키메라가 아니었다.

"항복합니다."

"살려주십시오."

데몬 전사들이 무릎을 꿇자 지프리드는 그들을 한쪽으로 몰아갔다. 그리고는 소리쳤다.

"너희들은 모두 고향으로 돌아가라! 다시 우리와 마주치면 그땐 모두 죽는다! 또 세이지 부족의 군사들에게 걸려도 죽는다! 알았는가?"

"옛!"

기겁하여 소리를 지른 데몬 전사들이 갑옷을 벗어 던지고 뿔뿔이 밖으로 달아났다. 이제는 이곳에서 한시라도 빨리 도망치는 것이 살길이었다.

"펠트, 이곳의 비밀문서고를 알고 싶다. 어디에 있지?"

헤럴드의 말에 골똘히 생각에 잠겨 있던 펠트는 흠칫 고개를 들었다. 그는 지부의 비밀문서고를 너무도 잘 안다. 바로 자신이 직접 본부와 통신을 했고 작성한 것이다.

그러나 그것을 알려줄 수는 없었다.

"모, 모릅니다."

펠트가 머리를 휘젓는 것을 본 헤럴드는 눈에서 차가운 빛이 뿜어 나왔다.

"모른다! 그럼 생각나도록 해주지."

헤럴드의 검지에서 하얀 빛이 뿜어져 나왔다.

팡! 팡! 팡!

번개처럼 뻗어나간 지풍이 순식간에 펠트의 혈도를 가격했다. 그리고 펠트는 그 순간부터 지옥을 경험해야 했다.

"크어억! 아아악!"

온몸이 마구 뒤틀린다. 전신에 지독한 벌레가 물어뜯는 것처럼 고통이 엄습했고 머리가 하얗게 비워져 갔다. 그는 처음으로 세상에 이처럼 고통스러운 것이 있다는 것을 알았다.

이 수법은 천지무에 있는 분골착근의 방법이다. 놈이 아무리 의지가 강해도 이겨낼 수 있는 수준의 고통이 아니었다.

"마, 말하겠습니다. 제, 제발… 으악!"

펠트는 눈을 허옇게 뒤집고 입에 하얀 거품을 문 채 땅바닥을 벌벌 기며 울부짖었다.

그것을 본 헤럴드는 혈도를 풀어주었다.

"비밀문서고는 지부장님의 방 지하에 있습니다. 커억."

펠트의 말이 끝나자마자 헤럴드는 다시 점혈을 하였다. 이번에는 아혈까지 봉하여 온몸이 굳어지고 말문까지 막힌 펠트는 눈만 데굴거리고 있었다.

"저자를 문밖으로 내쳐라."

헤럴드의 눈짓을 받은 지프리드가 펠트를 들어다 한쪽 구석에 던져 버렸다.

저 점혈은 한 시간만 지나면 자동으로 풀린다.

"지프리드, 여기 있다가 티나 공주님이 오시면 안으로 모셔라."

"알겠습니다, 주군."

즉시 허리를 굽힌 지프리드가 전사들에게 지시를 내리기 시작하였다. 온몸에 점혈을 당하여 한쪽 구석에 내팽개쳐진 마법사 펠트는 이 모든 것을 보며 이를 갈았다.

'그년이 우리를 배신하다니, 어디 두고 보자.'

데몬 전사단은 배신자를 용서하지 않는다. 만약 이 사실을 본부에 알릴 수만 있다면 펠트는 그 공로로 이곳에서의 실패 책임에서 벗어날 수 있고 배신한 티나는 가장 잔인한 형벌을 받게 될 것이다. 그러나 펠트는 이 모든 일이 헤럴드가 꾸미는 일이라는 것은 꿈에도 생각지 못하고 있었다.

　지부장 구아디즈의 방 지하에 들어선 랑케는 손쉽게 마법의 봉인을 해제하고 금고를 열었다. 8서클 중급의 마도사인 그에게 5서클 마법사가 한 마법 봉인을 푸는 것은 일도 아니었다. 금고를 연 랑케는 입을 쩍 벌렸다. 거대한 금고 안에는 각종 보석들과 금화들이 가득 쌓여 있었다. 그리고 한쪽에는 지부가 그동안 세이지 부족에서 행한 일들이 문서에 빼곡히 적혀 있었다.
　그것을 보던 헤럴드는 아모리나에게 넘겨주었다.
　"공주님, 여기에 족장님을 독살한 놈들의 보고가 있군요."
　문서를 받아 들고 읽어 내려가던 아모리나의 눈에서 분노의 불길이 일어났다. 그녀의 두 손이 부들부들 떨렸다. 문서에는 아버지를 독살한 방법과 매수된 자들의 이름이 모두 적혀 있었다.
　"티나, 네가, 네가 감히……."
　아모리나의 눈에서 눈물이 비 오듯 흘러내렸다.
　"아빠, 죄송해요. 제가 너무 늦게 왔네요. 흑… 흑……."
　아모리나는 문서를 품에 안은 채 몸을 가누지 못하고 휘청거렸다. 옆에서 지켜보던 일리나가 그녀를 부축해 품에 꼭 안아주었다.

"서시오! 어디서 온 누구요?"

데몬 전사단의 지부에 도착한 티나는 너무 놀라 말도 못하고 있었다. 휑하니 없어진 지부의 정문, 그리고 한쪽에 죽었는지 쓰러져 있는 마법사 펠트, 정문에는 검은 갑주를 입은 두 명의 중소전사연합의 전사가 서 있었고 마당에도 월터의 전사들이 분주하게 정리를 하고 있었다. 이미 데몬 전사단 세이지 지부는 끝장이 나버렸던 것이다.

한숨을 내쉰 티나가 입을 열었다.

"난 세이지 부족의 티나예요. 월터님은 어디 계시죠?"

티나의 말에 눈가에 살기를 띠고 있던 두 전사의 태도가 공손해졌다.

그들이 허리를 굽혀 정중하게 인사를 하였다.

"티나 공주님을 뵙습니다. 어서 들어가십시오. 마스터님께서는 안에 계십니다."

티나는 그래도 조금은 마음이 놓였다. 부하들이 깍듯이 자기를 대하는 것을 보면 월터의 감정을 알 수 있을 것 같았다. 그러나 문제는 데몬 전사단과의 일이었다.

지부가 전멸한 것을 알면 데몬 전사단은 중소전사연합과 전쟁을 선포할 수도 있었다.

그렇게 되면 자기의 꿈이 깨어진다.

'막아야 해, 어떤 방법을 쓰든.'

티나는 속으로 중얼거리며 지부의 안으로 들어섰다. 구석

에 쓰러져 있던 펠트가 지부 안으로 들어선 그녀를 쏘아보고
있었다.

"어서 오세요. 마스터님의 시비인 일리나입니다."
얼굴이 다크엘프처럼 검은 장신의 시녀가 허리를 숙여 티
나를 맞이했다.
"월터님을 급히 만나야겠어요. 어디 계시죠?"
티나의 초조한 얼굴을 본 일리나는 속으로 웃음이 터지는
것을 가까스로 참았다. 지금의 이 사태를 무마하지 못하면 티
나는 무사할 수 없는 것이다. 무표정한 시비처럼 가장하고 있
는 일리나는 건조한 목소리로 말하였다.
"조금만 기다리시면 그분이 오실 것입니다. 지금 지하 금
고를 뒤지고 있어요."
"지하- 금고를?"
티나는 순간 화들짝 놀랐다. 만약 그 금고에 비밀문서가 있
다면 월터가 자기의 비밀을 알 수 있었다. 그것은 무조건 막
아야 했다.
"시간이 없어요, 그분을 만나게 해주세요."
티나가 지하로 통하는 계단으로 발길을 옮기자 일리나의
뒤에 있던 4명의 전사들이 앞을 막아섰다. 그들의 손이 검자
루를 잡고 있었다.
"누구도 들일 수 없습니다."

“뭐라고요? 난 세이지 부족의 티나예요! 길을 비켜요!”

티나의 앙칼진 고함에도 전사들은 끄떡하지 않았다.

“여긴 세이지 부족의 성이 아니라 우리가 점령한 데몬 전사단의 지부입니다. 마스터께서는 아무도 들이지 말라는 명을 내렸습니다.”

전사들의 말에 게오르그가 검을 잡아 뽑았다. 그의 검에서 하얀 마나 블레이드가 이글거렸다.

“길을 비켜라! 감히 공주님의 앞을 막는 자는 목을 베어버릴 것이다!”

게오르그의 협박에 전사들의 얼굴에는 희미한 미소가 어렸다. 그들의 옆구리에서 선홍색의 빛이 순간적으로 번쩍였다.

“아, 아니?!”

차앙!

날카로운 소리와 함께 번개처럼 게오르그의 목에 겨누어진 전사들의 검에서 선홍색의 마나 블레이드가 빛을 뿌렸다. 그것을 본 게오르그는 숨을 들이켰다.

저들 4명은 모두 상급의 전사들이었다. 게오르그는 가슴이 서늘해졌다. 언제, 어떻게 발검을 하는지도 미처 보이지 않았는데 자신의 목에 칼이 겨누어졌고 마나 블레이드가 이글거린다.

만약 실전이었다면 자신의 목은 땅바닥을 굴러다니고 있

을 것이다. 얼굴이 하얗게 질린 게오르그가 비칠거리자 티나의 얼굴도 하얗게 변했다.

"우린 오직 마스터님의 명만 집행할 뿐이오. 물러서지 않는다면 벨 수밖에 없소."

티나는 차가운 눈의 전사들을 보며 속으로 감탄하고 있었다. 이들의 마스터에 대한 충성심은 대단했다. 게다가 실력 또한 높았다. 이런 전사들이 타판파스의 중소전사연합에는 1만이나 된다고 한다. 티나의 눈에 굳은 결심이 일렁이고 있었다.

'어떻게 해서든 월터를 내 것으로 만들어야 해.'

월터만 자신의 치마에 휘감으면 이들, 1만의 전사들은 자기의 믿음직한 친위대가 될 수 있었다. 그럼 만사 해결된다.

"게오르그, 물러서세요. 조금 기다리죠."

게오르그가 물러서자 전사들의 검이 검집으로 사라졌다.

티나가 초조하게 기다린 지 근 두 시간이 지나자 헤럴드가 방으로 올라왔다.

"아, 이거 공주님께서 오셨군요. 너희들은 왜 알리지 않았나?"

헤럴드가 나무라는 눈으로 시비와 전사들을 둘러보았다.

"죄송합니다. 누구도 들이지 말라는 마스터님의 명 때문에."

“어허, 그게 공주님에게 해당되는 말은 아니었다. 쩝! 허허, 앉으시죠. 제 부하들이 융통성이 없어서 그만 실례를 한 것 같습니다.”

헤럴드가 정말 미안하다는 표정을 지으며 자리를 권했다. 마치 오래전부터 이 방에서 산 주인 같은 자세였다.

“아닙니다. 오히려 제가 미안합니다.”

예를 차린 티나는 자리에 앉으면서 자기를 쏘아보는 다른 시비를 바라보았다. 얼굴에 점이 가득한 시비는 티나의 눈이 자기에게로 돌아오자 급히 얼굴을 숙였다.

‘저년이……’

뭔가 이상한 느낌을 받은 티나의 얼굴이 일그러졌다. 여자 특유의 민감한 감정으로 티나는 그녀의 눈길이 예사롭지 않다는 것을 느낀 것이다.

“월터님은 항상 시비들을 데리고 다니시는 모양이죠?”

“허허, 이 애들은 제가 가장 아끼는 시비들입니다. 가족처럼. 너희들은 나가 있어라.”

헤럴드가 웃음을 지으며 하는 말에 두 시비가 고개를 숙여 인사를 하고는 밖으로 나간다. 얼굴에 점이 많은 시비가 나가면서도 티나를 다시 쏘아보는 것을 그녀는 똑똑히 느꼈다.

‘저년이 혹시?!’

티나는 헤럴드를 쳐다보았다. 전장에까지 데리고 다니는 시비들이라면 월터와 그렇고 그런 사이인지도 모른다. 게다가 저 시비들은 얼굴은 점이 많지만 몸매만은 누구도 따를 수 없는 굴곡을 고스란히 지니고 있었다.

'그랬어, 저년들은 월터의 일반적인 시비가 아니야.'

티나는 아모리나의 눈에서 일어나는 증오심을 그렇게 해석하였다. 그녀가 아모리나일 것이라고는 꿈에도 생각지 못한 것이다. 그녀는 자신있는 눈으로 헤럴드를 쳐다보았다.

저 시비들에 비하면 자신은 몸매나 얼굴이나 어느 하나도 떨어지지 않는다. 월터를 얼마든지 자기 것으로 만들 자신이 생긴 것이다. 모두 나가고 단둘이 마주 앉자 티나가 입을 열었다.

"데몬 전사단과의 결투에서 승리한 것을 축하드려요, 월터 님."

"고맙습니다, 공주님. 그러나 이건 결투가 아닙니다. 데몬 전사단은 우리를 기습했고 그에 대한 보복으로 우린 저들을 전멸시켰습니다. 물론 최하급의 전사들은 살려주었지만."

덤덤한 헤럴드의 말에 티나는 또다시 놀랐다. 데몬 전사단의 실력을 잘 알고 있는 그녀는 이들, 헤럴드의 전사단에 더욱더 욕심이 생겼다.

"하지만 데몬 전사단은 강합니다. 월터님이 그들의 지부를 쓸어버렸으니 반드시 보복하러 전쟁을 선포할 것입니다."

헤럴드는 티나의 말에 빙긋이 미소를 지었다. 하나 그 웃음은 어딘가 티나의 눈에 거슬렸다.

“난 나를 건드리는 자는 용서치 않습니다. 이번 일은 그들이 먼저 시비를 걸었고 기습도 먼저 하였습니다. 만일 그들이 사죄하지 않고 전쟁을 건다면 나는 전사단의 명예를 걸고 그들과 싸울 것입니다. 그리고 우리 중소전사연합도 결코 약하지 않습니다. 타판파스의 우리 전사단은 1만이나 되고 또 쥬신 영지의 헤럴드 후작은 나와 의형제 사이입니다. 데몬 전사단이 공격해 온다면 그들은 멸살할 것입니다. 이건 내가 보증하죠.”

헤럴드의 자신에 찬 말에 티나는 입을 딱 벌렸다. 쥬신 영지의 헤럴드 후작은 이미 그 용맹을 사해에 떨치는 소드 마스터다. 그들의 블랙울프 전사단은 광풍의 전사단으로 앞을 막아서는 모든 것을 쓸어버린다고 한다.

티나는 이를 꼬옥 물었다. 자신은 괜찮은 정도가 아니라 뜻밖에도 보석을 주운 것이다.

티나의 머리가 번개처럼 회전을 했다. 데몬 전사단과 월터, 이들 중에 저울추는 확실히 월터에게 기울었다. 자기가 무엇 때문에 마음에도 없는 알프레드와 육체적 관계까지 맺으면서 거래를 했던가. 그건 힘을 얻기 위해서였다.

월터를 얻으면 쥬신 영지의 힘까지도 쓸 수 있었다. 아이스 왕국을 질주하는 블랙울프 전사단의 함성이 귓가에 울리는 것 같았다.

티나의 얼굴에 웃음이 활짝 피어났다.

'그래서 이자는 거침이 없었구나!'

헤럴드를 바라보는 티나의 얼굴에 요염한 미소가 어렸다.

"그렇다면 마음을 놓을 수 있군요. 사실 전 월터님이 위험해질까 봐 가슴을 졸였습니다. 그런 힘이 있다면 데몬 전사단을 걱정할 필요가 없지요. 그래서 말인데요, 월터님. 우선은 저희 성에 기거하시지 않겠습니까? 만일 데몬 전사단이 대대적인 공격을 해도 저희 성이라면 안전합니다. 중소전사연합이 이곳으로 오려면 시간이 걸릴 것입니다. 그동안만이라도……."

티나의 말에 헤럴드가 옆에 있는 30대의 남자를 쳐다보았다. 그는 가장하고 있는 랑케였다.

"주군, 공주님의 말씀을 받아들이는 것이 좋을 것 같습니다. 당장 전사들이 이곳에 도착하려면 시간이 걸립니다. 그리고 쥬신 영지에도 연락을 했지만 당분간은 시간을 끌어야 합니다."

"흠, 그럴까? 좋아, 참모의 말대로 하지. 그럼 공주님, 신세를 지겠습니다."

남자의 말에 헤럴드가 공주에게 고개를 끄덕였다. 티나의 예리한 눈이 랑케의 전신을 훑어보았다. 수수한 복장에 손이 고운 것을 보니 아무래도 검은 익히지 않았고 월터에게 조언을 하는 것을 보면 저자는 군사였다.

"신세라니요? 우리 부족에서 불미스러운 일이 발생했는데

요. 그럼 시간을 끌지 말고 성으로 가십시다.”

티나가 자리에서 일어서며 하는 말에 헤럴드와 랑케도 따라나섰다.

두두두두!

100여 명의 블랙울프 전사가 떠난 데몬 전사단 세이지 지부에는 황량한 바람만이 휩쓸고 지나갔다. 지부의 정문 한쪽에 쓰러져 있던 펠트의 몸이 꿈틀거리기 시작하였다.

“모, 몸이 움직인다. 조금만······.”

한동안 꿈틀거리던 펠트가 드디어 자리를 차고 일어났다. 주변을 둘러본 펠트가 황급히 골목으로 사라져 갔다.

“배신의 대가가 어떤 것인지 네년은 땅을 치며 통곡할 것이다. 두고 봐라.”

그가 남기고 간 한마디 말만이 텅 빈 지부의 마당을 울렸다.

*　　　*　　　*

세이지 부족의 성은 외성과 내성, 본성으로 나뉘어 있다. 외성은 군사들과 성안의 하인들, 노예들이 있는 곳이고 내성은 주요 건물들과 시녀들, 부족의 요인들이 있는 곳이다.

그리고 본성은 오직 부족장의 가족들만 있는 곳으로 이곳은 누구도 들어올 수 없는 지역이었다. 본성의 후원에 있는 거대한 수림 지역은 그중에서도 경비가 가장 삼엄한 곳이다. 이곳에는 부족의 안위에 해를 끼치는 중한 범죄자들이 처형을 당하기 전 갇혀 있는 감옥이 있기 때문이었다.

휘이잉! 휘잉!

겨울밤의 찬바람이 휩쓸고 지나는 금지 구역에 한 명의 검은 그림자가 나타났다.

"저곳이로군."

작은 소리로 중얼거린 그림자가 검은 밤에 동화되듯 모습이 희미하게 사라져 갔다.

바로 헤럴드였다. 어젯밤에 이곳 본성으로 들어온 블랙울프 전사단은 지금 극진한 환대를 받고 있었다. 티나는 헤럴드를 끌어들이고 그의 환심을 얻기 위해 할 수 있는 모든 방법을 동원하고 있었다. 오늘도 야한 옷을 입고 방에 찾아온 티나와 내키지 않는 이야기를 하느라 이제야 감옥으로 침투하는 길이었다. 아모리나와는 일단 감옥에 갇힌 충복들을 구한 후 작전을 시작하기로 합의를 하여 이렇게 잠입을 하는 것이었다.

스르륵.

귀영무(鬼影霧)를 시전한 헤럴드의 신형이 짙은 어둠에 동화되어 마치 귀신의 움직임처럼 파수병들 사이를 지나 감옥 안으로 날아들었다.

감옥을 지키는 기사들은 아무것도 모르고 서성거리고 있

었다. 천지귀영무는 말 그대로 귀신의 그림자처럼 눈에 보이지 않는 은신술이고 경공이다.

지하의 내부로 들어서자 지독하게도 썩은 냄새가 고약하게 풍겨왔다.

기다란 복도에 드워프들이 만든 철창으로 된 방들이 수십 개가 있었고 사람들이 담벽에 등을 기대고 앉아 있었다. 그들의 발목과 손목에는 단단한 강철로 만들어진 족쇄가 채워져 있었다.

"단장님, 우린 이렇게 죽는 겁니까?"

온몸에 멍이 들고 피가 말라붙은 한 사내가 맞은편 감방에 있는 사내를 보며 절규하는 소리가 들렸다. 맞은편 방에 있던 사내가 고개를 들었다. 그는 세이지 부족의 친위기사단의 단장이었던 미쉘이었다. 미쉘은 한숨을 내쉬었다. 지금 이곳에 갇혀 있는 60여 명의 기사는 친위기사단의 정예들이었고 마지막까지 회유를 거절한 충신들이었다.

그러나 이제 그 모든 것은 끝이 났다. 내일 티나는 이들을 처형한다는 공식적인 발표를 한 것이다. 그리고 그녀는 족장의 자리에 오를 것이다.

"이제 더 이상은 희망이 없어. 족장님도 돌아가셨고 아모리나 공주님도 행불이 되셨네. 내 생각에는 공주님도 그년이 죽인 것 같아. 이제 우리가 무엇을 하겠나. 후~"

미쉘은 땅이 꺼질 듯 숨을 몰아쉬었다. 아무리 권력에 탐욕

이 난다 해도 친아버지와 언니까지 해치는 티나가 증오스러
웠지만 이제는 방법이 없었다.

"원통합니다. 차라리 죽을 때까지 싸웠어야 했습니다."

방마다 족쇄를 차고 앉아 있는 기사들이 울분을 터뜨렸다.
이들은 단장이 검을 놓자 할 수 없이 검을 부러뜨린 기사들이
다. 이제 이들은 더는 충성할 상대도 없어졌고 싸울 힘도 없
었다. 악랄한 티나는 이들의 몸에 마나를 쓸 수 없도록 독을
먹였다.

가족들의 목숨을 담보로 하는 바람에 기사들은 피눈물을
흘리면서 마나가 억제되는 독을 마신 것이다.

"족장님도 없고 아모리나 공주님도 없네. 이 더러운 세상
에서 더 이상 무엇을 바라겠나. 죽어서 족장님과 공주님을 지
키지 못한 죄를 씻어야지. 저승에 가면 그분들이 계실 것이
야."

"으흑, 더러운 년!"

"다시 태어난다면 반드시 그년을 죽일 것입니다!"

기사들이 주먹으로 바닥을 치며 울분을 터뜨렸다. 그들의
눈에 눈물이 번들거렸다. 그것은 주군을 지키지 못한 자신들
의 무력함과 죄 때문이었다.

"어이가 없군! 그리고도 그대들이 친위기사란 말인가!"

갑자기 어디선가 준엄한 질책의 말소리가 들려왔다. 아무
도 들어올 수 없는 이곳 지하의 감방에 울려 퍼지는 목소리에

전사들은 흠칫 놀랐다. 그러나 아무리 둘러봐도 사람의 모습은 보이지 않는다. 끝 방에 갇혀 있던 10명의 원로들도 눈이 휘둥그레지며 여기저기를 살폈다.

"누구냐? 사람이라면 모습을 보여라!"

미쉘의 말에 천장의 한 부분이 일렁이더니 검은 형체가 바닥으로 내려섰다. 그 검은 형체를 싸고돌던 아지랑이가 없어지자 검은 갑주를 입은 한 명의 남자가 나타났다.

짙은 눈썹과 얼굴을 길게 가로지른 하나의 흉터, 월터로 가장한 헤럴드였다.

"그대들은 본연의 임무도 수행하지 못한 패배자들이다. 주군을 지키지 못했으면 마지막까지 그 의기를 잃지 말아야 하는 것이 기사의 참된 모습이다. 그런데 그대들은 모두 패배자의 넋두리만 하고 있다. 아닌가?"

헤럴드의 날카로운 말에 기사들은 말도 못하고 쳐다만 보고 있었다. 저자가 사람이 맞는지조차 의심스러웠다. 인간이 어떻게 천장에 붙어 있으며 흔적도 없이 나타날 수 있는가?

저자의 모습은 마법사는 분명히 아니었다. 아니, 마법사라도 저 정도의 은신술을 쓰려면 최소한 7서클 이상은 되어야 할 것이다.

"당신은 누구요?"

역시 단장답게 미쉘은 침착성을 회복하고 차분한 목소리로 물었다.

“난 아모리나 공주님이 보낸 사람이오.”

“……?!”

헤럴드의 말에 기사들과 원로들은 입을 벌리고 멍하니 쳐다보았다. 아모리나 공주님이 보낸 사람이라니, 그렇다면 공주님이 살아계신단 뜻이 아닌가!

모두의 얼굴에 반신반의하는 기색이 역력했다.

“공주님이 보냈다면 증표가 있을 터, 그것을 우리에게 보여줄 수 있나?”

원로들이 갇혀 있는 곳에서 기다란 하얀 수염의 노인이 헤럴드를 찌를 듯이 바라보았다. 만약 이것이 티나의 모략이라면 이들은 또 한 번의 상처를 받게 될 것이다. 노인의 눈이 번뜩이는 것을 본 헤럴드는 품속으로 손을 넣어 하나의 패를 꺼냈다.

“이것 말이오?”

헤럴드는 아름다운 엘프가 활을 들고 있는 모습이 그려진 은색의 둥근 패를 꺼내 들었다.

그것을 본 전사들과 단장 미쉘의 눈에 뜨거운 이슬이 고였다.

“공즈님의 신패다!”

“공주님이 살아계신다!”

눈물을 흘리던 미쉘이 천천히 무릎을 꿇었다.

“신 미쉘, 공주님의 신패를 뵙습니다.”

　미쉘이 무릎을 꿇고 예를 올리자 기사들이 일시에 무릎을 꿇었다.

　"공주님의 신패를 받듭니다."

　공주의 신패는 그녀의 분신이나 같다. 기사들이 눈물을 흘리면서 온몸을 부르르 떨고 있는 것을 보던 헤럴드의 눈이 수염이 하얀 노인에게 겨누어졌다. 모두 무릎을 꿇고 있지만 노인만은 허리를 꼿꼿이 편 채 찌를 듯이 헤럴드를 쏘아보고 있었다.

　"그대는 공주님의 권위를 인정하지 않는가?"

　헤럴드의 말에도 노인은 눈썹 하나 까딱하지 않았다.

　"난 신패 하나만으로 인정할 수 없다."

　"아니, 의장님!"

　다른 원로들과 기사들이 경악에 가까운 소리를 질렀다. 아모리나 공주님을 인정할 수 없다니, 대체 이게 무슨 소리란 말인가?!

　노인은 원로원의 의장인 에드워드였다. 평소에도 고집이 세고 정의감이 강한 노인은 아모리나 공주의 외조부다. 그런데 그가 손녀를 부정하고 나온 것이다.

　모두 놀란 가운데 에드워드가 입을 열었다.

　"내 손녀인 아모리나 공주가 그대를 보냈다면 나에게 전할 말이 분명히 있을 터, 그 말을 듣기 전엔 난 그대를 티나의 첩자로 인식할 수밖에는 없소."

에드워드의 말에 원로들과 기사들이 갈팡질팡하며 양쪽을
쳐다보았다.

헤럴드는 슬며시 미소를 지었다. 역시 이 노인은 아모리나
공주의 외조부다웠다.

"아모리나 공주님은 이렇게 말하더군요. 어렸을 때 무릎에
앉히시고 기사와 방패를 이야기했다고요. 공주님은 그때 외
조부의 질문에 부족의 방패가 되겠다고 했답니다. 맞습니
까?"

헤럴드의 말에 꼿꼿이 서 있던 하얀 수염의 노인, 에드워드
의 주름진 눈가에 눈물이 핑 돌았다. 그의 두 다리가 천천히
굽혀졌다.

"그대는 아모리나 공주님이 보낸 사자가 맞구려. 신 에드
워드, 공주님의 신패를 받듭니다."

쿠웅!

바닥에 머리를 박은 노인은 하얀 수염을 부르르 떨며 눈물
을 쏟아냈다. 얼마나 가슴이 타서 재가 됐던가! 가슴을 쥐어
뜯으며 손녀가 살아 있기를 빌었다.

하나 그 모든 것이 부질없는 것이라는 것을 이 감옥에 들어
와서 알았다. 가장 정예였던 친위기사단의 기사들이 갇혀 있
는 것을 알았을 때 에드워드는 모든 것이 끝났다는 것을 느끼
며 피눈물을 흘렸다.

그리고 손녀가 죽었을 것이라고 생각했다. 비록 사람들이

보는 앞에서 자기마저 눈물을 보이면 안 되기에 참고 참았지
만 가슴속은 새까맣게 타고 있었다.

그런데 그 공주가 살아 있다. 그리고 지금 온 공주의 사자
를 보니 그 능력이 상상을 초월했다. 독에 당해 아무 힘도 쓸
수 없는 에드워드지만 그도 원래는 최상급의 기사였다.

그가 헤럴드의 무위를 모를 리 없었다.

"진정하십시오. 공주님은 건재하십니다. 그리고 내일, 원
로들의 모임에서 새 부족장을 선출할 것입니다. 그때 공주님
은 티나의 죄행을 밝히고 반역자들을 쓸어버릴 것입니다."

헤럴드의 말에 기사들과 원로들의 눈에 희망의 빛이 번뜩
였다. 그러나 그들의 가슴은 곧 답답해졌다. 지금 성안에 있
는 주요 요직에는 모두 티나의 수족들이 자리를 차지하고 있
다.

아무런 힘도 없는 아모리나 공주가 범인을 밝혀도 그들을
처치할 힘이 없었다. 도리어 반역자들에게 참살당할 수 있었
다.

"공주님에게 기사들이 있습니까?"

친위기사단장 미쉘이 조심스럽게 물었다. 모든 사람들의
눈이 헤럴드에게 향했다. 반역자들을 진압할 힘이 없다면 살
아 있어도 산 것이 아니었다.

"없습니다."

헤럴드의 말에 에드워드를 비롯한 원로들의 눈에 절망이

어리고 기사들은 한숨을 내쉬었다.

기사들이 없다면 티나의 범죄를 폭로하는 것은 오히려 죽음으로 가는 길이었다.

"그렇다면 이번 일은 공주님에게 치명적인 위험이 됩니다. 그건 안……?!"

다급히 이번 일의 위험성을 말하려던 미쉘은 눈을 부릅떴다. 앞에 있는 중년의 손에 뽑힌 검에서 푸른빛이 뿜어 나왔다. 파란색의 빛은 순식간에 3미터 이상으로 나타나 선명한 도의 형태를 갖추었다.

"세상에, 저, 저건!!"

"소드 마스터 상급이다!"

"아니, 최상급이다!"

기사들과 원로들의 떡 벌어진 입에서 경악의 외침이 터져 나왔다. 그들은 벌린 입에서 침이 질질 흐르는 것도 모르고 헤럴드를 쳐다보고 있었다. 검을 든 기사들의 꿈의 경지이고 검의 절대자인 소드 마스터! 그것도 누구도 이루지 못한 소드 마스터 최상급의 검사가 눈앞에 서 있었다. 소드 마스터 최상급이 어떤 이던가? 소드 마스터 10명이 달려들어도 이기기 힘든 절대자가 바로 그랜드 마스터다. 소드 마스터 최상급이라면 최소한 소드 마스터 5명은 대적할 수 있다. 그들은 눈을 비비고 헤럴드를 쳐다보고 있었다.

"공주님에게는 제가 있고 상급과 최상급의 전사 100명이 있습니다. 걱정하실 필요는 없습니다."

"대체 어떻게……."

"공주님에게 그런 강력한 무력이 있었다니!"

모두 이 사실을 어떻게 인정해야 할지 감을 잡지 못하고 있었다. 상급과 최상급의 전사 100명이면 정말 무시무시한 무력이다. 그런데 그런 사람들을 어떻게 아모리나 공주가 가지고 있단 말인가! 에드워드 원로원 의장의 눈에 깊은 의혹이 어렸다.

"그대는 누구요? 혹시 족장님께서 비밀리에 조직한 친위대요?"

그러자 기사들의 눈이 일제히 헤럴드에게 쏠렸다. 정말 족장이 만든 비밀의 친위대라면, 그렇다면 이것은 부족의 행운이었다. 헤럴드는 아모리나 공주의 선견지명에 속으로 탄복을 하였다. 작전을 세울 때 공주는 헤럴드에게 부탁을 했었다.

당분간은 아버님이 만든 부족의 수호대라고 말하라고. 그래야 이들이 따를 것이라고 했었다. 외세의 도움을 받아 부족을 살린다고 생각하면 완고한 에드워드는 죽으면 죽었지 따르지 않을 것을 이미 생각한 것이다.

에드워드 눈의 의혹은 그것을 걱정하고 있었다. 만약 외부의 힘이라면 늑대를 잡으려다가 호랑이를 불러들이는 결과를 초래할 수도 있다고 생각한 것이다.

'역시 이것이었군!'

헤럴드는 시치미를 떼고 입을 열었다.

"우린 수십 년 동안 비밀리에 수련을 한 부족의 수호전사단입니다. 족장님께서는 부족이 위험에 처하기 전에는 나설 수 없다고 명을 내리셨고 이제 위기에 처한 부족을 바로잡기 위해 저희가 나섰습니다. 어제 우리는 데몬 전사단 세이지 지부를 쓸어버렸습니다. 이것이 그들의 비밀문서고에서 가져온 문서의 사본입니다. 보십시오."

헤럴드가 내민 서류를 받아 읽어본 에드워드는 부르르 치를 떨었다. 족장의 독살 음모와 부족의 반역자들, 티나의 야망이 그대로 담겨져 있는 문서였다.

"이년! 이 부족의 배신자 년! 네년을 갈가리 찢어 죽일 테다!"

에드워드가 치를 떨었고 기사들이 이를 갈았다. 그러나 자신들은 힘이 없었다.

단장 미쉘이 헤럴드 앞에 무릎을 꿇었다.

"수호단장님, 저희들은 이제 힘을 쓸 수 없습니다. 그러니 수호단장님께서 저 역적들을, 저 배신자들을 모조리 죽여주십시오! 부탁드립니다."

"죽여주십시오!"

기사들이 무릎을 꿇고 한결같이 외쳤다. 그들을 바라보던 헤럴드가 품속에서 한 봉지의 환약을 꺼내 들었다. 이 환약은 이번에 사용한 독을 분석하여 만든 해독제였다.

"여러분은 자기 손으로 반역자들을 처리하게 될 것입니다. 자, 이것을 복용하시오, 이건 당신들이 당한 독을 해독하고 금제된 마나를 복원시킬 것입니다."

헤럴드의 말에 기사들과 원로들의 눈이 휘둥그레졌다. 자신들의 마나를 사용할 수 있단다!

이제 반역자들을 직접 처단할 수 있게 되었다.

"고맙소, 수호단장! 그대들은 부족의 영웅들이오!"

헤럴드의 두 손을 꽉 잡은 에드워드의 눈에서 뜨거운 눈물이 흘러내렸다.

잠시 후, 약을 먹은 원로들과 기사들이 마나 맵을 운기하기 시작하였다. 헤럴드는 마나가 요동치는 감방 안의 기척을 죽이기 위해 혼동의 기를 풀어 외부와 차단시켰다. 이제 누가 와도 이들이 마나 맵을 끝낼 때까지 아무 기척도 느낄 수 없을 것이다.

날이 푸름푸름 밝아오는 새벽, 헤럴드는 감방을 빠져나왔다. 모두 밝은 얼굴들이 된 원로들과 기사들이 헤럴드를 바래다주었다. 이제 날이 밝으면 부족의 새로운 세상이 올 것이다.

날이 밝아오는 아침, 동쪽 하늘에 둥근 태양이 솟아올라 은백의 대지를 환히 비춰준다. 아무리 어두운 밤이라도 반드시 새로운 태양이 떠오른다는 것을 자연은 말없이 가르쳐 주고 있는 아침이었다.

야한 옷차림을 한 티나는 진한 화장을 한 후 헤럴드의 방으로 찾아들었다. 오늘 원로들과 끝까지 회유되기를 거부하고 있는 기사들을 처형하고 새로운 부족의 족장으로 취임하는 날이다. 티나는 그 행사장에서 자기의 옆에 소드 마스터가 있다는 것을 부족의 원로들과 기사들에게 보여줄 속셈이었다. 다시는 반란을 꿈꾸지 못하도록…….

그러자면 일단 헤럴드의 마음을 잡아야 했다. 무슨 수를 써서라도.

"주변을 모두 통제했겠지?"

티나의 말에 그의 충복인 게오르그가 허리를 굽혔다.

"월터의 방 300미터 구간은 모두 제 심복들이 차단하고 있습니다. 그 누구도 족장님께서 나오기 전에는 들어갈 수 없습니다."

"호호호, 좋았어. 오늘 월터를 내 사람으로 만든다. 그리고 캄노스 부족도, 파빌사그 부족도 모두 나 티나의 발밑에 무릎을 꿇게 만들 것이야."

티나의 눈에서 독기가 뿜어 나오고 있었다. 자리에서 일어선 티나가 다시 명을 내렸다.

"월터의 전사들이라고 해도 절대로 들여놓지 말라. 그 누구도."

"옛, 명을 받습니다."

게오르그가 밖으로 나가자 자신의 옷차림을 다시 훑어본 티나는 엷은 웃음을 띠었다.

자기가 보기에도 멋진 몸이다. 월터도 사내다. 게다가 그는 눈치를 보니 이미 시비들과 관계를 가지고 있었다. 여자의 몸을 맛본 남자는 유혹에 빠지기가 더욱 쉽다.

티나는 문을 열고 밖으로 나섰다. 이제 중대한 거래를 해야 했다. 그러면 자기의 원대한 야망이 첫 발걸음을 내딛게 될 것이다.

"월터님, 티나 공주님께서 오셨습니다."

밖에서 들리는 하녀의 말소리에 헤럴드는 자리에서 일어섰다.

"들게 하라."

문이 열리더니 티나가 들어선다. 그와 함께 코를 자극하는 쟈스민 향기가 물씬 풍겨왔다.

"편히 주무셨어요?"

"예, 공주님 덕분에 호강을 했습니다."

헤럴드의 말에 티나는 요염하게 웃었다.

"제가 월터님에게 한 가지 부탁할 것이 있습니다. 들어주시겠어요?"

"공주님의 부탁이라면 당연히 들어드려야지요, 무슨 일입니까?"

헤럴드의 선선한 대답에 티나는 말문을 열었다. 만약 이자가 말을 듣지 않으면 만드라고를 써야 했다. 만드라고는 만드라인의 추출물과 발정기의 오거의 분비물을 뽑아 합성해 만든 것으로 강력한 최음제다. 만드라고를 먹게 되면 사람은 말 그대로 짐승이 된다.

원래 오거는 발정기가 되면 눈에 뵈는 것이 없다. 무섭게 돌진하여 암컷을 잡아 성관계를 가지는데 최소한 수십 번의 관계를 갖는다.

마법사들은 오거의 그런 성질을 이용하여 이 약을 만드는데 그 폐해 때문에 대륙에서는 금지된 약이었다.

그러나 귀족들에게 그런 법은 있으나마나 한 법이다. 귀족들은 수많은 돈을 주고라도 만드라고를 사서 향락과 쾌락에 사용한다. 세상은 수요자가 있으면 만드는 자도 생기게 마련이고 만드라고는 없어지지 않고 끊임없이 암거래가 이루어진다. 그것도 엄청난 값이다.

티나는 헤럴드가 요구를 무시할 때는 이 약을 쓸 생각이었다. 일단 육체적인 관계를 가지고 나면 꼼짝없이 자기의 말을 듣게 단들면 되는 것이다.

"오늘 우리 부족의 반역자들을 처리합니다. 그다음 족장을 선출하지요. 그런데 언니가 행불이 돼서 일부는 제가 족장이 돼는데 찬성하지만 일부 원로들은 반대하고 있어요. 그래서 전 월터님과 전사들을 쓰고 싶어요. 들어주시겠어요?"

티나가 간절한 눈으로 헤럴드를 올려다보았다. 헤럴드는

지금 머리가 아팠다. 쟈스민 향수가 어찌나 강한지 빨리 이 방을 벗어나고 싶은 생각뿐이었다.

그러나 헤럴드는 깊은 생각에 빠진 것처럼 한동안 침묵을 지켰다.

조급해진 티나가 다시 입을 열었다.

“만약 제 부탁을 들어주시면 전 월터님이 요구하시는 것은 뭐든지 들어주겠어요.”

티나가 살짝 옆으로 붙어 앉았지만 헤럴드는 묵묵부답이다. 티나의 눈이 사납게 번뜩였다.

‘아무래도 안 되겠어. 그렇다면 최후의 방법을 쓰는 수밖에.’

티나가 신호를 보내려고 손을 꼼틀거렸다.

차를 가져오라고 박수를 두 번 치면 만드라고를 섞은 차를 하녀가 가져올 것이다.

그 순간, 헤럴드의 입이 열렸다.

“당연히 공주님의 부탁을 들어드려야지요. 대신 공주님은 제게 무엇을 주겠습니까?”

헤럴드의 눈이 티나를 똑바로 노려본다. 그 눈에서 이글거리는 불길이 그녀를 집어삼킬 것같이 타오르고 있었다. 수많은 남자를 품어본 티나는 지금 헤럴드의 눈에서 이글거리는 불길이 무엇인지 너무도 잘 알고 있었다. 저건 여자를 품어보고 싶어하는 욕정의 불길이었다.

'호호호, 역시 내 생각은 맞았어.'

속으로 환호를 지른 티나가 헤럴드의 가슴에 살며시 머리를 기대었다.

"전 처음부터 월터님에게 반했어요, 월터님이 요구하신다면 저의 모든 것을 드리겠어요. 그러니 저를 영원히 지켜주시겠어요?"

헤럴드의 두 손이 티나의 몸을 으스러지게 끌어안았다. 그리고 부들부들 떨며 말을 했다.

"무, 물론이오. 그대의 일이라면 내 무엇을 아끼겠소. 말만 하시오."

헤럴드의 입에서 떨리는 말이 흘러나왔다. 티나는 헤럴드의 가슴에 풍만한 자신의 가슴을 더욱 밀착시켰다. 헤럴드가 헉헉거리며 숨을 쉬는 것이 귓가로 들려왔다.

"전 이 왕국을 가지고 싶어요. 월터님과 나의 왕국을. 무슨 말인지 아시겠어요?"

"아, 알겠소."

"그럼 중소전사연합을 우리 부족에 데려올 수 있죠?"

"그건 어렵지 않소. 다만 그렇게 하려면 이곳에 터전을 잡아야 할 것이오."

티나는 살며시 웃었다. 이제 이자는 자기에게 모든 것을 바치게 되었다. 지금은 이쯤 해서 막을 내려야 했다. 오늘 일을 끝낸 후에 저녁에는 질펀한 밤을 보내 영원히 잊지 못하도록 치마폭으로 휘감아야 했다.

"그건 걱정 마세요. 제가 준비를 할 테니까요. 그리고 오늘 원로 회의장을 월터님의 전사들로 지켜주세요. 만약 불복하는 자가 있으면 제 신호에 따라 처리해 주세요."

"알겠소."

얼굴이 벌게진 헤럴드의 말에 몸을 살짝 비켜 세운 티나는 아쉬운 눈길로 바라보는 헤럴드에게 부드러운 말로 달래였다.

"그럼 전 먼저 가겠어요. 전사들을 데리고 와주세요. 저녁에 제가 방으로 올게요. 알았죠?"

"아, 알겠소."

무엇에 홀린 것처럼 허둥지둥하는 헤럴드를 보고 생긋 웃은 티나가 둔부를 살랑살랑 흔들며 밖으로 나갔다.

'호호, 역시 저놈은 우직한 놈이야. 아주 쓸 만한 사냥개를 잡았어!'

그녀는 찬란하게 떠오른 태양을 바라보며 미소를 지었다. 이제 저 넓은 세상을 가지기 위해 첫걸음을 시작하는 것이다. 그녀가 사뿐사뿐 걸어갔다.

"젠장, 내가 이런 연극을 하다니. 풰."

헤럴드가 투덜거리는데 일리나가 담벽에서 솟아나듯 나타났다. 천지수라무의 은신술 귀영무다. 그녀는 티나가 사라진 문밖을 살기에 차서 쏘아보았다.

"저년은 반드시 제가 죽여 버릴 거예요. 알았어요, 헤럴드?"

눈에서 뇌전을 줄기줄기 뿜어내는 일리나를 본 헤럴드가 피식 웃었다. 여자들은 자기의 남자를 유혹한 년을 철천지의 원수로 본다는 것이 아마 맞는 것 같았다.

일리나의 눈이 불결한 물건을 보듯 헤럴드의 가슴을 쏘아 보았다.

"뭐 허요? 빨리 들어가 씻으세요!"

일리나의 앙칼진 말에 헤럴드는 욕조로 향하였다.

"아니, 이 작전을 할 때 동의한 것이 당신 아니오?"

"누가 가슴에 안으라고 했어요? 말로만 하라고 했지!"

"허참."

입맛을 다신 헤럴드가 몸을 씻기 위해 욕조로 들어가자 일리나의 분통이 터졌다.

"감히 그이의 품에 안겨? 더러운 년, 죽인다."

일리나의 분노가 쏟아지고 있었다.

둥! 둥! 둥!

본성에 위치한 원로원에서 북소리가 음울한 소리로 울려 퍼진다. 북소리가 울려오자 내성의 경비를 서던 군사들의 눈 이 본성으로 향했다. 오늘 부족의 반역자들을 처형하고 새로 운 족장을 선출하는 날이라고 들었던 것이다. 족장이 살아 있었더라면 이런 일은 없었을 것이지만 지금 세이지 부족의 정세는 예전과는 달랐다.

족장은 독살로 죽었고 후계자인 아모리나 공주는 행불이 되었다. 게다가 이번에 처형되는 사람들은 하나같이 족장과 아모리나 공주에게 충성을 하던 충복들이다. 그들이 반역을 했다는 것은 믿기 힘들지만 스스로 자백했다고 하니 믿지 않을 수도 없었다.

군사들은 침울한 기색으로 본성을 바라보고 있었다.

"뭐 하는가? 정신을 바짝 차리고 파수를 서라! 언제 반역자들의 찌꺼기들이 날뛸지 모른다!"

저쪽에서 내성의 경비대장이 고래고래 소리를 지르며 다가오는 것이 보였다.

흠칫 놀란 군사들이 창을 잡고 머리를 돌렸다. 저 경비대장은 본래 게오르그의 심복으로 있던 자다. 겨우 말단에서 심부름을 하던 자였지만 부족의 정세가 바뀌니 하루아침에 경비대장이 되어서는 부하들을 갈굼질하고 뇌물을 받는 데만 눈이 시뻘건 자였다.

"괜히 트집을 잡히지 말게. 자칫하면 잘릴 수 있어."

"누가 뭐라나. 하지만 요새는 정말 개판일세. 후~"

동료의 말에 얼굴을 찡그린 군사들이 성 위에 부동으로 서 있다. 이들은 지금 부족에서 일어나는 일이 뭔가 석연치 않다는 것을 알고 있지만 발언권도 없는 일개 무명소졸일 뿐이다.

또다시 본성에서 북소리가 울려오고 있었다.

"후~ 아모리나 공주님이 살아계셨어도 이런 일은 없을 텐데……."

군사들 중에 누군가가 중얼거리는 말에 동료들이 자기도 모르게 고개를 끄덕거렸다.

본성의 원로원 앞의 수련장은 살벌한 분위기에 덮여 있었다. 게오르그의 친위기사단이 빙 둘러서 있고 그들의 앞에는 붉은 갑주를 입은 20명의 정체 모를 자가 커다란 검을 들고 서 있었다. 수련장의 좌측에는 검은 갑주를 입은 블랙울프 전사들이 정렬하여 서 있었는데 모두 무표정한 모습이다.

수련장의 상단에는 원로들이 앉는 자리가 마련되어 있고 정면에 말뚝을 박아 처형대를 만든 것이 보였다. 이번 독살 사건의 반역자들을 처형할 사형대다.

북소리가 다시 울리자 원로들과 티나가 게오르그를 대동하고 나타났다. 원로원의 수련장에는 이들 외에는 누구도 얼씬할 수 없이 경계가 철통같았고 숨소리 하나 없이 조용했다.

"오늘 우리는 부족의 족장님을 살해한 범인들을 처형하자고 합니다. 또한 부족의 앞날을 위해 더 이상 족장의 자리를 비워둘 수는 없습니다. 행불된 언니를 찾으러 간 케리 장로님에게서는 아직도 소식이 없습니다. 하지만 더 이상은 기다릴 수 없습니다. 후계자가 유고시 부족의 일 처리는 나 티나가 해도 되는 것으로 알고 있습니다. 부의장님, 맞습니까?"

　　티나의 말에 눈을 감고 앉아 있던 원로원의 부의장 라일즈
가 끙 하고 신음성을 흘렸다.

　　"그건 맞소."

　　"모두 들으셨죠? 제가 오늘 일을 집행하는 데 동의하는 분
들은 손을 들어 표시해 주세요."

　　티나의 말에 장내는 숨소리도 없이 조용해졌다. 원로들은
손을 들 생각을 하지 않고 있었다. 그들은 지금 동의하고 나
면 티나가 족장이 된다는 것을 알고도 남음이 있었다. 그러나
후계자인 아모리나 공주가 아직은 살았는지 죽었는지 소식이
없다.

　　"난 아직 동의할 수 없소."

　　부의장인 라일즈의 말에 티나의 눈이 찌푸려졌다. 바로 이
것들이 말을 안 들으면 친위기사단도 혼란이 일어날 것이기
때문에 헤럴드를 포섭한 것이다. 친위기사단의 절반 정도는
게오르그를 따르지만 나머지 절반은 아직 아니었다.

　　"지금 언니의 생사를 모르는 상태에서 족장을 선출하는 것
이 무리라고 생각하는 것 같은데 주변 정세를 보세요. 만일
지금 당장이라도 파빌사그 부족이 쳐들어오면 단일한 지휘
체계가 필요합니다. 그래서 나는 저기 있는 중소전사연합의
마스터인 월터님께도 부탁드렸습니다. 그분은 저에게 도움
을 주겠다고 약속했습니다."

　　티나의 말에 원로들이 웅성거렸다. 불과 이틀밖에 안 됐지

만 포티니아 시에서 이젠 월터를 모르는 사람은 없다. 단 하루 새에 데몬 전사단을 괴멸시킨 소드 마스터, 게다가 그의 부하들은 모두 무서운 실력자들이다. 그런 그가 티나에게 붙었다. 정확히 말하면 한편이 됐다는 것이 맞는 것이다.

한숨을 쉬는 원로들을 본 티나는 회심의 미소를 지었다.

'쓸모없는 영감들, 너희들이 오늘 찬성을 하지 않는다면 살려두지 않는다.'

티나의 마음속 생각이었다. 데몬 전사단 본부에서 알프레드의 명을 받고 파견되어 있던 살인 병기가 20명이나 되고 친위기사단에서도 절반은 이미 충성을 맹세했다.

거기가가 소드 마스터인 월터와 그의 전사단이 가세하면 나머지 반항하는 친위기사단은 일격에 쓸어버리고도 남는다.

"자, 원로님들, 어떻게 하시겠어요?"

명백한 협박이다. 눈을 감고 있던 부의장 라일즈가 머리를 들었다.

"우선 감옥에 갇혀 있는 의장님과 기사들의 진술을 듣고 싶소. 정말로 그들이 반역을 하였다면 우리도 생각을 달리할 것이오."

부의장의 말에 원로들이 고개를 끄덕이자 티나는 게오르그에게 고개를 끄덕였다. 그들은 가족들이 인질로 잡혀 있어서 이미 자백을 한 상태다.

“죄인들을 끌어내라.”

게오르그의 명에 기사들이 감옥에서 사람들을 끌어내기 시작하였다.

철그렁! 츠르륵! 츠르륵!

의장과 원로들, 친위기사단장과 기사들이 발목에 채운 쇠고리를 끌고 나오는 소리가 정적에 덮인 수련장을 울렸다.

“의장님!”

“단장님!”

하얀 수염을 날리며 꿋꿋이 걸어오는 의장과 단장을 본 원로들과 기사들이 눈을 부릅뜨고 외쳤다. 저들은 모두 의장과 단장을 따르는 사람들이었다.

그들의 눈에 비분강개하는 표현들이 이글거리고 있었다.

티나는 더 이상 끌면 안 된다는 것을 직감적으로 느꼈다. 이럴 때는 한시라도 빨리 처형하여 공포감을 주어야 했다. 인간은 본능적으로 강자에게 꼬리를 말기 마련이다.

“그럼 재판을 시작하겠어요. 전 원로원 의장님, 당신은 족장님의 독살에 전 친위기사단 단장이었던 미쉘과 공모한 것을 인정하나요?”

티나의 말에 처형대에 섰던 의장 에드워드가 불이 펄펄 이는 눈으로 티나를 쏘아보았다.

“지금 나보고 한평생 친우이며 사돈이었던 세이지 족장님을 독살했다고 했는가? 참으로 불쌍하다! 티나, 너는 네 야망을 위해 아비인 족장까지 독살하고 그렇게도 그 자리를 차지하고 싶었더냐? 천벌을 받을 년!"

갑자기 의장 에드워드의 벽력같은 고함 소리에 티나는 화들짝 놀랐다. 어제까지만 해도 모든 것을 포기하고 서명을 한 저들이 갑자기 변하다니, 티나는 도저히 믿을 수 없었다.

그녀는 앞에 있는 종이들을 집어 들었다.

"당신은 너무도 철면피 같군요. 이건 당신이 서명한 진술서예요. 그런데도 아니라고 하는가요?"

"하하하, 참으로 가소로운 아이로구나. 가족들을 모두 인질로 잡아놓고 협박을 하면 누가 죄를 시인하지 않겠느냐? 너는 족장의 자리를 차지하기 위해 제 아버지까지 죽였지만 여기 있는 사람들은 제 목숨을 위해 가족까지 버리지는 않는다."

에드워드의 말에 원로들이 웅성거렸다. 그러고 보면 저들의 가족들은 모두 격리시켰다고 했다.

지금 의장의 말은 티나가 가족을 인질로 저들을 협박했다는 소리가 아닌가?

원로들이 웅성거리자 티나의 눈에 독기가 번들거렸다.

"입 닥쳐라! 감히 저지른 죄를 시인하고도 변명을 하다니! 너희들은 지금 있는 자료만 가지고도 충분히 부족의 역적들이다! 부단장, 저들을 즉시 처형하라!"

티나가 악에 받쳐 소리를 지르자 게오르그가 즉시 명을 받들었다.

"옛, 명을 받습니다."

게오르그가 기사단에 명을 내리려는 순간이었다. 맑고 청아한 음성이 마법 증폭기를 통해 장내에 울려 퍼졌다.

"멈춰라! 이 부족의 후계자는 나 아모리나다!"

아모리나의 목소리가 울려 퍼지자 사람들의 얼굴에 기쁨과 절망이 교차했다. 티나를 추종하던 자들의 얼굴은 검게 변했고 그렇지 않은 사람들은 밝아졌다.

"누구냐? 누가 감히 언니를 사칭하느냐?"

티나가 주위를 두리번거리며 소리를 쳤지만 아무도 보이지 않았다. 그런데 중소전사연합의 뒤에 서 있던 로브를 쓴 사람이 앞으로 나왔다.

차박차박.

로브를 입은 사람이 앞으로 걸어나오자 모든 사람들이 뚫어지게 바라보았다.

티나의 얼굴이 하얗게 변했다. 저자가 아모리나라면 모든 것이 틀어진다. 하지만 그녀는 믿을 수가 없었다. 분명 아모리나는 죽었다.

"너는 누구냐?"

그러자 로브를 입은 자가 천천히 옷을 벗어 던졌다.

그러자 나타나는 여인의 얼굴, 기다란 녹색 머리칼이 흩날리는 그녀는 세이지 부족의 후계자인 아모리나 공주였다. 사람들의 입에서 환호성이 터져 나왔다.

"아모리나 공주님이시다!"

"공주님!"

원로들과 기사들이 와당탕 자리를 박차고 달려나왔다. 그리고는 수련장에 무릎을 꿇었다.

"공주님을 뵙습니다!"

"공즈님을 뵙습니다!"

원로들과 기사들이 무릎을 꿇자 티나의 눈이 광기로 새빨개졌다. 저년이 살아오다니, 다 먹게 된 음식에 재가 뿌려진 기분이었다. 그러나 그녀는 낙심하지 않았다. 자기에게는 20명의 살인 병기가 있고 절반의 친위기사단이 있다. 그리고 가장 중요하게는 자신을 도와줄 월터가 있었다.

지금 티나는 광기에 차서 아모리나가 헤럴드의 전사들 속에서 나왔다는 것을 미처 생각지도 못하고 있었다.

"깔깔깔, 죽지 않고 살아 있었구나! 하긴 나도 내 손으로 너를 죽이지 못하는 것이 아쉬웠어! 하지만 넌 잘못 생각했다! 차라리 먼 곳으로 도망쳐 숨어 살았으면 그런대로 목숨을 부지했을 것을! 이젠 할 수 없지! 게오르그, 모두 죽여라!"

"옛, 족장님!"

게오르그의 입에서 서슴없이 족장이라는 소리가 흘러나왔다. 이왕 일이 이렇게 됐으니 더는 거칠 것이 없었다. 모두 이 자리에서 죽여 버리면 그만인 것이다.

"티나, 너는 아직도 상황 판단을 못하고 있구나. 네가 가진 무력으로 여기에 있는 사람들을 죽일 수 있다고 생각하느냐?"

아모리나 공주의 침착한 목소리에 티나는 눈에서 불길이 일었다. 평생 저년의 그늘 밑에서 살았다. 그래서 이를 악물고 데몬 전사단과 손을 잡았고 이제 목적을 코앞에 두었다.

그런데 저년은 또다시 망치려 하고 있었다. 절대로 그렇게 놔둘 수는 없었다.

"호호호, 내가 너를 못 죽일 것 같아? 이미 여기 있는 사람들의 운명은 모두 내 손아귀에 있어! 월터님, 저들을 모두 죽여주세요! 제 모든 것을 당신에게 드리겠어요!"

그런데 이게 웬일인가? 월터는 팔짱을 끼고 시물시물 웃으며 자기를 쳐다보고 있지 않은가.

아니, 입을 열긴 했다.

"공주님, 어떻게 할까요?"

바로 아모리나 공주를 향해 말을 하는 것이 아닌가?

"반역자들을 제압해 주세요."

아모리나 공주가 말하자 고개를 끄덕인 헤럴드가 팔짱을 풀었다.

"들었나? 난 이미 공주님과 약속을 했거든. 미안하오, 티나님."

그것을 본 티나는 온몸을 부르르 떨었다. 저 죽일 년은 이미 월터와 내통하고 있었다. 그런데 언제 어디서 했단 말인가? 티나의 머릿속에는 월터와 함께 있던 두 시비가 떠올랐다.

그때야 티나는 모든 것이 선명하게 떠올랐다. 이미 저년은 월터와 배꼽을 맞추고 있었던 것이다. 저 연놈들에게 놀림을 당했다고 생각하니 눈에서 불이 일었다.

"그랬구나, 더러운 년! 항상 고고한 척하더니 벌써 저 월터 놈과 그렇고 그런 사이가 됐구나! 얘들아, 저들을 모두 죽여라!"

티나가 악을 쓰며 키메라들에게 명을 내렸다. 검은 복면에 붉은 갑주를 입고 있던 키메라들이 명을 받자 검을 뽑아 들었다. 그들이 쳐든 검에서 하나같이 붉은 마나 블레이드가 뿜어 나왔다. 모두 상급의 전사 수준이었다.

"아모리나 공주님을 따르는 사람들은 뒤로 물러나라. 나머지는 모두 척살하라."

"충!"

헤럴드의 입에서 명이 떨어지자 블랙울프 전사들이 일시에 앞으로 내달렸다. 그들이 쳐든 검에서 하나같이 선홍색의 마나 블레이드들이 허공을 가르며 이글거렸다.

"모두 상급의 전사들이다!"

주변에 있던 원로들과 전사들이 입을 쩍 벌렸다. 100여 명의 상급전사들이 이글거리는 검을 들고 전진하는 모습은 장

관이었다. 원로원 앞의 수련장이 생사를 가르는 결전장으로
변하였다.

"하하하! 이놈들, 죽어봐라! 감히 누구에게 덤벼!"

핸더슨은 양손에 움켜쥔 대거를 거침없이 휘둘렀다. 비록
실력은 저들보다 떨어져도 입만은 소드 마스터 이상이었다.
그래도 이전보다는 현저하게 실력이 높아진 핸더슨이다.

"이크!"

순식간에 날아오는 검을 혈천보법을 밟아 피한 핸더슨은
어깨를 으쓱했다. 자신의 옆으로 스쳐 지나가는 검을 보며 주
군이 전해준 검술에 자신감이 붙었던 것이다.

번개처럼 붉은 갑주의 옆으로 붙어선 그의 대거가 놈의 옆
구리에 박혀들었다.

쩡!

쩡이라니, 어처구니없게도 핸더슨의 대거는 붉은 갑주의
몸에 박히지 못하고 튀어나왔다.

붉은 갑주들은 다름 아닌 키메라였던 것이다. 핸더슨은 붉
은 갑주의 휘둘러 들어오는 검을 보며 몸이 굳어졌다. 붉은
마나 블레이드가 이글거리는 검이 미처 피할 새도 없이 짓쳐
들었던 것이다.

"젠장, 주군을 만나 이제 멋지게 살아보려고 했는데……."

핸더슨은 눈을 질끈 감았다.

촤악!

키에엑!

갑자기 비명 소리가 울리고 무엇인가 넘어지는 듯한 철버덕 소리가 울렸다. 눈을 번쩍 뜬 핸더슨의 옆으로 검은 가죽 옷을 입은 장신의 미녀가 바람처럼 지나가며 창을 휘둘렀다.

"한 놈도 살려두지 말라!"

그녀의 목소리가 울려 퍼지고 무지갯빛의 오러 블레이드가 눈앞의 키메라들을 수숫대처럼 쓸어버리는 것이 보였다.

"아, 주모님!"

그녀는 일리나였다. 그녀의 창이 붉은 갑주들 속에서 마치 춤을 추는 것 같았다. 아니 그건 정말 한 폭의 화려한 춤이었다. 그녀의 춤사위 속에서 붉은 갑주들이 산산이 부서지고 있었다. 우아하게 회전하는 빛의 무지개가 지나가면 키메라들의 팔다리, 목이 푸른 피를 뿜으며 사방으로 날아가 떨어졌다.

"죽여라~!"

"반역자들을 죽여라!"

처형대에서 풀려난 원로들과 기사들이 분노를 폭발하고 있었다. 여태껏 참아온 원한이, 독살당한 주군을 위한 복수가 활화산처럼 타오르고 있었다.

어느새 수련장은 싸움이 끝나가고 있었다. 티나를 따르던 기사들은 이미 전의를 상실하고 항복을 했고 남아 있던 데몬 전사단의 1급 발키리들은 블랙울프 전사들에게 한 놈도 남김없이 도륙을 당한 상태였다.

"아아, 원통하구나! 내가 네년에게 지다니! 우드득!"

일리나에게 사로잡혀 끌려온 티나가 아모리나를 쏘아보며 이를 갈았다. 티나는 지금 가슴이 터질 것만 같았다. 이제 다 됐는데, 정말 족장의 자리가 눈앞에 있었는데 저년에게 진 것이다. 조금만 더 먼저 알았더라면, 그랬다면 자신은 승리했을 것이다.

그녀의 눈이 헤럴드를 쏘아보았다. 바로 저놈 때문이었다. 저자만 없었더라면 자기는 최초의 아이스 왕국 여황이 됐을 것이다.

"네놈, 죽어 지옥에 가더라도 이 원한을 반드시 갚을 것이다! 두고 봐라! 아악!"

티나는 말을 미처 끝내지 못하고 땅바닥에 엎어졌다. 격분한 일리나의 늘씬한 다리가 티나를 차버렸던 것이다.

"감히 누구에게 행악질이냐? 다시 그 더러운 입을 놀렸다간 아예 갈가리 찢어주마."

일리나는 헤럴드에게 꼬리치던 티나를 생각하면 당장이라도 요절을 내고 싶었다. 그러나 이곳은 세이지 부족의 땅이다. 그래서 차마 죽이지 못하고 있었다.

"티나, 넌 아버지를 독살했고 수많은 부족의 기사들을 죽였다. 이 자리에서 너를 죽여도 할 말이 없겠지만 나는 더 이상 살생을 피하고 싶다. 가라, 이 땅을 벗어나서 어디든 가서 살아라. 그것이 같은 핏줄로서 마지막으로 베푸는 인정이다.
가라."

아모리나의 말에 기사들과 원로들이 무릎을 꿇었다.

"안 됩니다, 공주님! 저 여자를 살려두면 언제든 우리에게
또 해를 입힐 것입니다! 그러니 이 자리에서 죽여야 합니다!"

원로원 의장이며 공주의 외조부인 에드워드가 강력히 반
발하였다.

"외조부님, 티나는 이제 더 이상 부족에게 해를 입힐 수 없
어요. 우리 부족이 그렇게 약한가요? 그러니 이번만은 제 말
을 따라주세요."

아모리나의 말에 에드워드는 한숨을 내쉬었다. 공주가 공
식석상에서 외조부라고 부른 것은 처음이었다. 그만큼 같은
핏줄인 티나를 죽여 피를 묻히기 싫다는 마음일 것이다.

"알겠습니다, 공주님."

에드워드가 고개를 숙이자 다른 원로들과 기사들도 입을
다물었다. 헤럴드도 한마디 하고 싶었으나 더 이상 말하지 않
았다. 어차피 이 일은 부족 내의 문제인 것이다.

겨우 목숨만 살아남은 티나는 말 한 필과 함께 성 밖으로
내쳐졌다.

"아모리나, 넌 나를 살려둔 것을 두고두고 후회하게 될 것
이야. 두고 봐라. 어떤 짓을 해서든 이 땅을 피로 물들이게 할
테다. 네년도, 월터라는 놈도, 모두 찢어 죽일 거야."

성 위의 군사들을 보며 이를 간 티나가 말을 몰아 달려갔
다. 그녀가 가는 곳은 데몬 전사단이 있는 아이스 왕국의 수
도였다. 그곳으로 가서 알프레드를 등에 업고 세이지 부족에
다시 돌아올 속셈이었다. 그러나 그녀는 앞으로 자신의 운명
이 얼마나 비참하게 되리라는 것은 상상도 못하고 있었다.

CHAPTER
04
설원에 부는 피바람

THE Warrior
Gale of Wind

밤새도록 몰아치던 눈보라가 새벽이 다가오자 조금 잔잔해지기 시작하였다. 슈마라이 산에서 불어오던 차가운 칼바람이 드넓은 초원을 휩쓸고 지나가자 여명 속에 바라보이는 벌판엔 온통 하얀 눈뭉치들이 드문드문 쌓여 있다.

아직 동이 트기 전인 어둠에 잠겨 있다. 그 속으로 그라이스 호수에서 얼마 멀지 않은 곳에 하나의 성이 보였다. 캄노스 부족의 첫 번째 경계 요새인 멜다브 성이다.

이 성은 파빌사그와 캄노스 부족의 경계 지점에 있는 성으로 부족의 전초선이나 같은 곳이었다. 밤새 추위에 떨던 파수병들이 이제는 푸름푸름 밝아오는 여명의 들판을 바라보며

하얀 입김을 날렸다. 조금 있으면 교대병이 오니 일단은 들어
가 뜨끈한 양고기 국부터 마실 생각이 간절했다. 그러나 파수
병은 영원히 돌아올 수 없는 강을 건너고 있었다.

사사사사.

검은 그림자들이 성 위에 밧줄을 타고 올라왔고 소리 없이
파수병들을 제거하고 있었다.

휘익.

"컥. 큭."

서걱서걱.

성벽 위의 여러 곳에서 살과 뼈가 잘리는 묘한 음향이 울려
퍼지고 비릿한 피 냄새가 풍겨왔다. 파수병들이 눈을 까뒤집
고 얼어붙은 성벽 위에 차례로 쓰러져 가고 있었다.

"파수들을 모두 제거했습니다."

회색의 갑옷을 입은 자들이 보고를 하자 얼굴이 거뭇거뭇
한 자가 만족스럽게 고개를 끄덕였다.

"제1조는 놈들의 관사를 습격한다. 제2조는 나를 따라 즉
시 성문을 열어야 한다. 서둘러라. 이놈들에게 억울하게 죽은
그린우드님의 원수를 갚아야 한다."

"충."

"충."

작게 충성을 외친 회색의 갑옷들이 한 개 조는 관사로, 다
른 조는 성문으로 내달리기 시작하였다. 그들의 움직임이 어

찌나 은밀한지 소리없이 움직였다. 이들은 바로 파빌사그 부족의 레인져 부대원들이었다.

습격과 은신, 암살에 능숙한 공포의 레인져 부대가 바로 이들이었다. 파르몽에게 아들이 죽어 시체로 돌아오자 파빌사그의 부족장은 길길이 날뛰었다. 그린우드는 그에게 하나밖에 없는 아들이고 부족의 유일한 후계자였다. 그런 아들이 계집 때문에 캄노스 부족의 후계자인 파르몽에게 암살당했다는 보고에 그는 눈이 뒤집혔다.

그러나 그는 오랜 노장답게 파빌사그의 부족의 군대를 은밀히 이동시켰다. 파빌사그 부족에는 5만의 기병과 5만의 보병이 있다. 비밀리에 총 동원령이 내려진 파빌사그 부족은 창을 쥘 수 있는 남자는 이번 전쟁에 총동원되었다. 아예 캄노스 부족의 씨를 말리기고 결심하였던 것이다. 그라이스 호숫가에 은밀히 진격한 파빌사그 부족의 군대는 도합 30만이나 되었다. 부족의 남자들을 모두 징집한 결과였다.

캄노스 부족에는 무서운 위기가 다가오고 있었다. 인구 40만의 캄노스 부족은 군대의 총 숫자가 기병으로만 5만, 모든 부족의 남자들이 창을 들어도 15만이 못 될 것이다.

스스스슷.

멜다브 성의 성주가 있는 관사의 주변은 조용하였다. 밤새 몰아치는 혹한의 바람 속에서 파수들이 모두 경계가 해이해져 있었다. 그곳으로 회색의 갑옷들이 은밀하게 접근하고 있었다.

“끅. 컥.”

파수막에서 끄덕끄덕 졸고 있던 군사들이 잠에서 깨지도 못한 채 그대로 목이 잘려 나갔다. 파빌사그 부족의 레인져들은 무자비하였다. 순식간에 파수막이 지옥으로 변했다.

“자, 성주의 방을 치고 놈과 부하 장수들을 처리한다. 움직여라.”

“옛, 조장님.”

아내와 함께 잠들었던 성주는 복도를 울리는 이상한 발걸음 소리에 눈을 떴다. 누군가 급히 달려오는 소리다. 성주는 눈을 깜빡였다. 창문이 푸름하게 밝아오는 것을 보니 새벽인 모양이다. 그가 자리에서 일어서려는 순간이었다.

갑자기 문밖에서 단말마의 비명이 들렸다.

“적이다! 크억!”

“습격이다! 컥!”

문밖에 파수를 서던 파수병들은 일반 전사가 아니라 기사들이었다. 그들은 불의의 습격을 받아 죽었지만 마지막으로 소리를 질러 성주에게 위험을 알렸다.

“빨리, 안으로. 성주를 죽여라.”

와당탕!

문을 박차고 날아든 레인져병의 눈앞으로 하얀 검날이 번뜩이는 것이 보였다. 자리에서 구르듯이 일어난 성주가 침대 맡에 걸어놓았던 검을 뽑아 들어 후려쳤던 것이다.

좌악!

"크악!"

레인져병의 머리가 순간에 잘리며 피가 분수처럼 뿜어졌다.

"감히 어떤 놈들이냐?"

성주의 으르렁거리는 고함에 달려들어 온 레인져들이 주춤거렸다. 그러자 뒤에서 벽력같은 호통이 터졌다.

"뭣들 하느냐? 저놈은 우리 파빌사그 부족의 후계자를 죽인 캄노스의 성주다! 죽여라!"

"와~ 죽여라!"

창! 창! 좌앙!

검과 검이 빗살처럼 서로를 노리고 덤벼들었다. 성주는 이들이 파빌사그의 악명 높은 레인져 부대라는 것을 알았다. 이들이 왜 공격하는지, 그것은 알 수 없었지만 성이 위험에 처한 것만은 확실했다. 이 성이 돌파당하면 뒤로 연달아 있는 10여 개의 성은 무방비 상태다.

빨리 부족의 본성에 연락을 하여야 했다. 그는 두 손으로 단단하게 검을 틀어잡았다.

"부인, 어서 가시오. 머뭇거리지 말고 족장님이 계시는 본성으로 걀려가 적의 공격을 알리시오. 빨리!"

창! 창! 창!

검과 검이 부딪쳐 불꽃을 일으켰다. 그러나 방이 비좁아서 레인져들은 한꺼번에 공격할 수가 없었다.

“백작님, 어, 어떻게 저 혼자만…….”

멜다브 성의 성주는 백작이다. 그의 젊은 부인은 발을 동동 굴렀다. 백작이 날아드는 검을 힘겹게 쳐내고 부인에게 소리쳤다.

“여기 있으면 둘 다 죽소! 빨리 가서 지원 부대를 데려와야 하오! 알았소? 어서 가시오!”

그때야 정신이 번쩍 든 백작의 젊은 부인이 창으로 몸을 날렸다. 그것을 본 조장이 소리를 쳤다.

“잡아라! 저년을 막아라!”

하지만 누구도 창문으로 다가갈 수 없었다. 온몸의 여러 곳이 찔려 피를 뿜으면서도 성주는 창문으로 다가가는 자들은 악착스럽게 쳐 죽이고 있었다.

“내가 살아 있는 한 절대로 그녀를 잡지 못한다! 오너라! 이놈들! 으하하!”

피를 한입 물고 검을 휘두르는 성주를 보는 레인져병들은 기세가 꺾여 주춤거렸다.

퍽! 퍽! 퍽!

“크윽!”

뒤에서 달려온 레인져병들이 화살을 날렸을 때에야 성주

의 몸이 스르륵 무너져 내렸다.

"우리 캄노스… 부족이 이 복수를… 해줄 것이다."

조장의 검을 가슴에 받은 성주가 마지막으로 남긴 말이다. 그의 가슴에 박았던 검을 잡아 뽑은 조장은 혀를 찼다.

"지독한 놈. 계집을 잡아라. 기마수들을 출동시켜라."

"옛."

레인져들에게 성문이 열린 성안은 말 그대로 아비규환이었다. 말들이 달리는 소리, 검들이 공기를 가르는 소리, 군사들이 잠에서 깨어나 맨발로 달려나왔다가 검과 창에 찔려 무리로 쓰러져 갔다. 차가운 설풍 속에서 도살극이 벌어지고 있었다.

"남자들은 모조리 죽여라! 한 놈도 살려두지 말라!"

두두두두.

사방에 불길이 충천하는 곳으로 파빌사그 부족의 30만 대군이 성이 터질 정도로 밀려들고 있었다.

촤악! 촤악! 촤악!

"꺄악, 살려주세요!"

"아, 안돼요!"

집집마다에서 남자들은 검과 창에 찔려 죽고 여자들은 노소를 가리지 않고 겁탈을 당하고 있었다. 성안이 온통 여인들의 비명 소리, 헐떡거리는 파빌사그 군사들의 겁탈을 하는 소리와 낄낄거리는 웃음소리로 뒤덮였다. 여기는 악마가 출현

한 지옥의 한 장소였다.

새벽의 어둠이 걷혀가는 설원 위로 한 기의 기마가 질풍처럼 달려가고 있었다.

그 뒤로 10여 기의 말들이 맹렬한 속도로 달려가고 있었다.

두두두두!

"잡아라!"

"놓치면 안 된다!"

말에 채찍질을 하며 추격하는 군사들은 파빌사그 부족의 레인져병들이었다.

"죽어도 잡히면 안 돼! 반드시 놈들의 침공을 알려야 해!"

이를 악물고 말을 달리는 사람은 속옷만 입은 여인이었다. 바로 멜다브 성주의 부인이었다.

캄노스 부족은 어렸을 때부터 남녀를 가리지 않고 말을 타고 지낸다. 그러니 성주의 부인이 말을 잘 타는 것은 이상한 일이 아니었다.

"쩌! 쩌쩌!"

말 머리에 허리를 낮추고 바싹 붙은 여인이 질풍처럼 설원을 가로질렀다.

"활을 쏴라!"

뒤따르던 레인져병들이 그 자리에 멈춰 서서 화살을 날리기 시작하였다. 그들이 아무리 레인져병이라고 해도 어렸을 때부터 말을 타고 살아온 캄노스 부족의 여인을 기마술로 잡을 수는 없었던 것이다.

슈슈슈슉! 퍽! 퍽! 퍽!

"앗!"

여인의 비명 소리와 함께 말이 눈 덮인 벌판으로 패대기쳐졌다. 그만 날아오는 화살이 말을 명중시켰던 것이다. 여인은 겨우 일어섰다. 그녀의 주위로 말을 몰아온 10여 명의 레인져병들이 웃음을 터뜨렸다.

"흐흐흐, 하하하!"

속옷만 입고 말을 달려 온몸이 흠뻑 땀에 젖은 여인의 굴곡이 고스란히 레인져병들의 눈에 안겨왔다. 그것을 보자 군사들의 눈에 한결같은 탐욕이 떠올랐다.

그들이 서로를 처다보았다. 어떤 성을 점령해도 자신들 같은 하급 군사들에게는 귀족의 여인들이 차례지지 않는다. 모두 파빌사그 부족의 귀족들에게 차례지는데 이번에는 행운이 좋았다. 이년은 잡아 죽이라는 명을 받았으니 마음껏 즐기고 죽여도 누가 말할 사람이 없다.

"크크크, 정말 죽이는 몸이구나."

"호호, 조장님부터 맛을 보십시오. 뒤처리는 저희가 하겠습니다."

군사들의 말에 여인은 비칠거리며 물러섰다. 하지만 이 설

원 위에서 더 이상 도망칠 길은 없었다. 여인의 눈에 절망이
어렸다.

"고것 참! 귀족의 거시기를 맛보게 되다니, 오늘 운수가 대
통이로군."

조장이 말에서 내려 여자에게 킬킬거리는 소리에 누군가
가 대꾸하는 소리가 들렸다.

"운수가 좋기는 개뿔이, 네놈이 뒈지는 날이다."

"그럼, 난 오늘 운수가 좋, 누구냐?"

기분 좋게 말하던 조장이 황급히 검자루를 잡았다. 방금 들
려온 소리는 앞에 있는 여인의 말이 아니었던 것이다. 눈보라
속에 달려오는 세 필의 말이 보였다. 거리는 70미터 정도. 그
러나 그 거리에서 한 말이 또렷하게 들렸다는 것은 마나를 능
숙하게 다루는 자란 뜻이다.

레인져병들이 검을 틀어잡았다. 적이긴 했지만 저들은 겨
우 3명이고 자기들은 10명이다. 게다가 자기들이 누구인가,
파빌사그 공포의 부대로 이름을 떨치는 레인져들이다.

다가오는 그들을 바라보던 조장은 눈이 휘둥그레졌다. 세
필의 말 중에 가운데에 말을 타고 오는 여자는 생전 처음 보
는 미인이었다.

기다란 은발이 백색의 설원과 잘 어울려 보였고 치켜뜬
동그란 눈과 꽃술 같은 눈은 정말 하나의 인형 같았다. 멍해
서 바라보는 레인져병들을 바라보던 은발의 여자가 입을 열

었다.

"군대라는 놈들이 힘도 없는 여자를 욕보이려고 하다니, 나 레나가 너희들을 징벌하겠다."

그랬다. 은발의 아가씨는 다름 아닌 엘프의 궁사 레나였다. 아이스 왕국에서 들어오는 정보를 통해 헤럴드의 옆에 스피어 마스터라는 아름다운 여자가 있다는 것을 알게 된 레나는 샤칸의 만류에도 불구하고 무작정 길을 떠났다. 그런데 이곳에서 위험에 처한 멜다브 성주의 부인을 만난 것이다. 자그마한 은빛 활을 들어 올리는 레나를 본 레인져들은 피식 웃었다.

자기들은 이름 그대로 레인져들이다. 검술에도 능하지만 기본 무기는 활이다. 활을 잘 쏘기도 하지만 피하는 것 역시 남들이 따를 수 없는 경지의 궁사들이 바로 자기들인 것이다.

그런데 감히 자기들에게 활을 겨누다니, 코웃음이 나왔다.

조장의 얼굴에 비릿한 웃음이 어렸다.

"호호호, 하늘이 우리를 보살펴 주는구나. 그렇지 않아도 여자가 하나밖에 없어 조금 부족했는데 너 같은 미인을 내려 주시다니, 어디 활을 쏴봐라. 어서."

말을 하며 흔들거리던 조장은 입을 딱 벌린 채 굳어졌다.

"개새끼, 아가리를 다시는 놀리지 못하게 해주마."

말이 끝나는 순간 날카로운 소리가 울렸고 미처 피할 새도 없이 날아온 화살이 입 안을 관통하여 뒤통수까지 삐죽이 뚫고 나왔다. 그것을 본 레인져들은 눈을 부릅떴다.

자기들은 한평생 화살을 손에서 놓지 않는 레인져들이다. 그러나 저렇게 빨리 화살을 날리지는 못한다. 그들이 바라보는 사이에 은발 아가씨의 손에 들린 활에는 언제 재웠는지 세 개의 화살이 겨누어지고 있었다.

은발의 머리에 인형처럼 아름다운 20대 전후의 여자! 그들의 뇌리에 번개처럼 떠오르는 생각이 있었다.

"허억, 저 여자는 엘프의 궁사 레나다!"

"도, 도망쳐라!"

레인져들이 즉시 말을 돌려세웠다. 그들도 쥬신 영지의 블랙울프 전사들 중에 엘프의 궁사 레나가 있다는 소식을 오래 전부터 알고 있었다.

한 번에 3개의 화살을 연속으로 날리는 백발백중의 궁사 레나, 단 한 번의 실수도 없으며 아무리 단단한 갑옷을 입어도 그녀의 화살 앞에서는 살아날 수 없다는 전설적인 이야기는 아이스 왕국에서도 알고 있었다.

"흥, 내가 레나라는 것을 알면서도 도망쳤겠다. 어림도 없다."

레나의 말이 끝나는 순간 화살들이 시위를 떠났다.

핑! 핑! 핑!

"컥! 크악!"

피피핏!

　연이어 날아가는 화살들이 레인져들의 투구를 꿰고 들어
가 두개골을 박살 내버렸다. 불과 숨 한번 들이켜는 사이에
속사로 날아간 화살들에 10여 명의 레인져들이 눈 바닥으로
굴러 떨어졌다. 마지막으로 떨어진 레인져가 피가 울컥 뿜어
지는 입으로 간신히 중얼거렸다.

　“무서운 궁술… 커억.”

　그의 머리가 눈 위로 처박히며 하얀 눈이 붉게 물들어갔다.

　“그렇지 않아도 기분이 꿀꿀해 죽겠는데 어딜 덤벼. 저 언
니에게 옷을 줘요.”

　레나의 말에 호위로 따라온 두 명의 블랙울프 전사가 고개
를 숙였다.

　“옛, 레나님.”

　그들은 지금 레나의 기분이 매우 안 좋다는 것을 알고 있었
다. 쥬신 영지에서 아이스 왕국까지 한시도 쉬지 않고 이틀
동안 말을 달려온 레나다.

　“구해주셔서 고마워요.”

　전사들이 넘겨주는 털옷을 입은 여자가 레나에게 허리를
굽혀 인사를 하자 레나의 얼굴이 밝게 웃었다.

　“언니는 어디에 가는 중이죠? 아참, 전 레나라고 해요, 오
빠가 바람을 피운다고 해서 가는 중이에요.”

　거침없이 말하는 레나를 본 성주의 부인은 살며시 미소를
지었다. 구김살이 없고 명랑한 아가씨다. 방금 적들을 죽일

때는 무시무시한 전사의 모습이었는데 지금은 마치 막내 동생 같은 기분이 들었다.

"캄노스 부족의 본성으로 가는 길이에요. 파빌사그 부족이 멜다브 성을 점령했어요."

말을 하는 성주부인의 얼굴이 흐려졌다. 생사를 알 길이 없는 남편이 걱정되었던 것이다.

캄노스 부족의 본성이라는 말에 레나는 차라리 잘됐다고 생각했다. 헤럴드가 그곳에 있다는 소리를 들었던 것이다.

"마침 저희도 파빌사그 부족에 가던 중이었는데. 이분을 모셔요."

전사들이 성주의 부인을 말에 태우자 네 필의 말이 눈보라를 일으키며 내달리기 시작했다.

눈보라가 휩쓸고 다니는 벌판은 쓰러진 10명의 레인져들이 흘린 피로 붉게 물들어 있었다.

*   *   *

캄노스 부족의 본성인 차크오로 성의 귀빈관에서 케리 원로는 우리에 갇힌 맹수처럼 방 안을 오락가락하고 있었다. 그라이스 호수로 아모리나 공주의 행방을 찾으러 가던 도중 캄노스 부족의 전령을 만난 케리는 아모리나 공주의 명을 받게 되었다.

명령서에 찍힌 인장은 분명 행불되었다는 공주의 인장이
었다. 그때부터 은밀하게 말을 돌려 캄노스 부족으로 들어와
기다리고 있는 중이지만 성미 급한 기사인 그로서는 참기가
힘들었다.

"감히 족장님을 독살하고 부족의 충신들을 살해하다니, 내
가 돌아가면 네년의 살점을 발라 몬스터들에게 줄 테다. 괘씸
한 년."

그는 지금 돌아가면 티나를 잡아 갈가리 찢어 죽이고 싶은
심정이었다. 이곳에 와서 비로소 음모를 꾸민 자가 티나이고
그 뒤에 데몬 전사단이 있다는 것을 알게 된 케리는 분노를
금할 수 없었다. 하지만 공주의 명으로 이곳에서 기다리자니
오금이 저려 참을 수가 없었다.

똑똑.

방 안을 맴돌던 케리는 노크 소리에 버럭 소리를 질렀다.

"들어와라!"

짜증스런 그의 말에 문이 조심스럽게 열리고 원로원의 기
사단장이 들어섰다.

"저, 원로님, 공주님에게서 소식이 왔다고 족장님께서 찾
으십니다."

"그래! 어서 가자, 어서!"

케리는 용수철처럼 자리를 차고 일어나 밖으로 내달렸다.
드디어 공주님에게서 소식이 왔다. 이제 부족으로 돌아가 반

역자들을 모조리 쳐 죽일 생각이었다.

"어서 오시오, 케리 원로."

대전에 들어서자 캄노스 족장이 반갑게 맞아들였다.

"공주님에게서 소식이 왔단 소리를 들었습니다. 당장 오라는 소식입니까?"

케리의 다급한 질문에 캄노스 부족의 족장 테드는 빙긋이 웃음을 지었다. 이 사람은 타고난 기사였고 성미 역시 급했다.

"우선 앉으시죠. 방금 마법 통신이 왔습니다. 지금 세이지 부족의 반역자들은 모두 처리됐습니다. 아모리나 공주님은 지금 부족의 내부를 정리하고 계신답니다. 해서 공주님은 오늘은 날이 저물었으니 쉬고 내일 아침 돌아오라는 명입니다."

족장 테드의 말에 케리는 벌떡 일어섰다. 그의 부리부리한 눈이 빛을 뿜었다.

"내일까지 기다릴 것은 없습니다. 당장 떠나겠습니다."

케리가 급히 나가려고 하자 족장 테드가 슬며시 입을 열었다.

"공주님께서는 이렇게 전하라고 하셨습니다. 여기는 이제 안전하니 부하들을 동상 입히지 말고 내일 아침에 출발하라고. 만약 단 한 명의 기사라도 동상을 입으면 그 책임을 케리 원로에게 묻겠다고 하셨습니다. 허허."

족장의 말에 엉거주춤 서서 눈을 니글거리던 케리 원로가 한숨을 내쉬었다.

"끄응! 뭐, 공주님께서 그렇게 명하셨다면야 내일 떠나야 지요."

아이스 왕국의 밤은 엄청나게 춥다. 영하 50도의 혹한으로 기온이 내려가고 자칫하면 말과 사람이 바로 얼어버릴 수가 있었다. 성격이 급한 케리 원로를 잘 아는 아모리나 공주가 단단히 못을 박았던 것이다.

"케리 원로, 너무 걱정하지 마시오. 그곳에는 광풍의 전사 인 헤럴드님이 있지 않습니까? 그분이 있는 이상 그 누구도 공주님을 어떻게 할 자는 없습니다."

족장의 말에 케리 원로가 머리를 번쩍 들었다. 광풍의 전사 헤럴드. 그에 대한 소리는 귀가 따갑게 들었다. 20대 초반의 몸으로 소드 마스터가 되었다는 사나이. 케리 원로의 눈에서 불길이 일었다. 한번 싸우고 싶어서 몸이 근질거렸던 것이다.

"그런데 족장님, 그가 그렇게 강합니까?"

"허허, 글쎄, 저는 보지 못해서 모르겠지만 제 아들이나 기 사들의 말을 들으면 그는 사람이 아닌 것 같다고 하더군요."

족장의 말에 대체 무슨 소린지 몰라 눈을 껌뻑거리던 케리 원로는 눈을 둥그렇게 떴다.

사람이 아니다?! 그럼 뭐지? 한참 머리를 굴리던 케리의 머 릿속에 불현듯 하나의 존재가 떠올랐다. 지상 최고의 생명체이고 무적의 힘을 가지고 있는 존재는 이 세계에 딱 하나밖에 없는 존재다.

"그, 그럼 헤럴드라는 후작이 드, 드래곤입니까?"

그러자 오히려 족장 테드와 그의 아들 파르몽, 그리고 바흐만 황태자와 이자벨이 너무 황당해서 입을 떡 벌렸다. 아니, 어떻게 드래곤이라고 생각한단 말인가? 드래곤은 이미 세상에 나타나지 않은 지 1만 년이나 되어간다. 그들이 신기한 동물을 보듯 케리를 쳐다보았다.

그러나 그들의 눈빛을 케리는 다르게 생각하였다.

'흠, 그렇군. 그는 드래곤이었어. 드래곤은 자기의 정체를 드러내면 난폭해져서 나라도 망하게 한다니 이들이 말을 못 하는군. 하지만 그런 자가 공주님의 뒤를 봐준다면야 감히 어떤 놈도 덤벼들지 못할 거야. 아암, 우리 공주님이 누구신데. 호호.'

꿈보다 해몽이 더 좋은 케리 원로였다. 보다 못해 파르몽이 한마디 하려고 하는 순간이었다.

갑자기 대전 밖에서 소란이 일어났다.

"족장님, 급보입니다!"

"들라."

족장의 말에 화급히 뛰어들어 온 자는 캄노스 친위기사단의 단장이었다.

"무슨 일이냐?"

"파빌사그 부족이 멜다브 성을 공격해 점령하였다고 합니다. 지금 성주의 부인이 이곳에 도착하였습니다."

"뭣이! 그게 사실이냐?"

대전의 상좌에 앉아 있던 족장이 벌떡 일어섰다. 그가 분노로 수염을 부르르 떨었다.

"어서 그 부인을 들게 하라."

문이 열리고 털옷을 입은 젊은 여인이 들어왔다. 여인은 들어오자마자 대전의 바닥에 무릎을 꿇었다.

"족장님, 멜다브 성은 적들에게 함락되었습니다! 놈들은 레인져들을 침투시켜 성문을 열었고 기사들을 암살하였습니다! 제가 떠날 때 성은 이미 불길에 잠겨 있었습니다! 으흐흑!"

여인이 눈물을 흘리자 족장의 눈썹이 무섭게 꿈틀거렸다. 멜다브 성이 새벽에 점령되었다면 그 뒤로 연달아 있는 10개의 성들이 무방비 상태가 된다. 그곳에서 아직 연락이 없다는 것은 매우 불길한 징조였다.

그때였다.

"족장님, 급보입니다! 네시아 성에서 긴급 연락입니다!"

부족 마법사의 황급한 소리에 족장은 드디어 올 것이 왔다고 생각했다. 네시아 성이라면 그 앞의 10개 성은 이미 함락되었다고 봐야 할 것이다.

"말하라."

침착성을 회복한 족장의 말에 마법사가 통신을 보고하였
다.

"파빌사그 부족의 기병 6만이 저녁 무렵에 성을 포위하였
음. 놈들은 앞의 성들을 이미 점령하였고 병력은 정확히 알
수 없지만 약 30만으로 추정됨. 온 초원이 진격해 오는 파빌
사그의 부족으로 덮였음. 지원을 바람. 네시아 성주, 백작 로
렌 르 포르마토."

마법사가 통신을 읽고 나자 대전은 숨 막힐 듯한 정적으로
덮였다. 30만이라니, 캄노스 부족은 남녀노소를 합쳐 40만 정
도밖에 안 된다. 그런데 30만이라면 도저히 상상이 가지 않았
다.

기병만 해도 캄노스 부족은 겨우 5만이다. 이건 도저히 상
대가 안 되는 싸움이었다.

"아버님, 시급히 세이지 부족에 연락하여 연합전선을 형성
해야 합니다. 그렇지 않으면 두 부족 모두 각개격파를 당할
것입니다."

그러자 모두의 눈이 족장에게로 쏠렸다. 그러나 족장은 고
심을 하고 있었다. 세이지 부족은 이번 반란으로 많은 기사가
죽었다. 무력은 군사가 5만 정도 되지만 거의가 보병들이다.

두 부족의 군대를 합쳐도 겨우 10만, 가망이 없는 전쟁이었
다.

설사 총동원령을 내린다고 해도 무기를 다룰 줄 모르는 부

족민들만 죽어나갈 것은 눈에 보이는 일이다.

"저기, 족장님, 지금 쥬신 영지에서 온 레나님께서 기다리고 계십니다. 그들에게 도움을 받으면……."

친위기사단장의 말에 족장 테드는 머리를 번쩍 들었다. 그렇다. 자기들에게는 헤럴드 후작이 있다. 만약 쥬신 영지와 동맹을 맺는다면 이 난관을 일시에 타개할 수 있었다.

"어서 그분을 들게 하라, 어서!"

대전 안이 웅성거리는 가운데 레나가 들어섰다.

"캄노스 부족의 족장님께 쥬신 영지의 헤럴드 후작님의 보좌관인 레나가 인사를 드립니다."

들어온 레나가 너무도 어려 어리둥절했던 족장 테드는 번개처럼 떠오르는 생각이 있었다.

후작 헤럴드에게는 두 명의 애인이 있다고 한다. 하나는 마법전사라는 샤칸, 다른 하나는 엘프의 궁사 레나, 그렇다면 저 아가씨는 분명 후작의 애인인 그 은발의 레나가 맞다.

족장은 자리에서 벌떡 일어나 마주 인사를 하였다.

"명성 높으신 엘프의 궁사 레나님을 만나게 되어 기쁩니다."

파르몽은 눈을 부릅떴다. 아버지는 자존심이 강하여 웬만해서는 저렇게 정중한 예를 갖추지 않는다. 그런데 겨우 약관의 아가씨 앞에서 저 정도의 예라니, 그가 눈을 굴리고 있는데 레나의 앵두 같은 입이 열렸다.

“과분한 칭호입니다. 그리고 전 헤럴드 오빠를 만나려고 왔습니다.”

레나의 말에 족장 테드는 역시 하며 고개를 끄덕였다. 감히 누가 타판파스의 맹수이며 광풍의 전사인 후작을 저렇게 부를 수 있겠는가?! 분명 이 아가씨는 소문대로 헤럴드 후작의 여인이 맞는 것 같았다.

“후작님은 지금 세이지 부족에 있으니 곧 만나실 수 있도록 연락을 드리겠습니다.”

족장의 말에 레나의 눈이 치켜 올라갔다. 여기에도 없고 세이지 부족에 갔다고 한다.

‘흥, 돌아올 생각은 하지도 않고 여행을 한다 이거지! 어디 두고 봐!’

레나는 입술을 앙물었다. 이번에는 절대로 옆에서 떨어지지 않을 생각이었다.

“인사들 해라. 이분은 헤럴드 후작님의 애인이시다.”

족장 테드의 말에 파르몽은 급히 일어섰다. 이제야 왜 아버지가 그렇게 정중하게 예를 갖추었는지 알 것 같았다.

“헤럴드 후작님의 의동생인 파르몽입니다. 형수님을 뵙습니다.”

“후작님의 의동생인 바흐만입니다. 형수님을 뵙습니다.”

두 사람이 동시에 인사를 하자 레나의 얼굴에 환한 웃음이 어렸다. 이 사람들은 자기에게 형수라고 하였다. 그건 무엇보다도 기뻤다.

"호호, 반가워요. 레나라고 합니다."

레나는 무엇이 그리 좋은지 방실방실 웃고 있었다.

파앗! 버언쩍!

캄노스 부족의 본성인 차크오로 성의 내부에 하얀 빛이 번뜩이자 곧 사람들의 모습이 나타났다. 헤럴드와 일리나, 랑케, 그리고 세이지 부족의 신임 족장 아모리나였다.

캄노스 부족장의 긴급 연락을 받은 헤럴드가 랑케의 텔레포트 마법으로 이곳으로 옮겨오는 중이었다.

"오빠."

빛이 사라지자마자 레나가 쏜살같이 달려가 헤럴드의 품에 안겼다. 아직 레나가 온 것을 보고받지 못한 헤럴드는 어안이 벙벙하였다. 그는 품에 안긴 레나의 얼굴을 손으로 받쳐 들었다.

"아니, 레나. 네가 여긴 어쩐 일이냐?"

"어쩐 일이라니! 오빠, 지금 그걸 말이라고 해? 지금 여기서 뭘 하고 있는 거야! 기다리는 사람들은 생각도 안 해?"

레나가 양손을 허리에 착 얹고 하는 말에 헤럴드는 잠시 할 말을 잃어버렸다.

레나의 두 눈을 보니 금세라도 눈물을 흘릴 것만 같다. 한숨을 내쉰 헤럴드가 레나를 그러안았다.

“미안, 내가 미처 그 생각을 못했구나. 어떻게 해야 우리 레나의 화를 풀 수 있지?”

헤럴드의 말에 레나의 눈이 반짝거렸다. 이 말이 나오길 기다렸던 것이다.

그녀가 자신의 볼을 헤럴드의 앞에 들이밀었다.

“여기다 뽀뽀해 주면 용서해 줄게.”

헤럴드는 난감하였다. 주변에 둘러서고 있던 사람들이 모두 호기심 어린 얼굴로 쳐다보고 있다. 그렇다고 안 해주면 레나의 끔찍한 시달림을 받아야 할 것이다.

‘에라, 눈 꾹 감고 한번 해주자.’

결심을 한 헤럴드가 레나의 볼에 입술을 가져갔다. 그 순간이다. 눈을 감고 기다리고 있던 레나의 손이 번개처럼 올라갔고 헤럴드의 목을 잡은 다음 입술을 맞추었다.

“으으.”

헤럴드는 와락 밀어내려다가 손에 힘을 풀었다. 보지 않아도 레나의 마음을 너무도 잘 알기 때문이다. 사람들 앞에서 밀어내면 레나는 어떻게 되겠는가? 한데 점점 급해지는 헤럴드다. 레나의 젤리같이 따뜻하고 향긋한 혀가 헤럴드의 입 안으로 사정없이 밀려들었다.

“어머나!”

이자벨과 아모리나가 황급히 얼굴을 두 손으로 가렸지만 손가락 사이로 두 사람의 뜨거운 키스를 바라본다. 뒤에 서 있던 일리나만이 머리를 숙였다. 그녀는 헤럴드에게 들어서 이미 샤칸과 레나가 오빠 이상으로 따르고 있다는 것을 알고 있었다.

그녀들도 헤럴드를 사랑하는 여인들일 것이라고 생각은 하고 있었지만 직접 눈앞에서 보니 마음이 활랑거렸다. 마치 무엇에 도둑을 맞은 기분이었다.

"푸하. 레나, 이젠 그만. 오빠 숨 막혀 죽겠다."

헤럴드가 가까스로 레나를 떼어놓고 붉어진 얼굴로 인사를 했다.

"안녕하셨습니까, 족장님?"

"반갑습니다, 후작님."

서로 인사를 나눈 헤럴드와 일행은 대전으로 향했다. 그러나 헤럴드의 뒤를 따라가는 레나의 눈은 일리나의 늘씬한 모습을 도끼눈으로 쏘아보고 있었다.

'흥, 감히 오빠를 꼬였단 말이지?'

레나의 눈이 무섭게 불타오르고 있었다. 일리나는 이미 소드 마스터에 오른 여인이다. 그녀는 기감으로 레나의 가파른 호흡을 읽고 있었다. 그래도 모른 척할 수밖에 없었다.

왠지 앞날이 쉽지 않을 것 같은 기분이 드는 일리나였다.

대전에 들어 현 사태를 모두 듣고 난 헤럴드는 침묵을 지켰다. 저들이 공격해 오는 명분은 아들인 그린우드의 복수라고

한다. 그러나 그린우드가 살해되는 시각에 파르몽은 자기와
함께 있었다. 결론은 어떤 자들이 음모를 꾸며 두 부족 간의
전쟁을 일으켰다는 것밖에는 달리 설명할 도리가 없었다.

'그렇다면 이건 데몬 전사단, 아니, 검은 탑의 음모다. 그
들이 바라는 목적이 무엇일까?'

헤럴드가 심각하게 생각하고 있는 그 시각, 일리나도 사건
의 전반을 검토하고 있었다.

만약 데몬 전사단이 음모를 꾸몄다면 이건 검은 탑의 소행
이다. 헤럴드가 이곳으로 온 것도 드워프들을 구입하기 위해
서인 것처럼 그들도 아이스 왕국을 손에 넣어 드워프들의 제
품을 차지하려고 할 수 있었다.

"헤럴드, 검은 탑이 드워프들을 차지하려는 것 같아요."

일리나의 전음에 헤럴드는 미미하게 고개를 끄덕였다. 아
이스 왕국에 있는 400만의 드워프, 그들이 만들어내는 재화
는 결코 작은 돈이 아니다. 그 돈이면 검은 탑이 자신들의 목
적을 이루는 데 큰 힘이 될 것은 불 보듯 명백했다.

어떤 시대, 어떤 역사를 보더라도 돈이 있으면 목적 달성에
거대한 힘을 가질 수가 있는 것은 자명한 이치였다.

"족장님께서는 저에게 무엇을 바라고 계십니까?"

헤럴드의 말에 족장 테드는 아모리나를 바라보았다. 그녀
와 캄노스 부족은 이제 하나와 다름이 없었다.

"여기 세이지 부족장님도 계시지만 우리 두 부족이 힘을

합쳐도 저들의 공격을 막아내기는 쉽지 않습니다. 해서 우리
는 쥬신 영지의 도움을 받기를 희망합니다."

족장 테드의 말에 아모리나도 고개를 끄덕였다. 이곳에 와
서 정세를 들으니 이번 전쟁은 제한적인 싸움으로 끝날 일이
아니었다. 그리고 이 전쟁을 일으키도록 음모를 꾸민 당사자
는 아직 전면에 나타나지도 않았다. 아모리나는 명석한 머리
로 데몬 전사단이 이번 일에 개입했다는 것을 이미 느끼고 있
었다. 그들이 가지고 있는 무력이 파빌사그 부족과 합세한다
면 두 부족은 파멸을 맞을 것이 뻔했다.

이미 발키리 전사들의 무서움을 알고 있는 그녀다. 지금은
어떻게 해서든 헤럴드의 도움을 받아야 했다. 무시무시한 발
키리 전사들을 무자비하게 쓸어버리던 헤럴드의 모습이 너무
도 강하게 머릿속에 박혀 있는 아모리나였다.

"그럼 정리를 해봅시다. 제 생각에는 파빌사그 부족과의
전쟁에는 데몬 전사단이 개입되어 있는 것 같습니다. 여기 있
는 분들은 잘 모르시겠지만 데몬 전사단은 검은 탑의 하부 조
직에 불과합니다. 놈들에게는 무서운 살인 병기들이 있습니
다. 그건 파르몽 동생이나 바흐만 황태자도 이미 겪어본 것이
니 더 말하지 않겠습니다. 지금으로서는 그들에게 있는 것이
그것이 다인지, 아니면 그보다 더 무서운 살인 병기들이 있는
지 누구도 알 수 없습니다."

헤럴드의 말에 대전에 모여 있는 사람들의 얼굴이 점점 변

해갔다. 이들이 겪어본 데몬 전사단의 살인 병기들은 정말 무서운 존재들이다. 창칼이 제대로 먹히지 않는 그들을 상대한다는 것은 말도 안 된다는 것을 이미 알고 있는 것이다.

"형님, 도와주십시오. 저들을 막을 수 있는 것은 형님의 블랙울프 전사단뿐입니다."

"도와주세요. 우리 세이지 부족은 헤럴드님이 요구하시는 것은 무엇이든 해결해 드리겠습니다."

파르몽과 아모리나가 간절히 말하자 헤럴드는 대전 안에 모여 있는 사람들을 둘러보았다. 이들은 두 부족의 운명을 결정할 족장들과 원로들이다.

"좋습니다. 만일 내가 요구하는 것을 수용한다면 데몬 전사단을 이 땅에서 지워 버리겠습니다. 그리고 파빌사그 부족도 처리할 수 있습니다."

헤럴드의 말에 사람들의 얼굴이 밝아졌다. 이번 전쟁에 쥬신 영지가 개입한다면 승리는 당연한 것이었다. 캄노스 부족의 족장 테드가 입을 열었다.

"그게 무엇입니까? 돈이라면 돈을, 드워프들이 만든 무기라면 무기를 내놓겠습니다. 말씀만 하십시오."

"난 돈도 드워프제 무기도 필요없습니다. 우린 그것이 아니라도 얼마든지 싸울 수 있으니까요. 제가 바라는 것은 드워프들의 해방입니다."

헤럴드의 말에 대전에 있던 사람들의 입이 쩍 벌어졌다. 돈도, 무기도 필요없고 드워프의 해방이라니, 드워프들이 노예에서 해방되면 두 부족은 자금원을 잃게 되는 것과 같다.

대전 안에 침묵이 흐르자 헤럴드가 말을 시작하였다.

"내 생각은 이렇습니다. 검은 탑이 노리는 것은 드워프들입니다. 그들이 있으면 자신들의 자금을 해결할 수 있으니까요. 그런데 드워프들을 해방시키고 그들에게 자치를 준다면 드워프들은 스스로 제 땅을 지킬 것입니다. 400만 드워프들의 힘은 결코 약하지 않습니다. 그리고 그들이 생산한 상품들은 우리가 돈을 주고 구입하는 것입니다. 그리고 대륙에는 비싸게 파는 것이죠. 그러면 드워프들도 좋을 것이고 우리 3개의 동맹도 지금보다 수입이 줄어들지 않을 것입니다. 우리를 통하지 않으면 드워프들의 제품을 구하지 못하니 비싸도 살 수밖에 없는 것이 대륙의 나라들입니다."

헤럴드의 말에 사람들은 고개를 끄덕였다. 드워프들의 제품을 자신들만이 살 수 있게 한다, 그러면 확실하게 무역권을 장악할 수 있었다. 어차피 드워프들은 물건을 만들기만 했지 장사를 하거나 하지는 않는 종족이었다.

그래도 아쉬운 것은 지금까지는 공짜로 가지던 것을 돈을 주고 사야 한다는 것이다.

그러나 지금은 부족의 승리가 무엇보다 중요했다. 드워프들을 해방시키는 대가로 쥬신 영지와 혈맹을 맺는다면 승리는 따놓은 당상인 것이다.

그날 밤새도록 토의된 드워프 문제는 새벽이 되어서야 결실을 맺었다.

첫째, 쥬신 영지와 세이지, 캄노스 부족은 쥬신 동맹이라는 혈맹을 맺는다.

둘째, 3개 부족은 어느 한 부족이 전쟁에 돌입하면 함께 선전포고를 하며 적으로 간주, 공격한다.

셋째, 쥬신 동맹은 드워프들을 해방하며 그들이 살 영지를 제공한다.

넷째, 상기의 조항을 어기는 부족은 배신자로 낙인되며 배신자는 쥬신 동맹의 적으로 간주, 공격한다.

쥬신 영지 후작, 헤럴드 르 쥬신.

캄노스 부족장, 테드 르 캄노스.

세이지 부족장, 아모리나 르 세이지.

대륙년 12014년.

휘위잉!

매서운 눈보라가 몰아치는 벌판에 수많은 군사들이 창검을 들고 전진하고 있었다. 그들의 앞에는 6만의 기병대가 곧 공격 준비를 하고 있었다.

들판에 외로이 선 네시아 성은 삼면이 모두 파빌사그 부족의 군사들에게 포위되어 마치 사람의 바다에 둘러싸인 섬 같았다.

성루에 올라서 적들이 공격 준비를 하는 것을 보던 네시아 성주인 꺡작 로렌은 온몸에 피칠을 한 상태였다. 부족에서 온 지원군은 3만, 그들은 성의 동서쪽에서 치열한 전투를 벌이고 있었다. 그러나 군사들의 병력이 너무도 차이가 나서 포위망을 무너뜨리지 못하고 있었다. 로렌 백작은 성안을 내려다보았다. 성내의 집들이 거의 절반 이상이 불에 타버렸고 사람들은 추위에 떨고 있었다.

게다가 이젠 식량까지 떨어졌다. 파빌사그 놈들의 투석기 공격에 성의 식량 창고가 불에 탄 것이다. 놈들은 투석기에 기름을 담아 퍼부어서 어떻게 막을 방법이 없었다.

"3일이라고 했다. 그런데 아직도 온다는 지원군은 나타나지 않았다."

본성에서 온 연락은 3일을 지키라는 명이었다. 이곳이 뚫리면 본성까지의 거리는 하루면 말을 달려갈 수 있었다. 네시아 성은 삼면이 초원이고 뒷면만이 산악이다. 바로 저 산의 길을 통과해야만 본성인 차크오로 성으로 가는 길이 열린다.

그러니 파빌사그 부족의 군사들이 기를 쓰고 달려들고 있었다.

"부관, 아직도 연락이 없는가?"

"예, 버티라는 명령뿐입니다."

얼굴이 검게 그을린 애티나는 부관이 들판을 새카맣게 덮으며 공격 준비를 하는 군사들을 보고 있었다. 공포에 떨고 있는 그의 모습이 백작의 눈에 안겨왔다.

'그래, 겁이 나겠지. 나도 겁이 난다. 죽는 걸 무서워하지 않을 사람이 어디 있겠나. 하지만 여기서 물러서면 우리 부족은 끝이다. 죽으나 사나 여기를 지키는 수밖에…….'

로렌 백작은 이를 악물고 검자루를 잡았다. 이제 성안에 남은 군사는 모두 합해야 3천도 되나마나 하였다. 3일 동안 파도처럼 공격해 오는 파빌사그 군사들을 상대로 모두 목숨을 바쳤던 것이다. 그리고 이제 저들은 마지막 공격을 하려고 하고 있었다.

로렌 백작은 해가 뉘엿뉘엿 넘어가는 하늘을 바라보았다. 저 엄청난 병력이면 이번 공격에 성은 함락될 것이다. 동서쪽에 진을 치고 있는 지원군의 피해도 막심한 것 같았다. 로렌 백작이 보건대 그쪽도 이제 1만여 명이 겨우 남은 것 같았다.

캄노스 부족의 군사는 5만이다. 저들까지 격파되고 나면 본성을 지키는 군사들은 겨우 2만이다. 적들은 30만이 넘는 대군이다. 게다가 저 속에 있는 5천이 넘는 붉은 갑주를 입고 있는 선봉대는 무시무시한 놈들이었다.

놈들은 하나같이 마나 블레이드를 뿜어내고 있었고 창칼이 몸에 먹혀들지 않았다. 그 바람에 지원 온 캄노스 부족의 3만 기마병 거의가 전멸한 것이다.

휘이잉!

바람이 거세게 불고 있는 들판에 적들의 기마병이 파도처럼 전진해 오는 것이 보였다.

"백작님, 적들의 공격입니다!"

부관이 소스라치게 놀라 소리를 질렀으나 로렌은 입을 열지 않았다. 죽어도 이곳에서 싸우다 죽을 것이다. 주변의 군사들이 피로에 지친 몸에 창을 틀어잡고 다가오는 적들을 바라보고 있었다. 저들도 이제 마지막이 다가왔다는 것을 느끼고 있는 것이다.

'아아, 우리 캄노스 부족은 이렇게 끝나고 마는가.'

로렌의 얼굴에 비장한 결심이 어렸다. 그가 검을 뽑아 들고 군사들을 둘러보았다. 저들과 함께 마지막 전장으로 뛰어들어야 했다.

"캄노스의 자랑스러운 군사들이여, 이제 우리에게 최후의 시각이 닥쳐왔다. 오늘 우리가 싸움에서 지면 너희들의 아내와 딸, 여동생들이 침략자들의 노예로 능욕당하며 치욕과 고통스러운 삶을 보낼 것이다. 그렇게 살고 싶은가?"

"아닙니다!"

로렌의 말에 군사들이 피를 토하는 것 같은 외침으로 대답하였다. 그들이 잡은 창이 부르르 떨리고 결사항전의 투지가 불타오르고 있었다.

자기들이 무너지면 부모 형제가 저들의 노예가 된다. 절대로 물러설 수 없는 싸움이었다.

로렌이 목청을 다해 소리쳤다.

"조금만 더 견지하면 본성에서 증원군이 도착할 것이다! 싸워라! 창이 부러지면 주먹으로, 주먹이 부서지면 물어뜯어서라도 적의 공격을 막아라! 그것이 너희들의 아내와 자식들을 지키는 길이다!"

"와~! 싸우자!"

군사들의 함성이 요란하게 울려 퍼졌다. 그들의 불타는 듯한 눈동자를 보며 로렌은 눈물이 흘러나오는 것을 억지로 감췄다. 더 이상 이곳으로 올 지원군이 없다는 것을 로렌은 누구보다도 잘 알고 있었다. 그래도 마지막 순간까지 군사들의 사기를 올려주어 적을 하나라도 죽여야 했다. 그 길만이 본성에 있는 군사들의 위험을 줄이는 것이다.

비록 자기들은 이곳에서 모두 죽겠지만……

"그래, 나는 할 일을 다 했다. 오라, 파빌사그의 군사들아. 최소한 열 명은 내 피 값으로 데려갈 것이다."

로렌이 중얼거리며 핏빛으로 불타는 석양을 쳐다보았다.

둥둥둥둥!

북소리가 미친 듯이 울린다. 드디어 적들의 공격이 재개되기 시작하였다. 하얀 들판을 가득 덮고 적들이 밀려들기 시작했다.

두두두두!

붉은 갑주를 입은 5천의 선봉대가 맨 앞에서 달려오는 것이 보였다. 한마디 말도 없이, 앞을 막는 군사들은 가차없이 베어버리는 저들의 선봉대는 공포의 상징이었다.

"와~!"

"성을 점령하라!"

마치 거대한 파도가 밀려오는 것 같았다. 붉은 선봉대의 뒤에 6만의 기병들이 줄을 잇고 그 뒤에 30만의 보병들이 달려온다. 그들이 쳐든 창검이 숲처럼 흔들렸다.

슈슈슈숙!

동서쪽 산비탈에 진을 치고 있던 지원군들의 진영에서 화살이 빗발처럼 쏟아져 나갔다.

"죽여라! 침략자들에게 죽음을 주라!"

캄노스 부족의 지원군 사령관이 검을 휘두르며 호령을 하는 것이 보였다.

하지만 적들은 거침없이 다가왔다. 맨 앞에서 눈보라를 뽀얗게 일으키며 달려오는 선봉대는 화살 따위를 겁내지 않았다. 그들은 몸에 날아와 꽂히는 화살을 아랑곳하지 않고 광적으로 달려오고 있었다. 어느덧 말들의 투레질 소리, 가쁜 숨을 몰아쉬는 선봉대의 숨소리까지 들려온다.

"돌을 굴려라! 투석기를 발사하라!"

퉁! 퉁! 퉁!

로렌의 명에 성에 남은 몇 대의 투석기가 불타다 남은 집들을 헐어낸 돌들을 담아 선봉대의 머리 위에 날려 보냈다. 성

벽에서는 군사들이 두세 명씩 달라붙어 바위들을 던지고 있
었다.

휘익! 휘익!

벼락처럼 날아간 돌들이 선봉대의 진영에 쏟아졌다.

픽! 콰지직! 우당탕!

"키에엑! 키익!"

붉은 갑주를 입은 선봉대가 돌벼락에 맞아 말과 함께 짓뭉
개지며 괴상한 비명을 질렀다.

저들에게는 다른 어떤 것도 소용이 없었다. 그러나 공중에
서 떨어지는 돌을 맞으면 온몸이 뭉개진다. 놀라운 것은 팔다
리가 짓뭉개지고도 잘 죽지를 않는 것이다.

성 앞이 아수라장이 되었다. 팔이 짓뭉개진 자, 하체가 너
덜너덜해진 자들이 그래도 벌벌 기어오고 있었다. 그들의 머
리 위로 군사들이 떨어뜨리는 돌들이 쏟아졌다.

도저히 대책이 없는 저자들을 지금까지 이 방법으로 막아
냈다. 하지만 그것도 이젠 한계에 달했다. 성에 남은 군사들
이 얼마 되지 않는 것이다.

"돌을 굴려라! 성에 붙지 못하게 하라!"

"백작님, 성, 성문이 뚫리고 있습니다!"

검을 휘두르며 군사들을 독려하던 로렌은 부관의 겁에 질
린 소리에 성문 쪽을 내려다보았다.

수십 명의 붉은 갑주들이 성문을 거대한 충차로 부수고 있

었다.

쿵! 쿵! 쿠웅!

군사들이 돌들을 마구 떨어뜨렸지만 붉은 갑주들은 악착같이 달려들었다. 한 명이 짓뭉개지면 다음 놈이 그 자리를 메운다. 저들은 죽음 자체를 생각지도 않는 것 같았다.

"저들이 과연 인간이 맞는가?"

로렌은 이상한 생각이 들었지만 지금은 그걸 생각할 새가 없었다. 어떻게 해서든 성문이 부서지는 것을 막아야 했다.

"군사들은 성문 위로 가라! 저놈들을 막아라!"

제일 먼저 달려간 로렌이 돌을 집어 던졌다.

와당탕! 콰자작!

"키엑! 키르륵!"

돌에 맞은 붉은 갑주들이 그 괴이한 비명을 지르며 쓰러지는 것이 보인다. 그래도 놈들은 계속 쓰러진 자들의 자리를 메우며 달려들었다.

로렌과 군사들이 성벽까지 뜯어내어 적들의 머리 위에 돌벼락을 쏟아 부었다.

새카맣게 밀려가는 군사들의 맨 뒤에 말을 타고 있는 일단의 사람들이 보였다. 친위기사들이 빽빽이 둘러싸고 있는 가운데에 기다란 수염을 늘어뜨린 노인이 은색의 갑주를 입고 멜다브 성의 혈전을 지켜보고 있었다.

"족장님, 한 시간 정도면 성이 깨질 것 같습니다."

그의 좌측에 말을 타고 있는 근위기사단장이 하는 말에 파빌사그 부족의 족장 아타메드는 고개를 끄덕였다. 저 성만 깨어지면 캄노스 부족으로 가는 길이 열린다. 기껏해야 하루길이다. 아타메드는 이를 으드득 갈았다. 자식의 싸늘한 주검이 눈앞에 떠오른다.

자신의 분신이고 부족의 후계자였던 그린우드의 죽음 이후 아타메드는 반드시 캄노스 부족을 멸하리라 결심을 하였다. 그리고 가장 잔인한 복수를 결심하였다.

지금까지 점령한 10여 개의 성에서 아타메드는 무자비한 복수를 실행했다. 이 세계에서는 전쟁에서 이기면 나머지는 노예로 만들고 일반적인 군사들은 자기편으로 흡수한다.

그러나 아타메드는 이번 전쟁에서 남녀노소를 가리지 않았다. 남자들은 모조리 목을 베어 죽였고 여자들은 치마만 둘렀으면 노소를 가리지 않고 군사들에게 겁탈하도록 명령했다.

점령당한 10여 개 성의 여자들은 오크들처럼 달려드는 군사들에게 할머니부터 소녀에 이르기까지 빠짐없이 윤간을 당했다. 반항하는 여자는 윤간 후에 무자비하게 목을 베어버렸다. 말 그대로 점령하는 곳은 짐승까지 모조리 쓸어버리고 여기까지 왔다. 이제 캄노스 부족을 멸할 시간이 가까이 오고 있었다.

"자네들의 도움은 잊지 않겠네."

입을 꽉 다물고 있던 아타메드가 자신의 우측에 있는 붉은 갑주를 입은 자를 돌아보며 하는 말이다. 그러자 날카로운 눈길로 전장을 바라보고 있던 붉은 갑주가 말 위에서 머리를 숙였다.

"족장님께서 약속만 지켜주시면 저희들은 만족합니다."

"그래, 약속은 반드시 지킬 것이네. 그건 걱정하지 않아도 돼."

붉은 갑주를 입은 자는 데몬 전사단의 소개로 온 저 선봉부대의 두목이다. 자신을 검은 탑에서 온 전사라고 소개한 이들을 만난 것은 아타메드에게 행운이었다.

이들은 예전에 소멸된 네크로맨서들의 후예라고 한다. 자신들에게 필요한 것은 드워프들이고 캄노스 부족을 점령한 후에 전리품으로 드워프들을 인계받는 것이 이들의 요구였다.

처음에는 별로 탐탁지 않게 생각했던 저들이었지만 기사들과 싸움을 붙여본 아타메드는 생각을 바꿨다. 저들의 몸은 창칼에 잘 베어지지 않았다. 일명 키메라화된 전사들이었다.

마나 블레이드가 아니면 이길 수 없는 자들, 그런 자들이 선봉에 서니 일반 군사는 당연히 혼비백산하였다. 기사들도 최소한 상급에 이른 자만이 저들을 상대할 수 있었다.

그러나 상급에 이른 기사가 그렇게 많을 수는 없었다. 승리는 이미 예정되어 있었다.

흐뭇한 마음으로 전장을 바라보던 아타메드는 미세하게 땅이 흔들리는 감을 느꼈다. 이 소리는 분명히 저 앞에 돌격하고 있는 자기 군사들의 것이 아니었다. 선봉에 선 키메라들이 싸우고 있고 그 뒤를 1만의 기마대가 받치고 있었다. 나머지 5만의 기병들과 30만의 군사들은 창검을 들고 정렬하여 있었다.

"이게 무슨 소리지?"

아타메드가 중얼거리는 순간이다. 멜다브 성이 있는 동북쪽의 산 밑으로부터 진동이 점점 커지며 자욱한 눈보라가 일어나는 것이 보였다.

그건 분명한 기병들의 돌격이었다. 그것을 본 기사단장이 다급하게 입을 열었다.

"족장님, 캄노스 부족의 지원병들인 것 같습니다."

"지원병?!"

아타메드는 머리를 갸우뚱했다. 캄노스 부족의 군대는 기병 5만이 전부다. 그새 군대를 징집했다고 해도 그들은 오합지졸에 불과하다. 아타메드는 비릿한 웃음을 입가에 매달았다.

급해 맞은 캄노스 부족장이 오합지졸을 보내 자기들의 공격을 막으려고 하는가 보다.

"참모장, 즉시 3만의 기병으로 저들을 소멸시켜라."

"옛, 족장님."

앞에 있던 참모들이 분주하게 움직이더니 곧 뿔나팔 소리가 울려 퍼졌다.

부웅! 부우웅!

그와 함께 참모의 손에 들린 푸른색의 작은 깃발이 정렬해 있는 기병들에게 신호를 보내기 시작하였다. 질서 정연하게 서서 홍분한 말들을 진정시키고 있던 파빌사그 부족의 3만 기병들이 즉시 말 머리를 돌렸다. 그리고 일시에 달려나갔다.

"돌격하라! 죽여라!"

3만의 기병들이 돌격하는 모습은 장관이었다. 마치 거대한 눈의 해일이 밀려가는 것 같았다. 머리 위에 검을 치켜든 캄노스 부족의 기병들이 햇빛에 번쩍거리는 검을 들고 기세충천하여 돌진했다. 이제까지 공격하면서 자기들에게 대항하는 캄노스 부족들을 모두 쓸어버린 그들은 두려움을 모르고 있었다.

두두두두!

"곧 끝나겠군."

희미한 웃음을 지으며 머리를 돌리던 아타메드는 붉은 갑주의 얼굴이 딱딱하게 굳어져 있는 것을 보았다. 붉은 갑주는 마주 달려오는 검은색의 기마병들을 주시하고 있었다.

그런데 그의 눈이 흔들리는 것같이 보였다. 기우일 것이라고 생각한 아타메드가 돌격하는 기병들에게로 눈을 돌렸다.

갑자기 우렁찬 함성 소리가 들판을 뒤흔들었다.

우우우우!

“죽여라! 쳐라!”

두두두두!

늑대의 사나운 울부짖음 같은 소리가 들리고 말발굽 소리가 대지를 진동시켰다. 골짜기에서 쏟아져 나온 검은색 일색의 기마병들이 번쩍거리는 검을 휘두르며 3만의 기병들에게로 추호의 흔들림도 없이 돌진하는 것이 보였다.

좌앙! 창! 창!

“크악! 아악!”

검은 갑옷을 입은 기병들이 말 위에서 몸을 솟구쳐 검을 내려찍으면 잘린 팔다리가 사정없이 허공을 수놓는다. 말들의 아우성 소리, 허공에 솟구치는 주인 잃은 기병들의 목과 팔다리들, 분수처럼 뿜어지는 피들로 하얀 눈밭이 순식간에 붉게 물들어갔다.

그것을 보던 아타메드는 갑자기 오한이 들었다. 쓰러지고 말에서 나가떨어지는 것은 전부 자신의 군사들이다. 검은색 갑옷들은 마치 뽀족한 송곳들처럼 맹렬하게 돌진하며 3만 기병들을 유린하고 있었다.

“어, 어떻게, 캄노스 부족에게 저런 정예들이 남아 있었단 말인가?”

말을 더듬으며 바라보고 있는 사이에도 파빌사그 부족의 기병들이 추풍낙엽같이 흩어지고 있었다. 그들의 사이로 검은색 물결이 골짜기를 따라 파도처럼 몰려나오고 있었다.

두두두두!

우우우우!

"죽여라!"

마치 엄청난 검은 폭풍이 몰려오는 것 같았다. 사방에 휘날리는 깃발들, 검은 갑주들의 야생적인 고함 소리, 전장은 광란의 도가니로 빠져 들어갔다.

"저, 저건, 어떻게 저들이……!"

옆에 있던 붉은 갑주가 경악에 찬 표정으로 끊임없이 쏟아져 나오는 검은 물결을 바라보며 손을 떨고 있었다. 단 한 번도 냉철한 표정을 잃지 않고 있던 키메라들의 수장이 지금 공포에 질려 있다. 아타메드는 뭔가 상황이 심각함을 직감했다.

"대체 저들이 누군가?"

아타메드의 말에 붉은 갑주가 손을 들어 가리켰다.

"저, 저 깃발은 블랙울프 전사단의 깃발이오."

"블랙울프?!"

아타메드가 어리둥절해하자 붉은 갑주는 말을 이었다.

"틀림없소. 저 세 발 달린 새, 저것은 타판파스 동부의 쥬신 영지의 상징이오."

"쥬신 영지? 그럼 광풍의 전사?!"

그때야 아타메드는 저들이 쥬신 영지의 그 블랙울프 전사들이라는 것을 알았다. 동부 초원의 맹수라는 블랙울프들이 눈앞에 나타난 것이다. 대체 그들이 왜 여기 나타난단 말인가?

그러나 지금은 그것을 생각할 겨를이 없었다. 3개의 부대로 나눠진 블랙울프들이 맹렬한 속도로 파빌사그 기병들을 유린하며 질풍처럼 짓쳐들고 있었다. 정말 광풍이 휘몰아치는 듯했다.

앞에 있던 파빌사그 참모들의 얼굴이 하얗게 질려가고 있었다. 지금 이 시각은 그 좋은 머리도, 어떤 것도 소용이 없었다. 폭풍처럼 모든 것을 쳐부수며 돌격해 오는 저들을 막아야 했다. 자칫하다가는 이 전쟁에서 패배할 수 있었다.

"로덴버그, 선봉대를 저들에게로 돌리시오. 그렇지 않으면 우리 기병들이 모두 전멸할 것이오."

아타메드의 말에 붉은 갑주 로덴버그가 고개를 끄덕였다. 지금은 어떻게 해서든 저들을 막아야 했다. 그의 손에 자그마한 피리 같은 것이 들렸다.

삐익. 삐익.

작은 피리에서 뇌 속을 후비는 듯한 소음이 울려 퍼지자 성을 공격하던 붉은 갑주들이 일시에 말을 돌려 세웠다. 그리고는 검은 물결을 향해 파도처럼 맞받아 나갔다.

"됐다, 네모."

키메라들이 블랙울프 군 쪽으로 달려오는 것을 본 헤럴드가 네모에게 소리쳤다.

"옛, 주군."

말을 나란히 달리던 네모가 즉각 대답하며 헤럴드를 쳐다보았다. 쥬신 영지에서 3만의 블랙울프 전사들을 데리고 3일 동안을 달려온 그는 지금 사기충천해 있었다.

드디어 주군께서 자기를 싸움터로 불러주신 것이다.

"1군단을 주겠다. 저 붉은 갑주를 입은 키메라들을 처리하라."

"옛, 주군! 한 마리도 살려두지 않겠습니다."

피 묻은 배틀엑스를 치켜든 네모가 전사들에게 소리쳤다.

"제1군단은 나를 따르라! 저 키메라들을 모두 박살 낸다! 가자!"

"우아아! 죽여라!"

두두두두!

네모의 배틀엑스가 빛을 뿌리고 1만의 블랙울프 전사들이 눈가루를 날리며 키메라들을 향해 돌진했다. 그것을 바라본 헤럴드가 일리나를 바라보았다.

"일리나, 2군단을 데리고 성 앞의 적들을 쳐."

"알았어요."

일리나가 창을 들고 헤럴드의 옆에 말을 딱 붙이고 선 레나를 힐끔 보고는 2군단을 이끌고 내달렸다. 그것을 보던 레나는 고소하게 웃음을 짓고 있었다.

‘흥, 이제부터는 절대로 오빠 곁을 떠나지 않을 거야. 어디서 감히……’

지금까지 레나는 헤럴드의 옆에 딱 붙어 있었다. 그녀는 자기의 미모에 못지않은 저 늘씬한 일리나가 경계 1호 대상이었다.

“레나, 너는 나와 함께 중앙을 가른다.”

“알았어, 오빠.”

헤럴드가 배시시 웃는 레나를 보고는 전사들을 둘러보았다.

“가자.”

“충!”

전사들의 힘찬 대답 소리와 함께 1만의 블랙울프 전사들이 적의 정중앙을 향해 굉음을 울리며 돌격하기 시작하였다.

두두두두!

“으하하! 이놈들! 죽어라!”

촤악! 촤악! 퍽! 뻐걱!

1군단의 선두에서 달리는 네모의 배틀엑스가 무자비하게 휘둘러질 때마다 키메라들의 머리가 수박처럼 터져 나가고 몸통이 두 동강이 나서 굴러 떨어졌다.

“우리는 블랙울프들이다! 한 놈도 살려두지 마라!”

우우우우!

1군단의 블랙울프 전사들의 검에서 선홍색 마나 블레이드

들이 검을 휘감고 이글거리며 타오르고 그렇게 무서운 공포
의 대상이던 붉은 갑주들이 수숫대처럼 무너져 가고 있었다.

“대체 저들이 누구기에⋯⋯.”
성문을 결사적으로 사수하던 로렌 백작은 최후의 순간에
정황이 바뀌자 한숨을 놓으면서도 의혹이 어린 얼굴이었다.
아무리 찌르고 쳐도 죽지 않던 붉은 갑주들이 저들에겐 아무
것도 아니었다. 전장에 붉은 갑주들의 목과 팔다리들이 무처
럼 잘려 떨어졌고 그들의 몸에서 뿌려지는 푸른 피가 하얀 눈
을 푸른색으로 물들이고 있었다. 그 위로 검은 갑옷의 물결이
야생적인 고함을 지르며 무인지경처럼 돌진하고 있었다.
“저들이 적이라면⋯⋯.”
생각만 해도 소름이 끼친다. 하나같이 마나 블레이드가 이
글거리는 검을 들고 적을 베어버리는 것을 보면 상급의 전사
들이라는 뜻이다. 그런 그들이 자기들을 도와준다는 것에 일
단은 마음이 놓였지만 그래도 긴장을 늦추지 않았다.
“백작님, 족장님에게서 마법 통신이 왔습니다.”
마법사에게 통신 종이를 받아 읽던 로렌 백작의 눈에 뿌연
물기가 어렸다. 끝내 격정을 참을 수 없어 로렌은 자기도 모
르게 고함을 질렀다.
“군사들! 이젠 됐다! 저들은, 저들이 바로 블랙울프 전사
들이다! 우리 부족과 저들은 혈맹을 맺었다! 저들은 우리 편

이다!"

"와아~! 만세! 블랙울프 만세!"

죽음을 각오하고 싸우던 군사들이 두 손을 치켜들고 만세를 외쳤다. 그들의 눈에서 감격의 눈물이 흘러나오고 있었다.

우린 살았다! 아니, 이젠 이길 수 있다! 그들의 눈앞에서 폭풍처럼 적진을 무너뜨리며 돌격하는 블랙울프 전사들의 미더운 모습이 보였다. 지금 그들이 지르는 야생적인 고함 소리는 적이라면 공포에 떨겠지만 자기들에게는 수호의 소리처럼 들렸다.

성 앞에 있던 적들이 황급히 퇴각하는 것이 보였다. 측면에서 검은 가죽 옷을 입은 한 명의 늘씬한 여인이 창을 휘두르며 블랙울프 전사들과 달려오는 것이 보였다.

그녀의 앞을 막아서는 적들은 사람이고 말이고 그대로 찢겨져 나갔다.

"수라폭풍세(殊喇爆風繐)."

휘이잉! 콰콰콰콰!

그녀의 창에서 눈부신 빛이 번쩍거리자 거대한 오러 블레이드가 전방을 향해 밀려갔다.

콰콰쾅! 콰쾅!

"아악! 크악!"

그녀가 휘두르는 창에서 빛이 뿜어 나올 때면 인정사정이 없었다. 그녀가 지나가는 곳은 한마디로 지옥의 아수라장이었다.

"세상에, 저건 오러 블레이드!"

"스피어 마스터다!"

군사들이 함성을 지르며 환호를 질렀다. 로렌은 멍하니 바라보았다. 스피어 마스터! 게다가 뒤따라 달리는 블랙울프 전사들은 하나같이 선홍빛이 일렁이는 검으로 적들을 베고 있었다.

모두 상급의 전사라는 것은 명백했다.

"정말 무서운 일이다! 과연 저들을 누가 막겠는가!"

그의 눈에 보이는 것은 모두 경악할 일들이었다.

"부관, 성문을 열라! 전우들이 왔다! 쓰러진 동료들의 원수를 갚아라!"

"와~! 원수를 갚자!"

성문이 열리고 캄노스 부족의 군사들이 몰려나왔다. 동서쪽에 진을 치고 힘겹게 싸우던 캄노스의 1만 군사들도 공격으로 넘어갔다. 적들이 블랙울프의 공격에 산지사방으로 도망치고 있었다.

두두두두!

"막아라, 어떤 일이 있어도 막아야 한다."

파빌사그 제1기사단의 단장 맥코이가 기사들을 독려하며 맹렬한 속도로 달려나왔다. 이들 블랙울프들을 막지 못하면 이곳에서 엄청난 사상자를 낼 것이다. 이미 선봉으로 활약하던 붉은 갑주들은 전멸한 상태고 파빌사그 기병들도 절반 이상이 죽어 넘어졌다.

저들의 공격은 막을 수 없는 폭풍이었다. 하지만 이곳에서 전원 옥쇄하는 한이 있더라도 막아야 했다. 그래야 족장이 군사들을 데리고 후퇴하여 그라이스 호숫가에 진지를 만들 수 있었다.

두두두두!

촤앙! 촤앙! 촤앙!

결사적으로 달려드는 적들을 베어버리며 헤럴드의 옆에서 달리던 레나는 검에 마나 블레이드를 뿜어내며 달려오는 맥코이를 보고 활을 당겼다. 감히 오빠에게 달려들다니, 그냥 두어도 되겠지만 레나는 오빠에게 도전한다는 것을 절대로 용납할 수가 없었다.

"해동 뇌전시(雷電矢)!"

레나의 입에서 낭랑한 외침 소리가 울리고 곧 귀청이 터질 듯한 소리가 울려 퍼졌다.

우르릉 쾅! 파앗!

"크윽."

맥코이는 은발의 아가씨가 화살도 없는 활을 당기는 것을 보고 코웃음을 쳤다. 너무도 급해서 화살도 없는 활을 당기는 것으로 착각한 것이다. 하나 그게 아니었다.

푸른빛이 번쩍이고 우레소리가 울리더니 한쪽 팔이 섬뜩

해졌다. 그가 본 것은 번개 모양의 빛이었다. 아니, 그건 정말 번개였다. 연이어 날아온 푸른 번개가 말의 목을 가르고 지나갔다.

쿠다당!

말에서 굴러 떨어진 그의 귀에 아가씨의 호령이 들렸다.

"저자를 묶어요!"

"옛, 레나님!"

한 팔이 뇌전에 잘리고 정신을 잃어가는 맥코이의 입에서 한마디 말이 흘러나왔다.

"엘프의 궁사 레나, 소문이 사실이었어!"

맥코이는 그 말을 끝으로 정신을 놓았다.

"공격을 멈춰라!"

수많은 사람의 시체와 말들이 쓰러진 피의 전장에 마나를 머금은 헤럴드의 명이 떨어졌다.

날이 어두워져서 더 이상 공격하기에는 불리했다. 정신없이 배틀엑스를 휘두르던 네모는 주군의 명에 정신이 번쩍 들었다. 날이 어두워져서 자칫하면 아군도 공격할 수 있었다.

"1군단은 공격을 멈춰라."

투르르. 투르르.

공격을 멈추자 흥분한 말들이 연신 콧김을 뿜어낸다.

"만세, 만세, 이겼다!"

캄노스 부족의 군사들이 만세를 부르며 얼싸안고 눈물을

흘리는 것이 보였다.

헤럴드는 오랜만에 다시 만난 블랙의 머리를 쓸어주었다.

쿠어어! 쿠엉!

블랙도 기쁘다는 듯이 포효를 한다. 너무도 오랫동안 주인과 헤어져 있어서 기뻤던 모양이다. 저쪽에서 로렌 백작과 캄노스 부족의 사령관이 달려오는 것이 보였다.

"안녕하십니까, 후작님! 캄노스 부족의 기마군 사령관 아더입니다."

"네시아 성의 성주 백작 로렌입니다. 감사합니다."

사령관과 성주가 허리를 굽혀 인사를 하자 블랙의 등에 타고 있던 헤럴드가 땅 위에 내려섰다.

"쥬신 영지의 헤럴드 후작입니다. 반갑습니다."

지금 헤럴드는 본모습으로 돌아가 있었다. 어차피 블랙울프 전사들이 출현한 이상 정체를 감출 필요는 없었던 것이다.

아더와 로렌은 이제 20대 초반으로밖에는 안 돼 보이는 헤럴드를 존경스러운 눈길로 바라보고 있었다. 소드 마스터에 무적의 전사들을 가지고 있는 저 사람이 정말 부러웠다.

게다가 이번 전투에서 알게 되었지만 장신의 아가씨는 스피어 마스터이고 배틀엑스를 쓰는 남자도 소드 마스터 급이었다. 그들이 전장을 맹수처럼 누비는 것을 두 눈으로 똑똑히 보았다. 캄노스 부족은 이 전쟁에서 이긴 것이나 다름이 없었다. 어둠이 깃드는 전장에 군사들이 포로들을 한쪽으로 몰아

가는 것이 보였다. 블랙울프 전사단이 개입하면서 전쟁은 새
로운 국면으로 접어들었다.

*　　　*　　　*

영하의 혹한이 계속되는 아이스 왕국에 새로운 바람이 불
기 시작했다.

파빌사그 부족이 죽은 아들의 원한을 갚는다는 명분으로
캄노스 부족을 공격하고 승승장구하면서 얼마 후면 이 땅에
는 두 개의 부족만 남을 것이라는 소문이 흘러다녔다.

그도 그럴 것이 캄노스 부족은 인구도 작았고 군사들 또한
파빌사그 부족에 비하면 너무 작았다. 파빌사그 부족은 총동
원령을 내려 부족의 남자들을 모두 징집했고 그 결과로 창을
들 수 있는 남자는 모두 군사로 캄노스 부족의 정벌에 동원되
었다.

그리고 사람들의 예상처럼 파빌사그 부족은 승승장구하면
서 캄노스 부족의 10여 개 성을 차례로 함락시켰다. 그런데
새로운 변수가 나타났다.

캄노스 부족과 쥬신 영지와의 동맹, 그리고 네시아 성에서
두 세력 간의 전쟁은 세력 판도를 바꾸어 버렸다. 동맹군은
파죽지세로 파빌사그 부족을 몰아붙였고 엄청난 사상자를 낸
파빌사그 군은 퇴각에 퇴각을 거듭했다. 이제 파빌사그 부족

은 그라이스 호숫가를 경계로 하던 부족의 영토를 잃고 망가이 강의 상류까지 퇴각하였다.

부족 영토의 삼분의 일을 빼앗긴 셈이다. 사람들은 이 전쟁이 어떻게 될지 촉각을 곤두세우고 있었다. 누가 이기는가에 따라 사람들의 이해관계도 달라지기 때문이다.

그런 판에 또 하나의 소식이 왕국을 들쑤셔 놓았다. 그것은 세이지 영지가 쥬신 동맹에 가입했고 동맹군은 파빌사그 부족에게 포고를 발표했던 것이다.

포고.

파빌사그 부족은 아들을 죽인 원한을 갚는다는 핑계로 캄노스 부족을 공격하여 점령한 성의 남자들은 모두 죽였고 여자들은 노소를 가리지 않고 윤간하여 죽였다.

우리 캄노스 부족은 세상에 다시금 명백하게 밝힌다. 우리는 파빌사그 부족의 후계자를 죽이지 않았다. 이 사건은 두 부족의 전쟁으로 이익을 볼 수 있는 어둠 속에 숨은 자들의 간악한 음모이다. 그러나 파빌사그 부족이 자행한 행위는 용서할 수 없다.

따라서 이 시각부터 15일간의 시간을 준다. 그동안 파빌사그 부족이 항복하지 않는다면 쥬신 동맹군은 공격을 개시할 것이다.

공격 후 항복하는 자는 살려줄 것이며 불복하는 자는 캄노스 부족의 원한이 얼마나 깊은지 몸소 체험하게 될 것이다.

15일간이다. 그동안 항복 의사를 결정하라.

쥬신 동맹군 사령관 네모.
캄노스 부족장, 테드 르 캄노스.
세이지 부족장, 아모리나 르 세이지.

이 포고가 발표되자 아이스 왕국의 사람들은 숨을 죽였다. 블랙울프 전사단이 개입한 데다가 세이지 부족까지 동맹군에 들어갔다. 이제 파빌사그 부족의 운명은 백척간두에 서게 되었다. 그러나 파빌사그 부족은 망가이 강 상류에 진지를 강화하면서 항복을 단호히 거절하였다. 아이스 왕국에 전운이 짙게 감돌았다.

이제는 피를 부르는 싸움만이 남아 있었다.

매서운 추위가 몰아치는 이른 새벽, 아이스 왕국의 수도에 한 필의 말이 데몬 전사단 쪽으로 달려가고 있었다. 머리까지 로브를 푹 뒤집어쓴 자는 무엇이 그리도 급한지 정신없이 말을 때려 몰고 있었다.

"누구냐? 그 자리에 서라!"

정문에 파수를 서고 있던 데몬 전사가 눈을 부라리며 소리쳤다.

"빨리 알프레드님을 만나게 해주세요! 급한 일입니다!"

로브를 입은 사람은 뜻밖에도 여자였다. 그녀가 내민 레드

패를 본 전사가 흠칫 놀라더니 공손하게 입을 열었다.

"잠시만 기다려 주십시오. 안에 연락을 해보겠습니다."

지금 데몬 전사단은 비상상태였다. 데몬 전사단 세이지 지부가 중소전사연합의 월터에게 박살이 났다는 것은 더 이상 비밀이 아니었다. 그런 데다가 그곳은 갑자기 파빌사그 부족 간의 전쟁터가 되어버렸다. 전사단이 아무리 강해도 수십만이 엉켜 돌아가는 전장의 한복판으로 뛰어들 수는 없었다. 그래서 지금 데몬 전사단은 비상 경계령을 내리고 회의를 하고 있었다.

사실은 다른 내용이지만 하급전사들이 그 내막을 알 수는 없었다.

로브를 입은 여자는 세이지 부족에서 겨우 살아나 도망쳐 온 티나였다.

부족에서 쫓겨난 후 간신히 수도까지 온 티나는 지금 말이 아니었다. 육신은 피로했고 제대로 먹지 못해 입술은 갈라 터져 피딱지가 앉았다. 그러나 그녀의 눈은 복수심으로 이글거리고 있었다.

오는 도중 그녀는 부족 간의 전쟁 소식을 들었다. 이건 좋은 기회였다. 혼란을 이용하여 데몬 전사단을 데리고 세이지 부족으로 잠입해 들어가 수뇌들을 척살하면 부족을 장악할 수 있었다.

"아모리나, 그리고 월터 이놈! 기다려라! 싸움은 아직 끝나지 않았다! 네 연놈들을 잡아 군사들에게 던져 줘서 걸레로 만들어주마.”

밖에서 티나가 헤럴드와 아모리나를 저주하며 복수심을 불태우고 있을 때 데몬 전사단의 중심부에서는 비상회의가 벌어지고 있었다.

“검은 탑의 마스터께서 대노하셨다. 지금까지 잃은 키메라가 얼마나 되는가?”

음울한 기운이 감도는 회의실의 상석에 앉은 세이드의 말에 데몬 전사단장인 필립이 주저하며 입을 열었다.

“비상 전력으로 남겨놓았던 7천의 발키리 중에 5천이 파빌사그 부족으로 갔습니다. 보고에 의하면 그중 4천이 전멸했고 현재 천 명이 남아 있다고 합니다.”

필립의 말을 들은 세이드는 얼굴이 일그러졌다. 저 7천의 상급 발키리들은 검은 탑이 수십 년 동안 만들어낸 역작의 일부분이었다. 그런데 대업을 시작하기도 전에 그만 엄청난 손실을 입었다.

“그러니까 월터란 놈과 헤럴드란 놈이 같은 인물이라고 했나?”

“예, 우리 정보원들의 보고에 의하면 놈은 같은 놈이라고 합니다.”

“으음.”

세이드는 신음을 흘렸다. 타판파스 동부의 헤럴드, 그놈이 지금 검은 탑을 송두리째 뒤흔들고 있었다. 자칫 이번 일을 만회하지 못하면 세이드는 더 이상 살아날 수 없었다.

"좋아. 파빌사그 부족에 타판파스의 마틴 공작의 군사들이 지원한다고 알려줘라. 무슨 말인지 알겠는가?"

"예, 감찰관님."

필립이 허리를 굽히자 감찰관 세이드는 눈을 감았다. 이번 사태로 검은 탑은 발칵 뒤집혔다. 검은 탑은 지금까지 배신하고 떨어져 나가 새로운 검은 탑을 만든 아케이드 전사단만이 적수라고 생각하고 있었다. 그런데 쥬신 영지의 망둥이가 판을 뒤집어놓고 있었다.

놈들의 블랙울프 전사단이 그렇게 강한 줄은 상상도 못하고 있었다. 그렇다고 아케이드 전사단을 놔두고 헤럴드와 자웅을 겨룰 수도 없었다. 그랬다가는 아케이드 전사단에게 뒤통수를 맞을 수도 있기 때문이었다.

하여 검은 탑은 발키리 전사들을 보존하고 타판파스의 마틴 공작파를 헤럴드와 싸움을 붙이려는 것이다. 그렇게 되면 둘 다 세력이 약화될 것이니 이건 꿩 먹고 알 먹는 좋은 수였다.

"이젠 우리 전사들을 보존하면서 놈들의 싸움을 부추긴다. 그리고 일체 활동을 중지하라."

"알겠습니다."

필립이 한숨을 내셨다. 어쨌든 감찰관이 더 이상 패전에 대해 문책하지 않는 것이 다행이었다. 그런데 문이 열리더니 감찰관의 부관이 들어섰다.

부관의 귓속말을 듣고 있던 감찰관 세이드의 눈이 비수처럼 알프레드를 쏘아본다. 필립은 가슴이 철렁하였다. 언제나 자식 때문에 마음을 못 놓고 있는 필립이다.

"티나란 년이 찾아왔다, 알프레드."

"옛, 감찰관님."

알프레드가 사색이 된 얼굴로 허리를 굽혔다. 한참 동안 알프레드를 노려보던 세이드가 의외로 조용하게 지시를 내렸다.

"그 계집은 더 이상 필요없다. 용도 폐기를 해라. 내 말 알았나?"

"옛, 감찰관님. 당장 죽여 묻어버리겠습니다."

알프레드가 가슴을 쓸어내리며 하는 말에 세이드는 혀를 찼다.

"쯧쯧, 내가 듣기에 그년은 인물이 된다고 하더군. 죽일 필요는 없다. 어차피 다 써먹은 계집이면 본전이라도 뽑아야 하지 않겠나? 그녀를 데몬 전사단이 운영하는 사창가에 보내 버려라. 물론 딴마음을 먹지 못하도록 철저히 세뇌시켜야겠지."

"알겠습니다. 맡겨주십시오."

알프레드가 직각으로 허리를 굽히고는 돌아서 나갔다. 모두 나가라고 손짓한 세이드는 부관을 쳐다보았다. 그러자 부관이 한 장의 종이를 세이드 앞에 내려놓았다.

"흠, 좋아. 블랙클라우드를 작전에 투입하라. 그 헤럴드라는 놈만 죽이면 우리의 일은 해결된다."

"알겠습니다. 즉시 블랙클라우드에게 전령을 보내겠습니다."

부관이 급하게 밖으로 나갔다. 블랙 클라우드, 검은 탑의 살인마녀, 그녀에게 걸려 살아남은 자는 아직 없었다. 하지만 세상은 그녀의 존재를 모르고 있었다.

검은 탑은 이제 그녀를 헤럴드의 척살에 투입하려고 하고 있었다.

밖에서 기다리고 있던 티나는 짜증이 났다. 벌써 한 시간이나 기다렸는데 아직도 소식이 없는 것이다. 그녀가 파수병에게 다가갔다.

"아직도 소식이 없어요?"

"예, 아직. 아, 저기 제1부단장님께서 나오십니다."

전사가 가리키는 바람에 돌아선 티나는 걸어오는 알프레드를 보자 눈물이 왈칵 쏟아져 나왔다. 이제 그녀에게 남은 것은 알프레드밖에 없었다.

"알프레드!"

쏜살같이 달려간 티나는 알프레드에게 와락 안겼다. 가슴속에서 까닭 모를 설움이 밀려온다.

"성안으로 데리고 들어가라."

알프레드의 명에 심복이 앞으로 나섰다.

"자, 우리를 따라와라."

두 사내가 티나를 우악스럽게 잡아서 끌고 가자 그녀는 깜짝 놀랐다.

"아니, 알프레드, 무슨 일이에요?"

그러나 알프레드는 답변조차 하지 않았다. 정신없이 끌려가던 티나는 화가 머리끝까지 솟아올랐다. 자기가 누구던가? 세이지 부족의 둘째 공주이고 귀족이다.

"이놈들, 더러운 손을 치워라! 감히 어디다 손을 대는 것이냐?"

악을 쓰는 티나를 본 두 명의 전사가 쓴웃음을 지었다.

"이년이 아직도 제 처지를 모르는군."

그러더니 다짜고짜로 티나의 명치를 후려갈겼다.

"악!"

숨이 턱 막힌 티나는 스르륵 의식의 끈을 놓쳤다. 측 늘어진 그녀를 내려다본 알프레드가 히죽 웃었다. 그리고는 두 전사를 쳐다보았다.

"이년을 철저히 세뇌시켜 사창가에 보내라. 그녀에게 자신이 인간이 아니라는 것을 똑똑히 인식시키도록. 알았나?"

"알겠습니다. 아예 짐승으로 만들어놓겠습니다. 흐흐."

두 전사의 말에 알프레드는 미련없이 돌아서 걸어갔다.

‘흠, 그래도 맛은 죽이던 계집인데. 쩝.’

희미하게 정신이 든 티나는 눈을 떴다. 모든 사물이 뿌옇게 보인다. 그런데 어디선가 키득거리는 웃음소리가 들려온다. 그때야 티나는 전사에게 얻어맞아 정신을 잃던 생각이 났다.

“그럼 여긴 어디?”

그녀가 중얼거리자 느끼한 목소리가 바로 들렸다.

“여긴 지하야. 너를 새로 교육시킬 장소지. 이제부터 너는 우리의 교육을 받고 새로운 사람으로 태어날 거다. 크크크.”

“호호호, 히히히.”

정말 지하인 듯 여러 남자들의 징그러운 웃음소리가 공명하듯 울린다. 티나는 벌떡 일어나 앉았다. 자그마한 방에 10여 명의 사내들이 웃통을 벗어 던지고 뱀이 먹이를 노려보듯 서서 웃고 있었다. 티나는 온몸에 소름이 끼쳤다.

“너희들은 누구냐? 알프레드가 알면 너희들은 무사치 못할 거다!”

그러자 사내들이 누런 이를 드러내고 킬킬거렸다. 그중 한 놈이 티나의 얼굴을 와락 잡아당겨 얼굴을 들이밀었다. 놈에게서 역한 입 냄새가 풍겨온다.

“크크크, 어리석은 년. 이건 알프레드님이 명령하신 거다. 그러니 우리를 원망하지 마라.”

놈이 머리채를 놓아주자 티나는 머리를 흔들었다.

"아냐, 그럴 리가 없어. 그는 나를 사랑한다고 했어. 그를 만나게 해줘."

티나가 몸부림치며 일어섰지만 눈에서 불이 번쩍이는 것과 함께 침대에 엎어졌다.

쫘악.

"망할 년, 끝까지 말썽이네. 야 이년아, 부단장님께 너는 이젠 필요가 없어. 알았냐? 용도 폐기됐으니까. 그러니 순순히 운명을 받아들여라."

놈의 말에 티나는 미친 듯이 일어나려고 악을 썼다.

"아냐! 그럴 리 없어! 이건 아냐!"

"미친년, 지랄하고 있네. 시작하자고."

"그래, 그년 몸매는 죽이누먼. 흐흐."

웃통을 벗은 사내들이 와락 달려들었다. 티나는 완강하게 몸부림쳤다.

"안 돼! 안 돼! 이 짐승 같은 놈들아! 아아!"

찌직. 찌익.

그러나 티나가 검술로 단련된 전사들을 당할 수가 없었다. 누런 이를 드러내고 달려든 전사들이 티나의 옷을 사정없이 찢어발겼다. 하얗고 부드러운 티나의 늘씬한 나신이 선명하게 드러났다.

"으흐흐, 죽인다."

지옥의 악마 같은 놈들이 티나를 세뇌하기 위한 작업에 들어갔다. 인간의 존엄을 말살하고 짐승으로 세뇌시키기 위한 작업이다.

"아악, 살려줘! 알프레드, 날 사랑한다고 했잖아!"

티나가 아무리 몸부림치고 발버둥 쳤지만 지하의 방에서 나는 소리에 귀를 기울일 사람은 없었다. 방 안이 순식간에 짐승들의 헐떡거리는 소리와 비릿한 냄새로 가득 차기 시작하였다.

"흐흐, 고년, 참 죽이네."

허리춤을 잡은 전사들이 밖으로 나오자 대기하고 있던 전사들이 안으로 우르르 밀려들어 가며 한마디씩 하였다.

"이번 계집은 귀족이라며? 거 맛좋겠군. 흐흐."

방 안에는 또다시 야릇한 소리가 울려 퍼지기 시작하였다.

그로부터 3일 후 온몸에 피멍이 들고 만신창이가 된 한 여자가 수도의 사창가로 실려왔다.

그곳에서 그녀는 하루에도 수많은 남자들을 받아들이는 노리개로 전락하고 말았다. 그렇게 세이지 부족의 공주였고 야망이 있던 티나라는 여자의 이름은 지워지고 말았다.

*　　　*　　　*

타판파스 왕국의 수도 카사코프 시에 있는 마틴 공작의 성에 있는 밀실에 마틴 공작과 로브를 입은 여러 명의 사람들이 모여 앉아 무엇인가 모의를 하고 있었다.

"정토에 의하면 지금 쥬신 영지엔 헤럴드가 없소. 헤럴드와 죽음의 배틀엑스 네모, 그리고 엘프의 궁사 레나, 이것들은 모두 아이스 왕국에서 전쟁을 벌이고 있소. 놈들은 아이스 왕국의 드워프들을 장악하려는 것 같소."

로브를 깊숙이 쓴 자의 말에 마틴 공작은 입맛을 다셨다. 헤럴드가 드워프들을 장악하면 그만큼 힘이 강해질 것이다. 그것만은 어떻게 해서든 막아야 했다.

그러나 쥬신 영지를 공격하려고 해도 너무 부담이 되었다. 비록 3만의 블랙울프 군이 아이스 왕국에 갔다고는 하지만 아직도 7만의 블랙울프 전사들이 영지에 남아 있다.

그들의 용맹성은 예전 전쟁에서 여실히 보여주었다. 입맛을 다시는 마틴을 보던 로브의 깊은 눈에 희미한 미소가 어렸다.

"마틴 공작, 공격하기는 지금이 제일 좋은 기회요. 이번 일은 우리가 돕겠소."

로브의 말에 마틴은 잠시 생각에 잠겼다. 헤럴드가 없는 지금 쥬신 영지를 공격하는 것은 좋은 일이다. 그러나 블랙울프 전사들의 실력이 뛰어나 자신은 막대한 피해를 입을 수 있었다.

그렇게 되면 한쪽에 똬리를 틀고 앉아 때를 기다리는 조지 공작에게 기회를 줄 수도 있었다.

"하지만 안 되오. 우리가 쥬신 영지와의 싸움에서 피해를
입으면 조지에게 어부지리를 줄 수 있소."

마틴의 말에 로브는 그럴 줄 알았다는 듯 고개를 끄덕였다.
타판파스의 왕이 되려는 야망을 가진 자는 마틴만이 아니었
다.

"6서클 마도사 10명, 특급의 발키리 전사 30명, 그리고 상
급의 발키리 전사 2천 명을 주겠소. 그러면 되겠소?"

로브의 말에 마틴은 깜짝 놀라 로브를 쳐다보았다. 예전 아
스톤 국의 검은 탑에 갔을 때 마틴은 소스라치게 놀란 적이
있었다. 그곳에는 왕국이나 제국에도 겨우 두세 명씩 있는 소
드 마스터들이 즐비했고 마도사들 또한 많았다. 마틴이 제일
놀란 것은 육체를 개조한 키메라들이었다. 인간의 정신을 그
대로 가지고 있고 검술마저 상급전사 수준인 그들은 창검이
먹혀들지 않았다. 그런데 그들을 2천명이나 받는다면 쥬신
영지의 함락이 문제가 아니었다.

쥬신 영지를 점령하고 그 여세를 몰아 조지 공작의 진영도
끝장을 낼 수 있었다.

게다가 특급의 발키리 전사들은 최상급의 전사들과 같은
실력이다. 그들이 3명만 달려들면 소드 마스터도 잡을 수 있
었다.

중요한 것은 검은 탑이 왜 자기를 이 정도로 도와주는가 하
는 것이었다. 사실 마틴은 야망을 위해 이들과 손을 잡고는

있지만 항상 경계를 하고 있었다.

"그런데 왜 우리를 돕는 것이오?"

로브가 마틴의 말에 빙그레 웃었다.

"마틴 공작, 그대와 우리는 목적이 같소. 우리는 아케이드와 결전을 하기 위해 많은 준비가 필요하오. 그러자면 돈은 필수적이지. 아이스 왕국의 드워프는 우리가 장악하려고 작전을 하던 중이었소. 그런데 헤럴드라는 햇병아리가 그것을 방해하고 있으니 당연히 처리해야 할 것이 아니오. 만약 여기서 당신이 쥬신 영지를 공격하면 그 햇병아리는 양쪽에 발목이 묶여 허우적거릴 거요. 단 하나 당신에게 말해줄 것은 헤럴드라는 애송이는 아이스 왕국에서 우리가 처리할 것이오. 이래도 싫소?"

로브의 말에 마틴은 이해가 되었다. 그렇다면 이것은 절호의 기회였다.

"좋소. 그 키메라들은 언제쯤 우리에게 도착할 수 있소?"

"오늘 보고하면 3일 후에는 이곳으로 올 것이오."

"그럼 우리는 전쟁을 준비하겠소."

마틴기 빙긋이 웃으며 로브에게 손을 내밀었다. 드디어 자신의 야망을 실현하기 위한 첫걸음이 시작되는 것이다. 2천의 키메라와 10명의 6서클 마도사, 30명의 특급 발키리 전사들이면 쥬신 영지와 조지 공작파를 쓸어버리고 자신의 왕국을 세울 수 있었다.

마틴의 눈에 야망이 번들거렸다.

"아니, 난 안 가."

레나는 오만상을 찡그리고 헤럴드에게 떼를 쓰고 있었다.

"레나, 그곳은 위험해. 적지나 같은 곳이거든. 그리고 영지가 우선이야."

"그래도 안 가요. 난 오빠와 함께 못 가면 죽어버릴 거야."

커다란 눈에 눈물이 가득 고인 레나가 문을 박차고 밖으로 달려나갔다.

"허 이거 참……."

헤럴드는 레나가 떼를 쓰자 난감하였다. 지금 파빌사그 부족은 결사 항전을 준비하면서 항복을 거절하고 있었다. 헤럴드의 목표는 파빌사그 부족이 아니다. 그들을 항복시키고 드워프들을 해방하여 필요한 것을 얻어내려고 할 뿐이었다.

그러나 이 전쟁이 전면전으로 치달으면 결국 무수한 살육을 해야 하였다. 살인이 두려운 것은 아니지만 원수도 아닌 자들을 모조리 죽이는 것이 헤럴드의 마음에 걸렸다.

결국 방법은 하나였다. 데몬 전사단의 괴멸, 파빌사그 부족의 뒤에 있는 데몬 전사단을 괴멸시켜야 이 전쟁은 끝이 날 것이다. 그런데 오늘 샤칸으로부터 긴급 통신이 들어왔다.

타판파스 마틴 공작의 진영이 심상치 않은 움직임을 보이고 있다는 것이다.

마틴은 비밀리에 기사들과 군사들을 쥬신 영지와 접경 지역으로 이동시키고 있었고 아스톤 제국에서는 정체 모를 용병들이 타판파스로 이동하고 있다는 것이다.

헤럴드는 뭔가 사건이 일어나고 있다는 것을 직감하였다. 그렇다고 이곳의 일을 마무리 짓지 않는다면 후방이 위험했다. 방법은 단 하나, 하루라도 빨리 데몬 전사단을 괴멸시켜 파빌사그 부족의 전쟁 의지를 꺾는 것이었다.

그동안 쥬신 영지에는 사람들을 돌려보내야 했다. 하여 네모는 이곳에 남고 랑케와 일리나, 지프리드, 레나는 쥬신 영지로 보내기로 결심하였다. 하지만 레나는 절대로 가지 않겠다고 억지를 부리고 있었다.

"헤럴드, 레나는 데리고 있어요. 당신은 여자들의 마음을 몰라요."

난감해하는 헤럴드에게 다가온 일리나가 헤럴드에게 레나를 데리고 있도록 권했다. 사실 일리나도 요 며칠 동안 레나의 앙칼진 갊음을 당했다. 그러나 일리나는 인생의 선배로서, 또 같은 여자로서 레나의 마음을 짐작하고도 남음이 있었다.

레나와 샤칸은 초기부터 헤럴드를 도와 쥬신 영지를 만든 공신들이고 오직 하나 헤럴드만 바라보고 사는 여자들이었다.

그 마음을 일리나는 이해하고 도와주고 싶었다.

"하지만 테오코를 시는 적지요. 만약 레나가 위험해지면."

"그렇게 해요. 아무리 위험한 곳이라고 해도 당신이 지키면 되잖아요."

일리나가 헤럴드의 말을 단호하게 잘랐다. 그러자 한쪽에서 보고 있던 랑케가 나섰다.

"그렇게 하십시오, 주군. 사실 레나님께서는 주군의 안위를 얼마나 걱정했는지 모릅니다."

랑케마저 나서자 헤럴드는 입맛을 다셨다. 그리고는 좌중을 둘러보았다.

"좋소, 그럼 레나는 내가 데려가겠소. 모두 영지로 돌아가면 마틴 공작의 진영을 철저히 경계하시오. 어떤 도발도 물리칠 수 있도록 만전을 기하고."

"알겠습니다, 주군."

일리나와 랑케, 지프리드가 동시에 답하였다. 헤럴드는 그들을 믿음직하게 바라보았다.

이들은 모두 소드 마스터들이고 쥬신 영지의 기둥들이었다.

토의를 끝낸 헤럴드 일행이 밖으로 나오자 레나가 슬그머니 다가오더니 일리나의 옷을 잡아당겼다. 그녀는 밖에서 일리나가 헤럴드에게 하는 말을 모두 들었다.

자기를 위해 하는 말을 들은 레나는 일리나에게 죄스러웠다. 그녀의 마음도 모르고 요 며칠 동안 으르렁거렸던 것이다.

"고마워요, 언니."

레나가 언니라는 말을 하자 일리나는 활짝 웃었다. 드디어 이 어린 레나에게 인정을 받은 것이다. 사실 일리나는 샤칸과 레나가 부담스러웠다. 그녀들은 자기와는 달리 이미 오래전 부터 헤럴드의 여자들이나 마찬가지인 것이다.

"언니로 불러줘서 고마워. 그동안 내가 미웠지?"

"미웠어요. 하지만 이젠 언니 마음을 알아요. 용서해 줄 수 있죠?"

레나의 말에 일리나는 그녀를 끌어안았다. 서로의 몸에서 뿜어 나오는 따뜻한 기운이 친자매 같았다.

"우리 함께 도우며 살자."

"응, 언니."

두 여인은 서로를 그러안고 한 몸이 되는 동질감을 느끼고 있었다. 그 모습을 본 랑케는 흐뭇한 미소를 입가에 매달고 있었다. 앞으로 주모가 될 여인들이 화해하는 것을 보니 흐뭇 했다.

아이스 왕국의 수도 테오코름 시에서 가장 흥청거리는 거리는 기쁨의 거리다. 이 구역은 상가와 환락가를 비롯해 없는 것 빼고는 모든 것이 존재한다는 최고의 거리다.

왕국이 전쟁으로 어수선했지만 테오코름 시는 오늘도 활기있게 돌아가고 있었다.

　그것은 왕국의 삼대부족이 은연중에 수도를 중립 지대처럼 생각하고 있고 이 수도에서 전쟁을 벌이지 않기 때문이었다. 대륙의 각국에서 온 상인들과 용병들이 활개치는 기쁨의 거리에 저녁이 되어오자 붉고 푸른 가지각색의 마법등불들이 켜져 사람들을 유혹하고 있었다.

　"오빠, 이곳은 전쟁을 하는 것 같지 않아요."

　하얀 여우털 목도리를 두른 레나가 붉은 와인이 든 잔을 뱅뱅 돌리며 헤럴드를 빤히 쳐다보았다. 그녀를 본 헤럴드는 속으로 웃고 있었다. 랑케의 마법진으로 이곳 테오코름 시에 온 것이 한 시간 전이다. 지금 헤럴드와 레나는 상인의 차림을 하여 레나는 마치 부유한 상인가의 귀동녀 같은 모습이다. 반짝거리는 은발의 머리와 호수 같은 푸른 눈은 인형 같은 매력을 뿜고 있었다.

　"이곳은 중립 지대가 같기 때문이야, 3개 부족은 전쟁을 해도 이곳 수도만은 피해서 하지. 상인들도 그걸 알고 있기 때문에 마음을 놓고 있는 것이고."

　"그렇구나. 왠지 사람들이 불안한 모습이 없어 이상하다 했어요."

　헤럴드의 말에 레나는 고개를 끄덕이고 앵두 같은 입을 벌려 끊임없이 말을 하고 있었다.

　"아참, 저기 핸더슨이 와요."

　이곳은 기쁨의 거리에 있는 식당 플라워 베이스(꽃병)이다.

식당의 문이 열리고 용병 차림의 핸더슨과 도미니크가 들어
서는 것이 보였다.

"주군, 에리세드 상단 테오코름 지부에 다녀왔습니다. 그
리고 이분은 지부의 집사인 이마뉴엘입니다."

헤럴드에게 다가온 핸더슨과 도미니크가 허리를 굽혔다.
그의 뒤에 따라온 집사 이마뉴엘이 직각으로 허리를 굽혔다.

"에리세드 상단 지부의 집사 이마뉴엘입니다. 명예상단주
님을 뵙습니다."

"수고했어요. 앉으세요."

"예, 명예상단주님. 지부장님께서는 식당에 계시지 말고
지부로 오시라고 합니다."

집사 이마뉴엘의 말에 레나가 손뼉을 쳤다.

"맞아, 오빠. 지부로 가요."

헤럴드는 본래는 에리세드 상단으로부터 정보만 듣고 숙
식은 여관에서 하려고 하였다.

그러나 지금 테오코름 시에 있는 여관들은 빈곳이 하나도
없었다. 전쟁이 일어나는 바람에 발목이 잡힌 상인들이 수도
에 죽치고 있기 때문이었다. 하긴 누가 전쟁판에 수도 밖으로
나가려고 하겠는가? 이들은 전쟁이 끝나기만을 기다리고 있
는 것이다.

"밖에 지부에서 온 마차가 기다리고 있습니다, 명예상단주
님."

이마뉴엘의 말에 헤럴드가 자리에서 일어섰다. 아무래도 이번에도 상단의 신세를 져야 할 것 같았다.

"그럼 갑시다."

"영광입니다, 명예상단주님."

집사가 허리를 직각으로 숙이고 길을 안내했다. 그들이 발을 떼려는 순간이다.

어디선가 비아냥거리는 말소리가 들려왔다.

"눈꼴시어서 못 봐주겠군. 돈 좀 있으니 새파란 애송이가 계집을 끼고 건들거리네. 에이 참."

"그래도 계집은 정말 예쁘군. 뭐, 그래 봐야 창녀겠지만. 흐흐."

그 말에 헤럴드의 팔을 끼고 걸어가던 레나의 눈썹이 치켜 올라갔다.

"뭐야, 어느 새끼야?"

레나가 나설 새도 없이 번개처럼 대거를 뽑아 든 핸더슨이 방금 말한 자들에게 다가갔다.

"네놈이냐? 당장 사죄하라! 그렇지 않으면 네놈의 주둥이를 찢어놓겠다!"

핸더슨의 험한 기세에 여자들을 끼고 앉아서 흔들거리던 7~8명의 사내들이 검을 뽑아 들었다.

촤앙! 창!

벌떡 일어선 그들의 몸에서 살기가 뻗어 나왔다.

“호호, 요새 우리 데몬 전사단이 움츠리고 있으니까 용병 놈이 다 우습게보네. 야, 이놈들을 담가 버려.”

얼굴에 구레나룻이 무성한 자가 부하들에게 외치자 전사들이 거침없이 포위해 왔다.

이들은 데몬 전사단에서 기쁨의 거리를 관리하는 자들로 이 거리에서는 제왕이나 같은 놈들이었다. 처음 헤럴드와 레나가 들어올 때부터 레나의 아름다움에 눈독을 들이고 있던 자들이기에 시비를 걸고 있었다.

“용병? 호호, 어디 용병 맛을 한번 봐라.”

핸더슨이 대거를 들고 놈들을 쏘아보았다. 감히 주군과 주모에게 주접거리는 이놈들을 모두 죽여 버릴 생각이었다. 핸더슨은 이번 수도행에 자신을 불러준 주군에게 눈물이 날 만큼 고마움을 느끼고 있었다. 가뜩이나 블랙울프 전사들에게 실력이 떨어져 축 처져 있던 그는 이번 일로 어깨를 펴고 있었다. 실력이 좀 떨어져도 자신은 주군의 신임을 받는 직계인 것이다. 한데 이 개놈들이 하늘 같은 주군에게 덤비고 있으니 당연히 죽여 버려야 속이 시원할 것 같았다.

그 순간이었다. 갑자기 날카로운 여자의 음성이 들렸다.

“멈춰라! 언제부터 데몬 전사단이 에리세드 상단의 사람들을 우습게보았지?”

말소리와 함께 10여 명의 검을 찬 사내들을 거느린 여자가 올라섰다.

그녀가 나타나자 식당이 환해지는 것 같았다. 바다의 냄새를 풍기는 것 같은 진한 색의 푸른 머리, 수정처럼 맑고 뽀오얀 아름다운 얼굴, 분홍색의 옷을 입은 날씬한 몸매, 온몸을 감싼 녹색의 망토와 어울려 마치 엘프가 나타난 것 같았다.

그녀가 나타나자 데몬 전사들이 흠칫했고 식당 안의 사람들 속에서 감탄사가 터져 나왔다.

"레드 스콜피언이다!"

검을 뽑아 들고 호기있게 나섰던 데몬 전사들의 얼굴에 난감해하는 표정이 어렸다.

레드 스콜피언 이레인! 저 여인은 에리세드 상단 테오코름 시의 지부장이다. 사람들이 놀라는 것은 그녀가 지부장이어서가 아니다. 이레인은 첫 번째로는 미모로 그 이름을 날렸고 두 번째로는 스콜피언처럼 독하여 또한 이름이 높다.

상단지부의 전사들이 비록 100여 명밖에 안 되지만 레드 스콜피언은 온몸에 수많은 암기를 장착하고 있고 일단 독침을 날리기 시작하면 수십 명의 전사들을 순식간에 한 줌의 물로 만들어 버린다. 게다가 이곳 데몬 전사단은 저들에게 많은 자금을 후원받고 있어 함부로 건들지 못하는 존재였다.

"아니, 우린 에리세드 상단 사람들인지는 모르고."

"닥쳐라! 상인이라고 무시한다면 나 레드 스콜피언이 왜 레드 스콜피언인지 알게 될 거다!"

말을 마친 여인이 무섭게 노려보자 데몬 전사들이 주춤거리며 물러섰다.

한참 전사들을 노려본 여인이 돌아서더니 살며시 무릎을 꿇고 앉았다.

"에리세드 테오코름 시 지부장 이레인이 명예상단주님께 인사를 드립니다. 이런 불미스러운 일을 사전에 막지 못한 죄, 상단에 돌아가 받겠습니다."

여인이 머리를 숙이자 삼단 같은 푸른 머리가 사르르 흘러내렸다.

"히야~!"

"어허~!"

사람들의 입에서 감탄사가 터져 나오고 모든 사람들의 눈이 헤럴드에게 쏠아졌다. 대체 저 젊은이는 어떤 신분이기에 도도하기로 이름이 높은 레드 스콜피언이 서슴없이 무릎을 꿇고 죄를 청한단 말인가!

헤럴드는 눈살을 찌푸렸다. 사람들의 이목이 집중되는 것이 싫었다.

"그대는 죄가 없으니 일어나시오. 그만 갑시다."

"명을 받습니다."

이레인이 살포시 일어나더니 부하들에게 명을 내렸다.

"상단주님을 모셔라."

"충!"

부하들이 일사불란하게 앞뒤로 옹위하고 밖으로 나가 마

차에 올랐다.

"쩌! 쩌쩌!"

마부의 호기에 찬 소리가 울리고 호화로운 승용마차가 기쁨의 거리를 질주했다.

"주군, 지부장이라는 여자, 하, 엘프처럼 예쁩니다."

핸더슨이 마차에 오르자 싱글거리며 뒤따라오는 지부장의 마차를 창으로 내다보았다.

"훙, 예쁘기는 개뿔이, 여우 같은데……."

헤럴드의 옆에 붙어 앉은 레나가 입술을 부풀리고 투덜거리고 있었다.

두두두두!

마차가 달려가는 저 앞에 지부의 건물이 점점 가까워지고 있었다.

『광풍의 전사』 5권에서 계속…

눈길발길 쏙쏙 끄는 **비법이 가득!**
왕성한 가게 만드는

잘나가는 가게 노하우 151 가지

고다 유조 지음
김진연 옮김
가격 9,800원

물건이 팔리지 않는 시대!
왕성한 가게 만드는 비법이 가득!

가게 안에 웅덩이를 만들어라
조명만 조금 바꿔도 매출이 팍 늘어난다
보기 쉽고, 집기 쉬운 가게 배치는 '경기장 형'이 최고 등등
가게에 실제로 적용했을 때 매출이 오른 노하우만 알차게 수록
외관, 입구, 배치, 내장, 조명, 디스플레이에서 사원교육까지

도움이 되는 '발견'이 가득가득.
당신 가게를 회생시키기 위한 소중한 책!

유행이 아닌 자유추구 –
www.chungeoram.com

BOOK Publishing CHUNGEORAM

초등학생이 반드시 읽어야 할 좋은 책 49권

각 학년별로 초등학생이 반드시 읽어야할 좋은 책을
선정하여 통합논술의 기본이 되는 '올바른 독서법'을
일깨워 줍니다.

교과서와 함께하는 초등학교 통합논술

초등1학년 | 값 12.000원 / 초등2학년 | 값 9,500원 / 초등3학년 | 값 11,000원 / 초등4학년 | 값 9,500원 / 초등5학년 | 값 9,500원 / 초등6학년 | 값 11,000원

♣ 혼자 할 수 있어요.

엄마가 책 읽는 방법을 가르쳐 주어도 좋아요.
독서지도하는 선생님이 가르쳐 주어도 좋답니다.
"초등 교과서와 함께하는 **통합논술 시리즈**"는
아이 스스로 독서할 수 있도록 꾸며진 책이에요.
엄마와 선생님은 요령만 가르쳐 주시면 된답니다.

♣ 교과서의 중요한 내용이 총정리되어 있어요.

각 학년별로 중요한 교과 내용이 함께 수록되어 있어요.
초등학생은 교과서 내용을 충실하게 공부해야합니다.
아울러 그와 병행한 독서가 대단히 중요하지요.
"초등 교과서와 함께하는 **통합논술 시리즈**"는
두가지 방법 모두 알려준답니다.

♣ 이 책은 훌륭하신 선생님들이 함께 쓰신 책이랍니다.

동화작가 선생님들이 쓰셨어요. 소설가 선생님도 쓰셨답니다.
국어 논술독서지도 선생님들도 함께 쓰셨지요.
"초등 교과서와 함께하는 **통합논술 시리즈**"는
엄마의 마음으로 모든 선생님들이 함께 꾸민 책이랍니다.

입소문을 통해 아는 분은 다 알고 계십니다!
올 한해 공인중개사 최고의 화제작!

수험생 기본 필독서
만화 공인중개사

제목 : 만화공인중개사 쓰신 분에게 감사드립니다.

학원을 두 달 다녔어요. 근데 과연 그 숫자 외우기 그런 게 몇 문제나 나올까 생각을 했어요.
아니라는 생각이 드네요. 학원강의를 뒤로하고 서점을 갔어요. 내 머리에 가장 이해될 수 있는
책이 없나 하구요. 거기서 만화를 발견했어요. 무조건 세 번 봤어요. 3개월 걸렸어요. 문제집을 보라고
했는데 그건 시행을 못했어요. 근데 합격을 했네요.
어떻게 감사의 말을 해야 될지……
도서관에서 만화책 들고 다니니까 사람들이 비웃더라구요. 만화책으로 공인중개사를 공부한다고
미친 사람처럼 보더라구요. 근데 그거 다 감수하고 했던 내가 자랑스럽습니다.
어떻게 감사의 말을 해야 할지… 정말 감사합니다.
부디 행복하세요. 제 나이 41살에 좋은 스승을 만난 것 같습니다.
엎드려 감사드립니다.

－본사 홈페이지에 독자분이 올린 메일 中 에서 발췌－